모험가가 되고 싶다며
4
모지 카키야
MOJIKAKIYA
toi8
ILLUSTRATION
도시로 떠났던 딸이
S랭크가 되었다
MY DAUGHTER GREW UP TO
"RANK S" ADVENTURER.

등장인물 PERSONS

벨그리프

젊은 시절에 꿈이 부서졌던 은퇴 모험가. 장애를 입고 고향에 돌아왔지만, 마음 한구석에 미처 다 버리지 못한 모험가의 꿈이 남아 있고, 성장하는 딸에게 자극도 받아 아직껏 꾸준히 단련한다. 딸이 붙여준 『적귀』 칭호 때문에 마음고생 중.

안젤린

아기 때 숲에 버려졌고 벨그리프가 딸로 거두어 혼자서 길렀다. 아빠를 몹시 좋아한다. S랭크 모험가. 『흑발의 여검사』라는 칭호를 갖고 있다.

밀리엄

마법을 특기로 쓰는 안젤린의 파티 멤버. AAA랭크 모험가.

아넷사

안젤린 파티의 중재역이자 궁수. 밀리엄과 같은 고아원 출신의 AAA랭크 모험가.

그라함

『성기사』 칭호의 보유자이자 살아 있는 전설이라 칭송받는 노엘프 모험가. 마르그리트를 쫓아 톨네라로 찾아왔다.

마르그리트

그라함의 종손에 해당하며 엘프령의 숲에 있는 왕족의 외동딸. 언동은 거칠어도 표리가 없고 솔직한 성격.

미토

톨네라의 숲에서 조우했던 마왕의 힘의 잔재. 어린아이의 모습을 지니고 있고 벨그리프와 다른 사람들을 잘 따른다. 감정 표현은 밋밋해도 호기심이 왕성하다.

줄거리 STORY

톨네라로 돌아온 벨그리프는 『성기사』라 불리는 노엘프와 그 종손에 해당하는 소녀를 만나서 마을 주민들과 함께 친목을 깊이 다졌다.
그러던 어느 날, 근처 숲에서 준동하는 불온한 힘에 대처하기 위하여 발생원으로 향하고, 그곳에서 마왕의 힘이 깃든 신비로운 아이를 구해 낸다.

"나는 이런 아이가 위험하다는 생각은 안 드는구나."

이후, 벨그리프는 힘의 대부분을 잃어버린 아이를 기르겠다고 결심한다.

한편, 안젤린은 쓸쓸한 마음을 달래고 있을 아버지를 위해 올펜에서 맞선 상대를 찾고 있었다.

"음……. 그러면 아빠한테 어울리는 신부를 찾을 수밖에 없군."

그러던 중에 보르도 사건의 주범 격이었던 아이들과 마주친다. 마음을 고쳐먹고 죗값을 치르고자 하는 아이들을 보호해주는 안젤린. 아이들을 쫓는 습격자들의 공격에 휘말리고 말았지만, 동료들과 함께 간신히 격퇴하는 데 성공한다.

MY DAUGHTER GREW UP TO "RANK S" ADVENTURER.

MY DAUGHTER GREW UP TO "RANK S" ADVENTURER.
WORLD MAP
엘프령
로디나
오래된 숲
헤이젤
보르도
시드
엘브렌
가루다
올펜
아스테리노스
공국 수도 에스트갈

톨네라
북부 관문 · 헤이릴
북부 교역 루트
에린
틸디스
동부 교역 루트
베날레스
동부 관문 · 요벰

CONTENTS

제 4 장

특별 수록 번외편

제 4 장

MY DAUGHTER
GREW UP TO
"RANK S"
ADVENTURER.

43 지하실 같다. 차갑고 무기질적인 철창

지하실 같다. 차갑고 무기질적인 철창이 때때로 끼긱끼긱 삐걱거렸다.

짤랑짤랑 소리를 울리면서 누군가가 몸을 움직거렸다.

어렴풋한 횃불의 빛이 석조 벽이며 바닥을 비춘다. 창문이 없는 벽에서는 녹슨 쇠사슬이 몇 가닥이나 뻗어 나와 있었다.

그중 하나에 누군가가 매여서 바닥에 누워 있었다. 초췌한 모습. 움직일 기력이 없는 분위기다. 맨발에 샌들을 신은 두 다리를 앞쪽으로 대충 내밀고 팔베개한 채 드러누웠고, 차양이 넓은 중절모자를 얼굴 위쪽에 얹어 놓았다. 마치 낮잠이라도 자는 것처럼 무사태평한 모습이다. 주위에는 아마 증류주 부류의 빈병이 아무렇게나 널려 있었다.

이윽고 철컥철컥 갑옷 맞닿는 소리를 울리면서 철창 건너편에 무장한 병력 한 부대가 나타났다.

"일어나라."

대장인 듯한 검은색 갑옷 차림의 남자가 말했다. 그러나 감옥 안 인물은 다리를 꼬아서 포갤 뿐 일어날 낌새조차 없다. 갑옷 남자는 짜증난 기색으로 철창을 걷어찼다.

"언제까지 이렇게 뺀질거릴 작정인가."

"언제까지든. 죽을 때까지 이렇게 지내고 싶군."

감옥 안 인물은 유유자적한 모습으로 말을 받아쳤다. 그 목소리는 남자의 음색이었다. 살짝 높은 목소리에 쉰 소리가 섞였다. 갑옷 남자는 기막히다는 듯이 팔짱을 꼈다.

"한심한 작자로다……. 이러고도 대마도사의 일좌인가?"

"남들이 제멋대로 칭호에는 아무 흥미도 없어."

감옥 안 남자는 귀찮다는 듯이 상체를 일으켰다. 얼굴에 얹어 놓았던 중절모자를 다시 머리에 쓴다.

나이 마흔쯤 되는 중년의 용모였다. 몹시 야위어 가느다란 신체에 구깃구깃한 긴소매 셔츠와 바지만 달랑 걸치고 있었다. 모자 아래로 뻗은 칙칙한 갈색 머리카락이 어깨보다 더 길게 내려왔다. 더욱이 다박나룻이 다소 과하게 자라났다는 인상을 주는 짙은 수염은 움푹 파여서 수척한 얼굴의 아랫부분 뒤덮고 있었다.

"꿈을 꾸었거든."

모자 쓴 남자는 딱히 누군가에게 건네는 말이 아니라 홀로 중얼거렸다. 목소리가 살짝은 기쁜 기색이었다.

"옛날 꿈……. 나도, 녀석들도. 다들 젊었지……. 내가 제일로 어린 나이였거든. 그 시절은 정말 즐거웠더랬지."

나직하게 말한 뒤 모자 쓴 남자는 무릎을 끌어안고 숨을 내쉬었다. 입김은 하얗게 떠다녔다. 갑옷 남자는 큭큭 웃었다.

"과거의 환상에 매달리는가……. 일찍이 영웅이었던 자가 이리도 영락했구나. 뭐, 우리가 써먹기는 편리하겠군."

"영웅이라……."

모자 쓴 남자는 후훗, 웃었다. 유쾌함이 아닌 비웃는 웃음이었다.

"시시하구나……."

갑옷 남자는 눈살을 찌푸렸다.

"흥…… 뭐, 되었다. 나와라. 전하께서 부르신다."

"싫은데 어쩌나."

"뭐라?"

"기분이 안 내키는군. 아~무것도 하기가 싫단 말이다."

그렇게 말한 뒤 모자 쓴 남자는 무릎 위쪽에서 낀 팔짱에 턱을 얹었다.

갑옷 남자는 이마에 핏대를 세우며 쿵쿵 발부리로 지면을 찼다. 뒤쪽의 병사들이 일제히 무기를 들어 올리며 감옥 안 남자를 위협했다.

"……헛소리 마라. 자꾸 건방진 태도로 나온다면."

"나온다면?"

모자 쓴 남자는 힐끗 병사들을 노려봤다.

"나온다면 어쩔 작정이신가? 너희 따위가 감히 내 의지를 좌우할 수 있겠나?"

"……그럼 못 할 것 같나?"

"시도해보겠나? 죽을 텐데?"

모자 쓴 남자가 히죽 웃고는 집게손가락을 척 세워 돌렸다. 주위 마력이 소용돌이치면서 창문도 없건마는 바람이 일어 병사들의 망토를 흔들었다. 병사들이 숨을 죽였다.

검은색 갑옷 남자는 입을 한일자로 꾹 다물고 잠시 모자 쓴 남자를 노려봤지만, 이윽고 혀를 한 차례 차더니 휙 턱짓했다. 병사들이 무기를 내려 공격 태세를 푼다. 그러고는 발길을 되돌려서 시끌벅적하게 발소리를 울리며 떠나갔다.

모자 쓴 남자는 시시하다는 듯이 쭉 뻗은 집게손가락을 흔들었다. 족쇄가 풀어져서 찰그랑 소리와 함께 바닥에 나뒹굴었다. 그것을 손가락 두 개로 집어 들어서 멀리 던져버렸다.

멍하니 천장으로 눈길을 준다. 횃불의 빛이 천장에서 그림자를 흔들거렸다.

남자는 거하게 하품을 한 다음 눈자위에 떠오른 눈물을 손가락으로 훔치고 서글프게 한숨 쉬었다.

"……퍼시, 사티……. 벨……. 다들 건강하려나……."

그렇게 중얼거린 뒤 중절모자를 머리 쪽으로 기울였다.

○

이제 곧 수확을 맞이하는 봄 파종 밀은 차츰차츰 황금색으로 물들고 있고, 이삭은 점점 더 묵직하게 여물면서 바람에 흔들거리고 있었다.

벨그리프는 이삭을 한 떨기 손안에 만져보면서 무게며 열매의

충실도를 확인했다. 살짝 뜯어서 껍질을 벗겨다가 손바닥에 얹어 본다. 꽉꽉 차오른 밀의 낟알은 반들반들 윤기가 난다. 올해도 나쁘지 않는 작황이다. 벌써부터 수확이 기대된다.

슬슬 산에서 채집할 수확물도 늘어난다.

머루, 바위월귤, 으름덩굴 열매, 버섯, 거기에 가지각색의 과실과 향초. 운이 좋다면 자연산 벌꿀도 채집할 수 있겠다. 평소에는 혼자 올랐을 산도 이 시기가 오면 젊은이들을 데리고 올라가는 경우가 많다. 물론 던컨이 와서 마수에 맞설 대항책을 전수받은 지금은, 젊은이들도 자기들끼리 산과 부근을 다니는 날이 많아졌다 알고 있다만.

조만간 가을 수확제를 맞이하는지라 마을은 너나없이 몹시 분주하다. 사과주 담그기가 끝날 무렵에는 봄 파종 밀의 수확과 정리, 가을 파종 밀의 씨뿌리기, 콩 수확, 보존식 마련 및 땔감 준비, 겨울간 가축의 먹이 만들기……. 이것저것 숨 돌릴 틈도 없지만, 마을 사람들은 겨울 동안의 풍족한 생활을 위해 열심히 땀 흘려 일한다.

벨그리프는 자기가 경작하는 밭뿐 아니라 곳곳에 일을 거들러 다니고 있다. 던컨도 마찬가지였다.

머릿속에서 이것저것 작업 순서를 정리하던 때 미토가 아장아장 걸어와서 다리에 달라붙었다. 긴 머리카락은 가위가 들지 않아서 머리 뒤쪽으로 묶어 놓았다.

"아빠……."

"응."

벨그리프는 미토를 안아 들었다.

"무슨 일이니? 할아버지는?"

"할부지, 저쪽."

미토가 가리키는 방향을 보면 그라함은 마르그리트와 마주 서서 목검을 겨누고 있었다. 평소 같았으면 검을 잡아 쥐고도 방정맞았을 마르그리트가 그라함 상대로는 눈에 띄도록 긴장한 모습일 뿐 아니라 진지한 표정으로 검을 들어서 겨눈 채 진득하게 기회를 살핀다.

저 엘프 사제(師弟)도 이제는 톨네라에 푹 녹아들었다. 물론 저들이 이곳을 안주의 땅으로 정한 것은 아닐 터이나, 미토의 존재도 있어 그라함은 당분간 이곳을 떠날 의도가 없는 듯싶다.

마르그리트도 일련의 소동으로 자기 자신의 모자람을 실감한 듯 그라함에게 재차 처음부터 단련을 받는 한편, 벨그리프나 던컨과 함께 숲에 드나들면서 탐색의 기초도 습득하고자 노력하고 있었다.

몹시 익숙한 환경에서 단지 관점이 달라졌을 뿐인데 전혀 다르게 와닿는 경우도 있다. 숲에서 자랐기에 숲에서 생활하는 것을 당연시하는 엘프가 바라보는 숲과, 모험가의 입장에서 탐색의 대상으로 바라보는 숲은 시점이 꽤 달랐는지 마르그리트도 제법 즐거워했다.

여전히 마을에서는 신나게 떠들고 스스럼없이 막무가내처럼 행동하지만, 때때로 무엇인가 고민거리도 있는 듯 요즘 들어서는 혼자 바깥의 평원을 걸어 다니는 날도 있었다. 그때 고민에 잠긴 듯한 표정은 엘프라는 종족의 미려한 용모와 어우러져서 몹시 애처로워 보였다.

한편 벨그리프는 예전처럼 검을 휘두르는 단련의 횟수가 극히 줄었다. 이른 아침과 저녁 무렵의 검술 훈련만큼은 거르지 않았지만, 현재는 명상과 호흡법의 단련이 늘어났다. 마흔세 살쯤 되면 몸을 단련한다는 게 슬슬 직접적인 실력으로 연결되지 않는 것은 분명했다. 무작정 신체만 단련한들 기껏해야 노쇠에 제동을 거는 정도밖에 못 된다. 오히려 젊었던 시기처럼 몸을 덜커덕 혹사시키면 괜한 통증을 앓을 수밖에 없을 것이다.

그라함에게서 가르침을 받은 검과의 감응, 그리고 체내 마력을 효율적으로 움직이는 방식은, 좀체 진전을 보이지 못한 채 제자리걸음하던 벨그리프가 한 발짝 앞쪽으로 내디딜 수 있도록 도움이 되어줬다.

동적인 검에서 보다 정적인 검으로. 다른 사람이 보기에는 잘 모를 테지만, 벨그리프 본인은 확실하게 변화를 느낄 수 있었다.

이리도 얄궂을 수가. 벨그리프는 침음했다.

모험가로 전투에 임했던 시절부터 전위에 서야 할 자신의 재능에 한계를 느꼈다.

그러나 다리를 잃음으로써 당시와는 또 다른 검을 휘두를 수밖에 없는 처지가 됐다. 그것이 설마 이러한 방식으로 개화를 이룰 줄이야.

그라함에게 목검으로 딱 얻어맞는 마르그리트를 보고 벨그리프는 쿡쿡 웃었다. 저토록 강한 마르그리트가 그라함의 손에 걸리면 검술 초심자로 보인다.

미토는 이상하다는 표정을 지은 채 저쪽을 가리켰다.

"할부지랑 마리, 싸워?"

"흠, 글쎄다. 싸움하곤 조금 다르겠구나."

"그래도, 아파 보여……."

"뭘, 아프고 말면 괜찮단다."

벨그리프는 살짝 흘러내리는 미토를 다시 들어서 안았다.

"자, 한 일거리 남았구나. 미토, 어떡할래? 아빠랑 올 테냐? 할아버지랑 있을 테냐?"

"아빠랑 같이……."

"응, 그러자꾸나."

미토를 안은 채 벨그리프는 밭 옆길을 따라 걸었다. 씨 뿌리는 농부의 노랫소리며 밭갈이소리가 여기저기에서 들려온다.

봄에 심었던 감자 및 뿌리 식물을 싹 파내야 한다. 감자류는 보리, 밀과 나란히 중요한 주식 중 하나였다. 한랭지에 속하는 톨네라에서도 쑥쑥 자라나준다.

괭이를 밀어 넣어서 뒤집어 파고, 얼굴을 내민 감자를 바구니에 척척 담는다. 익숙한 일거리여도 쪼그려서 하는 동작이다. 때때로 몸을 일으켜서 허리를 쭉 펴줘야 오래 버틸 수 있다.

벨그리프가 감자를 캐는 옆에서 미토는 털썩 주저앉은 채 시선을 허공에 이리저리 보내고 있었다. 뭔가 벌레가 날아다니는지 그 녀석을 눈으로 좇고 있다.

불현듯 귀뚜라미가 한 마리 튀어나왔다.

미토는 발견하자마자 홱 손으로 잡아채더니 입에 쏙 집어넣어서 우적우적 먹어버렸다.

벨그리프는 곁눈질로 그 광경을 지켜보다가 눈살을 찌푸리고 미토가 있는 곳까지 다가갔다.

"요 녀석아, 미토."

"응."

"막 주워 먹으면 안 된다고 말했잖니?"

"웅."

"안 보는 줄 알았어? 못쓴다."

"으으……."

미토는 마지못한 눈치였지만, 살짝 고개를 끄덕였다. 벨그리프는 탄식했다.

이런 구석을 보면 역시 미토는 인간이 아니라는 생각이 든다.

꼭 벌레에 한정되는 것이 아니다. 때로는 한창 식사 중 요리가 담긴 접시를 씹어 먹는 경우도 있는 데다가 앞마당의 나뭇잎이며 가지, 돌멩이 따위를 아작아작 먹는 경우도 있다. 그때마다 타이르기는 했는데 어린 아이인지라 한번 든 버릇이 좀처럼 고쳐지질 않는 듯싶다.

마을 사람들도 미토를 평범한 업둥이인 줄 여기고 귀여워해주지만, 이런 광경을 직접 목격한다면 어떤 반응을 나타낼지 알 수 없었다. 별난 아이라고 웃어넘겨준다면야 다행일 텐데, 정체를 알 수 없는 존재라며 꺼리고 멀리한다면 곤란하다.

그러니까 벨그리프도 미토의 이런 부분이 항상 조마조마했기에 아이들끼리 놀게 놔두거나 그라함이나 던컨 등 사정을 아는 인물을 제외하고 다른 사람에게 맡길 수가 없었다.

마냥 쭉 감출 수도 없는 일이다. 사람들이 다 알아버렸을 때는 어찌해야 하나 등등 눈앞의 고민은 끊임없지만, 이런 악식(惡食)을 제외하면 미토는 완벽하게 무해했다. 천진난만하고 호기심이 왕성하며 깜찍하다. 살짝 좀 표정에 변화가 없고 겉모습에 비하여 언동이 다소 앳된 티가 날지언정 마을 사람들도 곧잘 귀여워해주고 있다.

"……결국은 될 대로 되지 않겠나."

벨그리프는 혼잣말한 뒤 캐낸 감자를 바구니에 던져 넣었다.

힐끗 곁눈질로 본 미토는 눈을 감은 채 꾸벅꾸벅 좌우로 흔들거리고 있었다.

"이보시오~ 벨 님~."

불쑥 던컨이 성큼성큼 걸어서 나타났다. 벨그리프는 바닥을 보고 있었던 얼굴을 들어 올렸다.

"무슨 일인가?"

"이제 곧 점심때잖소. 케리 님이 함께 드시자는구려."

“그래, 벌써 시간이 이렇게…….”

오호라, 위를 올려다보면 태양은 거의 맨 꼭대기에 있었다. 어느 틈인가 바구니도 감자로 가득 차올랐다.

“그래, 가세나. 미토, 이리 오거라.”

벨그리프가 이름 부르자 미토는 아장아장 걸어서 다가왔다. 벨그리프는 감자 바구니를 밭 옆쪽에 놓아두고 미토를 안아 들었다.

○

칙칙한 회색 벽면에 수많은 사람 그림자가 엇갈려 비치는 떠들썩한 곳. 올펜의 모험가 길드는 평소처럼 활기가 가득했다.

“톨네라 맞선 파티 개최는 실패로 끝날 것 같아…….”

그 길드의 로비에서 안젤린은 탁자에 푹 엎드린 채 중얼거렸다. 맞은편에 걸터앉은 남자가 아이고, 저런, 고개를 가로저었다.

“뭔 생각이었는지 모르겠다만, 많이 안타까운가 보군.”

“……에드 씨. 누구 괜찮은 신부 후보 몰라?”

“아니, 모르겠는데. 도대체가 말이야, 신부 후보라니. 네 경우는 신랑 아니냐?”

“나 아니야……. 울 아빠…….”

안젤린의 말에 에드 씨라고 불린 남자는 고개를 갸웃거렸다.

“네 아버지? 아내분이 안 계신가?”

“응……. 내가 입양아거든…….”

"오호."

에드 씨라고 불린 남자는 재미있어하면서 고개를 끄덕였다.

흑색에 가까운 짙은 갈색의 머리카락을 짤막하게 자르고, 이마에다가 눈에 닿을 듯 반다나를 깊숙이 두른 이 남자는 에드거라는 인물이다. 한때 라이오넬의 파티 멤버였고, 제도에서 찾아온 조력자 중 한 사람이다. 현역 모험가이자 랭크는 AAA. 올펜 길드에 돌아온 이후에도 전선의 거친 일거리는 물론 내밀한 교섭 건 등등 의뢰를 가리지 않고 종횡무진 활약하면서 라이오넬을 뒷받침해주고 있다.

안젤린과는 행동 범위가 별로 겹치지 않아서 이쪽에 온 이후 가볍게 잡담을 나누는 정도였다. 이렇듯 자리를 잡고 앉아서 이런저런 소리를 막 늘어놓기는 처음이었다.

안젤린이 계획했던 벨그리프의 신부 찾기는 제멋대로 결정한 신부 후보들이 누구 하나 관심을 보이지 않았던 탓에 이미 절반쯤 좌절을 맞이하는 참이다. 안젤린 본인은 아직 포기하지 않는 듯싶다만, 아무나 다 상관없는 것이 아닌 데다가 그렇다고 「이 사람이면」 괜찮겠다 싶은 여성에게는 모두 차였던 터라 진퇴양난의 처지에 빠져버렸다.

어머니가 생길 수도 있겠다 기대했었던 안젤린은 몹시 낙담해서 요즘 들어서는 만나는 사람, 사람들마다 붙잡고 푸념을 털어놓는 형편이었다.

에드거는 지궐련을 비벼서 끄고 꽃차를 홀짝이다가 말했다.

"안제의 아버지라면 『적귀』잖아? 세대로 구분하면 나랑 가까운 거 아닌가?"

"에드 씨가 몇 살이었더라?"

"올해로 마흔. 리오랑 동갑이지. 아이고, 나도 나이를 먹었구나아……."

에드거는 그렇게 말한 뒤 의자 등받이에 깊숙이 몸을 기댔다. 새 담배를 입에 문다.

멀리서는 아직껏 젊어 보이는데. 저 말을 듣고 찬찬히 뜯어보면 과연 눈자위의 주름이 두드러지게 보이는 데다 머리카락에도 하얀 가닥이 슬슬 섞이고 있는 것 같았다.

"그래, 아버지는 몇 살이셔?"

"올해 마흔셋……."

"흐음, 연상이지만 대충 동년배인가. 모험가로 활동했었다고?"

"응……."

안젤린은 꽃차를 홀짝거렸다. 에드거는 담배에 불을 붙이면서 상념에 잠긴 듯 시선이 허공을 향했다.

"……『적귀』란 말이지. 역~시 들었던 기억이 안 나는군. 진짜 올펜에서 모험가로 활동한 사람이야?"

"응."

"……으음."

에드거는 팔짱을 끼고 침음했다. 어떻게든 짚이는 바를 더듬으려고 하는 모습이다만, 애당초 이 칭호는 안젤린이 멋대로 만들어

붙인 까닭에 짚이는 바가 있을 리 없었다.

안젤린은 눈을 깜빡깜빡했다.

"에드 씨 또래 세대에서는 어떤 사람이 유명했어……?"

"우리? 음, 글쎄다. 강한 녀석은 이래저래 많았지만, 척 나올 이름이라면 「패왕검(霸王劍)」이 아니려나. 리오도 S랭크였지만, 그 녀석이 같은 시기에 활동했던 덕분에 존재감이 희미했더랬지. 애당초 그 녀석은 일찌감치 올펜을 떠나버려서 별로 얽혔던 적이 없었지만."

"제도?"

"아아니, 로데시아를 떠났다고 들었는데. 루크레시아도 틸디스도 아니고 동쪽 연방으로 갔다던가 뭐라던가. 뭐, 어디까지나 소문인 데다 옛날이야기니까 정확한 장소는 알 수가 없지만."

"아빠랑 비교하면 누가 더 강할까?"

"음? 난 몰라. 네 아버지는 진짜 강한가 봐?"

"나보다 더 강해……."

"……거 굉장하군."

에드거는 헛웃음을 짓고는 뺨을 긁적였다.

안젤린의 실력은 올펜 주변의 모험가 중 모르는 자가 없었다. 마왕 토벌의 위명도 널리 퍼져서 알려졌고, 실제 몇 수 솜씨를 겨뤄보면 실력 있는 사람일수록 그 대단함을 인정했다. 공국의 모험가를 전부 끌어모아도 위에서 헤아리는 것이 더 빠른 모험가라는 사실은 틀림없다.

그런 안젤린이 절찬하는 남자다. 안젤린과 직접 이런저런 말을 주고받은 탓인지도 모르겠지만, 복귀한 전직 S랭크의 노병들 사이에서도 평판이 좋았다. 자꾸만 점점 더 흥미가 끓어오르는 대상이다.

에드거는 신기하다는 표정을 지은 채 손으로 턱을 괴었다.

"그런 굉장한 사람이 어째서 북부 변경에 눌러앉아 있을까……."

"고향을 지키는 거야……. 아빠가 있는 덕분에 톨네라도 안심이야……."

"……네 고향은 엘프와 전쟁이라도 벌이는 거냐?"

그때 접수처에서 부르는 목소리가 들렸다. 에드거가 대답하고 「다음에 보자」라며 안젤린에게 인사를 한 뒤 일어나서 떠나갔다.

안젤린은 남은 꽃차를 쭉 들이켠 다음 의자에 깊숙이 몸을 기댔다.

문득 주위를 둘러본다. 의뢰를 받으러 오는 모험가들과 의뢰를 가지고 오는 사람들로 건물은 오늘도 무척 북적거렸다. 이토록 사람이 많으면 자신이 기다려야 하는 것도 어쩔 수 없겠다고 안젤린은 생각했다.

지금은 휴가 신청을 진행 중이다.

일찍이 마수의 대량 발생 사태 때와 달리 휴가를 내는 데에 분명 어떠한 부담감이나 어려움은 없을 것이다. 그러나 독립한 길드가 형태를 갖추고자 매진하는 과정에서 이런저런 제도를 정비할 필요가 있는 만큼, S랭크 모험가의 휴가쯤 되면 형식상일지언정 아무러면 대뜸 알겠다고 허락할 수도 없다는 듯하다. 그 탓에 이렇듯 로비에서 대기 중이다.

안젤린은 따분함을 못 이기고 두 손을 마주 문질렀다.

샤를로테와 벡은 아넷사와 밀리엄에게 맡아달라고 부탁한 데다 휴식을 취하기 위해 나왔었던 에드거와 잡담도 끝나버린 탓에 할 일이 없다. 그럼에도 다른 곳으로 움직일 수가 없는 처지니까 묵묵히 앉아 있었다.

이러한 때는 상상하면서 즐기는 것이 최고다.

휴가를 내면 톨네라에 돌아갈 작정이다. 겨울이 오기 전 올펜에 돌아오든 혹은 겨울나기 후 봄에 돌아오든 그 부분은 도착한 다음 결정할 예정이다.

휴가 신청서에는 일단 2개월로 적어 놓았는데 지킬 생각이 없다. 그리고 지키지 않았다고 딱히 문제가 일어나지도 않을 것이다.

톨네라에 돌아가면 먼저 샤를로테와 벡을 소개하자. 아버지는 분명히 놀랄 테지만, 따뜻하게 맞이해줄 것이다. 벨그리프가 함께라면 샤를로테도 쓸쓸하지 않을 테고, 벡의 비뚤어진 심보도 고쳐질 테지.

그리고 또 산에 올라서 바위월귤을 따러 가야겠다. 머루와 으름덩굴 열매, 버섯 따위도 채집하자. 운이 좋으면 시라기 새를 사냥할 수도 있지 않을까.

분명히 감자 수확도 끝났을 무렵이다. 봄 파종 밀은 슬슬 거두어들이고 있을까? 탈곡이 끝났다면 갓 빻은 신선한 밀가루로 빵을 구울 수 있겠다. 잘 주무른 반죽을 작게 뜯어서 데쳐도 괜찮다. 양

고기가 있다면 이런저런 뿌리채소와 쿠리오 열매를 함께…….

"흐아…… 기대된다."

안젤린은 혼자서 음흣음흣 웃었다. 젊은 모험가 파티가 수상쩍어하는 표정을 짓고 앞쪽을 지나갔다.

상상의 숲에서 놀던 사이에 이윽고 접수처가 있는 방향에서 소리가 났다. 안젤린은 일어섰다.

유리가 생글생글 웃으며 서류를 카운터에 내밀었다.

"여기, 확인해봐. 문제없으면 여기에 사인 부탁할게."

"응."

안젤린은 딱히 확인도 않고 쓱쓱 펜을 움직인 뒤 유리에게 서류를 돌려줬다. 이제 와서 올펜의 길드가 속임수 같은 술수를 쓸 리가 없다. 그 정도 신용은 있다. 제법 기다린 끝에 사인 한 번이라는 것이 살짝 언짢을 뿐이다.

"이것저것 수속이 번거로워졌네……."

유리는 난처해하며 고개를 끄덕였다.

"미안해~ 길드 입장에서는 전혀 문제가 없는데 말야, 융자를 내준 귀족분들이 최대의 전력을 다른 데 보내는 게 무슨 꿍꿍이냐고 시끄럽게 구니까 어쩔 수 없이 주저하는 시늉이라도 잠깐 보여줘야 되거든."

"흥……. 나 역시 인간이야. 마수를 죽이는 장치가 아니라고. 쉴 때는 쉬어야 해."

"응, 맞아. 나도 동감인걸. 잔소리는 리오가 알아서 받아줄 거야."

핼쑥하게 질린 얼굴의 라이오넬을 상상하고 안젤린은 쿡쿡 웃었다.

"길드 마스터는 너무 소심해……."

"후후, 리오는 원래 겁쟁이거든. 그러니까 여태껏 살아남았다고 말할 수도 있겠지만 말이야."

"응. 아빠도 어느 정도의 겁은 필요하다고 말했었어. 유리 씨, 언제든 톨네라에 놀러 와."

유리는 난처하다는 듯이 웃고는 안젤린의 머리를 톡톡 쓰다듬었다.

"그 이야기는 안 하기~. 재미있게 쉬다가 오렴, 안제야."

"끙……."

맞선은 빼고 톨네라에 놀러 가자는 말도 대수롭지 않게 쓱 흘려 넘겨버린다. 안젤린은 입술을 삐죽거렸지만, 억지로 데려가 봤자 아무런 소용이 없다. 포기하고 발길을 돌린 뒤 평소의 주점으로 향하고자 바깥에 나왔다.

바람은 한창 가을을 불러오는 와중인데도 햇볕에는 여름의 내음이 남아 있었다.

44 모두가 어렴풋이 예감하고

모두가 어렴풋이 예감하고 있었지만, 아침부터 걸렸던 구름이 점점 더 두껍게 하늘을 뒤덮더니 점심을 지날 무렵에 마침내 비를 뿌리기 시작했다.

맨 처음에는 가랑비였기에 우비를 꺼내서 일을 계속했다만, 빗줄기가 점점 더 거세지더니 해가 기울어질 무렵에는 마침내 지면을 때리고 다시 솟아올라서 안개가 낄 만큼 굵어졌다.

이래서는 일을 할 형편이 못 되는지라 마을 사람들은 집 안으로 철수해서 안달이 나는 기분으로 비구름을 노려봤다.

벨그리프도 밭일을 일단락 짓고 돌아와서 집에 있었다.

자신이 돌보는 밭의 감자류는 전부 캐냈지만, 도우러 다녔던 밭의 봄 파종 밀 수확은 아직 끝나지 않았다. 한번 젖으면 마르기를 다시 기다려야 하니까 시간이 걸린다. 콩 수확도 아직껏 많이 남아 있었다.

이 시기의 톨네라에서 비가 내리는 경우는 드물었다.

겨울이 찾아들면 구름이 하늘을 덮어서 눈 내리는 날이 늘어나지만, 가을 동안은 대체로 쭉 화창한 날씨가 이어진다.

그런데 이런 식으로 기습 비슷하게 억수같이 퍼붓는 데야 마음만 자꾸 급해져서 난처했다.

"뭐, 자연의 흐름이니까……."

창문으로 바깥을 내다보면서 벨그리프는 중얼거렸다. 구름이 두꺼운 탓에 아직 일몰 전인데도 묘하게 어둑하다.

뒤쪽에서는 던컨이 난로에 불을 피우고, 그라함은 미토와 놀아주고, 마르그리트는 야채를 썰어 냄비에 넣고 있었다.

이러저러하는 사이에 시작됐던 제각각 개성이 다른 인물들의 공동생활도 완전히 익숙해진 터라 이제는 각각 알아서 역할 분담이 이루어지고 있다.

"이봐, 벨. 여기 마른고기는 써도 괜찮은 거야?"

"그래, 괜찮단다."

마르그리트는 솜씨 좋게 마른고기를 잘라서 토막 내고 냄비에 집어넣었다.

호탕한 성격인데도 마르그리트는 뜻밖에 요리 솜씨가 좋았다. 딱히 섬세하게 양념을 쓸 줄 아는 것은 아니지만, 누구의 혀에도 친숙한 맛의 요리를 만들어 내고는 했다. 연습의 성과라기보다는 감각으로 맛을 상상할 수 있는 듯싶다.

미토를 안은 그라함이 창가에 다가와서 가만히 하늘을 올려다봤다. 빗방울 너머의 하늘은 평탄한 회색으로 보이지만, 잘 살펴보면 구름 흘러가는 모양이 눈에 들어왔다.

"……오래 내리는군. 밤중에도 쏟아지겠어."

"흠, 그런가. 감자를 다 캐낸 것이 불행 중 다행이었으려나."

"북부에서 이 시기에 비는 드문데……. 안 좋은 일이 일어나지 않으면 좋으련만."

"이런, 이보게, 그라함. 쓸데없이 불길한 소리는 하지 말게나. 자네 말이면 진짜 이루어질 것 같단 말이지."

벨그리프의 말에 그라함은 쓴웃음 짓고 머리를 긁적였다.

"미안하네, 벨……. 나쁜 버릇이라네."

"할부지, 혼났어?"

미토가 그라함의 긴 머리카락을 잡아당겼다. 그라함은 싫은 내색도 않고 흐뭇하게 웃었다.

"그래. 벨은 못 당하겠구나."

숲의 이변 이후 그라함은 벨그리프를 마음 터놓은 친구로 대해주었고, 자신 또한 그렇게 대해주기를 바랐다. 이 엘프 영웅은 높은 지명도 탓에 친구라 부를 존재가 손꼽아 헤아릴 만큼 몇몇밖에 없는 모양이었다.

처음에는 다소 조심스러웠던 벨그리프도 사정을 안 이후는 그라함의 기대대로 경칭을 붙이지 않은 채 편하게 이름 부를 뿐 아니라 스스럼없는 말투로 대화를 나누게 됐다. 그라함은 벨그리프의 곱절이 넘도록 많은 나이를 먹었지만, 그럼에도 두 사람은 대등한 친구로서 신뢰 관계를 구축해 나갔다. 노엘프는 자신을 영웅으로 경모하고 외경하는 추종자가 아닌 일개인의 인격으로 대해주는 존재에 굶주렸던 것 같았다.

지금 와서는 그라함은 완전히 아이 돌보미 역할이다. 밭일 따위

는 서툰 탓인가 딱히 적극적으로 손을 대려고 하지 않지만, 미토를 돌보는 일은 좋아하는 눈치다. 본인은 마왕의 조사를 겸한 관찰이라고 애써 주장하고 있다만, 미토를 상대할 때 표정은 손주와 놀아주는 할아버지와 다를 게 없다. 저렇게 지내는 동안 어느새 톨네라에서도 아이를 맡아 돌보는 경우가 슬쩍슬쩍 많아졌다. 과묵하고 위엄이 있는 그라함 상대로도 천진난만한 아이들은 주눅 들지 않고 잘 따라주고는 했다.

어쨌든 간에 벨그리프의 집에는 지난날과 또 다른 생활 방식이 자리 잡았고, 그것이 점점 정착되어 가는 중이었다.

보글보글 끓는 스튜가 맛있게 김을 피워 올리고 있다. 삶은 감자를 으깬 뒤 밀가루를 잘 섞어서 반죽한 다음 또 데쳐서 스튜에 듬뿍 얹어 넣는다. 거기에 잘게 썬 염소 치즈를 살짝 뿌렸다.

"다 됐어~. 아직도 비가 안 그치는 거야?"

"자꾸 내리는구나. 어쨌든 땅바닥이 질퍽거리니까 오늘 밭일은 힘들겠어."

요리가 담긴 접시를 늘어놓으면서 벨그리프가 대답했다. 던컨이 탄식했다.

"거 난처하군. 아직 밀 수확이며 탈곡도 끝나지 않았건마는."

"내리는 비를 어찌할 수야 있겠나."

"으음, 달리 방도가 없을 테지만, 꽤 안달이 나는구려."

농민의 삶에 푹 물든 던컨이 유쾌해서 벨그리프는 쿡쿡 웃었다.

완력이 있고 부지런한 던컨은 톨네라의 마을 사람들에게 평판이 좋았다. 도끼 다루는 데 능숙한 까닭도 있어 밭일뿐 아니라 나무꾼들 사이에서도 실력을 인정받고 있다. 던컨 본인도 모험가와는 다른 평온한 생활이 썩 불편하지는 않았는지 결국 마을을 떠날 타이밍을 놓친 듯싶다.

조금 이른 저녁 식사를 먹으면서 빗소리에 귀를 기울였다. 뚝뚝 지붕을 때리고 흘러내리다가 떨어져서 지면을 때린다.

빗소리라고 말은 한다지만, 비 자체에서 울리는 것이 아니라 비가 물체와 부딪치는 소리다. 분명히 끊임없이 죽죽 울리고 있는데도 그 때문에 되레 정적이 짙어지는 것 같았다. 이런 고요함을 깨뜨리기가 내키지 않는 것일까. 다들 말없이 빗소리에 귀를 기울이고 있었다.

마르그리트가 입가에 묻은 스튜를 엄지손가락으로 닦은 뒤 말했다.

"있잖아……. 겨울이 오면 톨네라에서 나가기가 많이 어려워지겠지?"

"맞단다. 엘프령 정도는 아닐 테지만, 이곳 근방도 눈이 깊숙이 쌓이거든. 가도가 정비된 것도 아니고 나가려면 꽤 힘들 거야."

"그렇구나……."

마르그리트는 말없이 스튜를 입에 가져가다가 이윽고 얼굴을 들어 올렸다. 몹시 진지한 기색이 서린 얼굴이다. 결의로 가득 찬 빛이 눈에 깃들어 있었다.

"나 말이야……. 겨울 전에 톨네라에서 나갈 생각이야."

움찔, 그라함이 눈썹을 움직였다. 눈을 가늘게 뜨고 지그시 마르그리트를 주시한다.

"이곳을 떠나 어디로 갈 계획이더냐?"

"남쪽. 톨네라는 좋은 곳이지만, 난 역시 큰숙부처럼 모험가가 되고 싶어. 다른 풍경을 보고 싶다고."

"……말린들 소용없을 테지."

그라함은 탄식하고 무릎 위쪽에 둔 미토를 쓰다듬었다. 미토는 이상하다는 표정을 짓고 마르그리트를 쳐다봤다.

"마리, 다른 데 가버려?"

"맞아. 그래도 영원히 가는 게 아니야. 일류 모험가가 된 다음 반드시 또 돌아온다."

마르그리트는 손을 뻗어서 미토의 머리를 톡톡 토닥였다. 미토는 변함없이 이상하다는 표정을 지은 채 마르그리트를 쳐다보고 있다.

어쩐지 그리운 기분이군, 벨그리프는 흐뭇한 기분이 들어 입가에 미소 지었다.

"맛있게 잘 먹었다."

접시를 들고 일어나서 마르그리트에게 말했다.

"뭐, 어쩌든 간에 출발은 가을 수확제 이후겠군."

"엉? 어째서?"

"가을 수확제에는 상단이며 행상인이 많이 온단다. 그 사람들이 돌아갈 때 같이 따라가면 될 거야."

벨그리프가 설명하자 마르그리트는 얼굴을 찌푸렸다.

"엑, 싫은데, 멋없잖아? 게다가 여행은 혼자 다녀야 마음이 홀가분하거든?"

그라함이 기막히다는 듯이 눈을 내리깔고는 고개를 가로저었다. 벨그리프가 쓴웃음 지으며 말했다.

"그래서는 일류 모험가가 절대로 못 될 텐데? 혼자 다니다가 또 미아가 될 셈이니?"

"윽……."

마르그리트는 얼굴을 붉게 물들였다. 던컨이 웃었다.

"마리 님, 모험가는 부담 및 위험성은 일단 줄이는 것을 첫 번째로 먼저 고려해야 한다오. 불필요한 부담은 여차할 때 몸의 움직임을 둔하게 만들기 때문이지."

"던컨의 말이 옳구나. 마르그리트, 네게 기본부터 이것저것 다시 가르쳐줘야겠구나."

"으윽……. 저, 정진하겠습니다."

그라함의 엄격하게 단련받을 앞날을 상상했을까, 마르그리트는 몸을 움츠리며 고개 숙였다.

○

얻어맞은 것처럼 확 날려 가버린 벡이 지면을 나뒹굴었다. 그 맞은편에는 마리아가 서서 언짢은 듯이 눈살을 찌푸리고 있었다.

"뭐하자는 짓거리냐. 이딴 공격도 못 피하는 게냐. 쿨럭."

"……시끄러워."

벡은 짜증을 내며 일어서서 팔을 앞으로 내밀었다. 입체 마법진이 떠오르고 머리카락이 검게 물들기 시작한다. 그러나 마리아가 재빨리 손가락을 흔들었다. 공간이 일렁거리더니 벡은 등을 떠밀린 것처럼 바닥에 푹 엎드려 쓰러졌다.

"그 수단은 못 쓴다. 마왕의 힘에 의지하지 마라."

"제길……."

벡은 억지로 일어서서 팔을 휘둘렀다. 모래색으로 빛나는 입체 마법진이 마리아를 향하여 날아든다. 그러나 입체들은 마리아에게 도달하기 전에 보이지 않는 벽에 부딪히는 모양새로 저지되었다. 다만 마리아는 만족스럽게 고개를 끄덕였다.

"그래, 그러면 된다. 몸이 지니는 마력의 기관을 의식해라. 마왕의 마력과 자기 마력을 분리해라. 쿨럭, 쿨럭……."

"크……."

그러나 기력이 다한 듯 벡의 머리카락이 백색과 검은색으로 얼룩얼룩 물든다. 그러자 즉각 마리아의 마법이 벡을 타격했다. 벡은 바닥에 푹 엎어졌다.

"너무 빠르군. 더 버텨봐라."

"망할 할망구……! 시건방 떨지 마라!"

노호와 함께 일어선 벡은 입체 마법진을 거대화시켜 마리아를 목표로 떨어뜨렸다.

그러나 벡이 분노에 차 날린 일격도 마리아는 손가락 하나로 천연덕스럽게 날려버린다. 곧바로 다시 마법을 써서 벡을 때려눕혔다. 마리아는 언짢아하며 독설을 내뱉었다.

"꽥꽥 소리 지르면 갑자기 강해지나? 어리광 부리지 마라, 되바라진 꼬맹이?! 꺼헉! 콜로옥콜록! 쿨럭쿨럭!"

목에 가래라든가 뭐가 걸렸는지 거하게 연신 기침을 토하는 마리아에게 안젤린이 허둥지둥 달려가서 등을 쓸어 만져줬다.

"할매, 괜찮아?"

"쿨럭……. 제길, 지긋지긋하군."

마리아는 얼굴을 찌푸린 채 지면에 퉤 침을 뱉었다. 저쪽에서는 모래투성이가 된 벡을 샤를로테가 부축해서 일으켜주고 있다.

이곳은 올펜의 길드가 보유하고 있는 훈련장이었다. 돌벽으로 둘러싸 놓은 흙바닥의 널찍한 도장 비슷한 곳이다. 햇병아리 모험가들의 단련 및 모험가의 자주적 훈련에 사용되는 시설이며, 경도 강화의 술식이 각인된 튼튼한 벽을 둘러놓은지라 강력한 마법을 날려도 쉽사리 부서지지 않는다. 그럼에도 아마 역전의 강자들이 새겨 놓았을 흠집을 이곳저곳에서 볼 수 있었다.

처음에는 잠시 짬 내서 마왕의 조사를 시작했던 마리아는 뜻밖에도 열중하게 된 터라 그간의 연구를 내팽개치고 마왕 관련의 조사에 시간을 할애했다. 아직 시작한 지 그리 긴 시간이 지나지 않았건만, 과연 제국에서도 이름이 높은 대마도사의 일좌였다. 이미 마왕이라는 존재의 개요를 포착하는 과정에 있는 것 같았다.

그런 와중에 벡의 안쪽에 있는 마왕을 어떻게든 하고 싶다는 안젤린의 의도와도 뜻이 맞았던지라, 이렇듯 마력 다루기와 전투의 공방을 가르치면서 마력과 관련 사안을 조사하고 있다.

벡은 상당한 수준의 입체 마법진을 구사할 수 있지만, 그 마력은 본인에게 잠재된 마왕의 힘에 많은 부분을 의존하고 있다. 그것이 안젤린은 도통 달갑지 않았다. 벡 본인도 마왕의 마력을 혹사할수록 인격이 마왕에게 차츰차츰 침식되는 것을 실감했었던 터라 안젤린의 제안을 받아들여서 마리아에게 훈련을 받게 되었다.

그러나 마리아의 훈련은 가차 없었다. 전혀 사정을 봐주지 않는데다가 가르침을 못 따라오면 무자비하게 마법이 날아든다. 더구나 성공했을 때 딱히 기꺼워하며 칭찬해주는 것도 아니다.

이제껏 소문만 들었는데 실제 광경을 목격하게 된 안젤린은 확실히 밀리엄이 비뚤어져서 맨날 마리아의 험담만 늘어놓는 이유도 대강 알 것 같았기에 살짝 웃었다. 그래도 저런 태도는 분명 마리아의 처절한 무뚝뚝함에서 비롯되었다는 생각도 든다. 그래서 밀리엄 역시 맨날 험담만 늘어놓기는 해도 마리아를 잘 따르지 않았던가.

벡은 몸을 일으켜서 거듭 기침했다. 샤를로테가 등을 문질러줬다.

"벡, 괜찮아?"

"칫……."

상체를 구부려서 무릎에 손을 짚은 채 마리아를 희번뜩 노려봤다.

"할망구, 한 번 더 붙지. 감각은 잡았다."

"왜 자꾸 아가씨를 할망구라고 부르는 게야. 딴소리는 관두고 어서 덤비거라. 쿨럭……!"

다시 대결을 시작한 두 사람을 앞에 두고서 안젤린과 샤를로테는 뒤쪽으로 나란히 물러났다.

"언니, 벡은 괜찮을까?"

"괜찮아. 할매가 덜커덕 죽일 사람은 아니니까……."

벡은 마법진을 다루면서도 낮은 자세로 훈련장을 이리저리 돌아다녔다. 때때로 머리카락이 살짝 물들었지만, 완전히 물들지는 않았다. 조금씩 억제하는 요령을 포착하고 있는 것 같았다. 마리아는 예사롭지 않게 엄격했지만 결코 방향이 잘못되지는 않았다.

처절한 대결을 목격하면서 살짝 겁이 났는지 샤를로테는 가만히 안젤린의 손을 꽉 힘주어 쥐었다. 안젤린도 손을 맞잡아줬다. 샤를로테는 안심한 기색으로 숨을 쉬었다.

"……싸우는 게 무서워?"

"응……. 사미지나의 반지가 있을 때는 그 힘으로 뭐든 다 가능할 것 같았지만."

그렇지만 그 만능감 때문에 자신은 오만해졌었다. 샤를로테는 입술을 꾹 깨물었다.

이렇듯 안젤린과 생활하는 평온한 나날에서 만나는 사람들은 모두가 다정하고 친절했다. 세상 전부를 증오하며 몹시 사나웠던 마음이 이제 와서는 잘 기억나지도 않는다.

솔로몬의 무녀로 이곳저곳을 돌아다녔을 때는 비록 피를 보기는 싫어했지만, 다른 사람을 상처 입히는 데 어떤 저항도 없었다. 복수심과 귀족 가문의 영애였다는 자존심만 마냥 부풀었다. 만나는 사람 모두를 업신여김으로써 자신들의 행동을 정당화하려는 의도가 아니었을까 싶다.

그러나 이런 식으로 어떤 힘도 없는 계집아이가 되어버리니까 싸움이라는 행위를 가까이 하는 것이 몹시도 두렵게 느껴졌다. 그래서 무의식중에 안젤린에게 바짝 붙어서 따스한 온기에 기대고 만다.

안젤린은 샤를로테의 어깨를 끌어안아서 톡톡 토닥였다.

"그래도 무슨 일이 벌어질지 몰라. 샤를로테도 조만간에 마법을 배우는 게 좋겠어."

"……마리아 할머님한테?"

"……아니, 조금 더 친절한 사람한테."

눈앞에서 뻥 날아가는 벡을 보고는 안젤린이 쓴웃음을 지었다.

마침내 벡이 한계를 맞이했기에 훈련은 마무리됐다.

벡은 굴욕에 젖어 표정을 일그러뜨린 채 안젤린에게 부축을 받아 일어섰다.

"제기랄……. 네 녀석한테 부축을 받게 되다니……."

"쑥스러워? 쑥스럽구나. 누나가 같이 있어주면 안심이지?"

벡은 미간이 주름지도록 찡그린 뒤 억지로 직접 일어서고자 안젤린을 뿌리쳤지만 곧 비틀거리면서 무릎 꿇었다. 안젤린은 기막혀하며 벡의 팔을 잡아줬다.

"뭐하는 거야……."

"시, 시끄러워……."

"벡, 쑥스러워하지 않아도 돼. 언니는 너를 걱정해서……."

"쑥스럽지 않다!"

법석법석 입씨름을 벌이던 때에 마리아가 여전히 언짢아하는 얼굴로 다가왔다. 다가서자마자 몸을 굽혀서 벡의 얼굴을 두 손으로 붙잡는다. 그러곤 자기 얼굴을 바짝 가져다 댔다. 숨결이 닿고 이마와 이마가 부딪힐 만큼 가까운 거리였다. 벡은 흠칫하면서 눈을 커다랗게 떴다.

"뭐냐!"

안젤린과 샤를로테는 「꺄아~」 뺨을 붉히며 두 손으로 얼굴을 가렸다. 다만 손가락 틈으로 훔쳐보고 있었다. 벡은 눈에 띄도록 당황했다.

"머, 멈춰라!"

"엉? 입맞춤이 아니다. 대체 뭔 착각질이냐, 되바라진 꼬마야."

"큭!"

벡은 뺨을 상기시킨 채 마리아를 노려봤다. 마리아는 그런 벡의 눈을 들여다봤다. 검은 눈동자에 잔뜩 찌푸린 얼굴이 비쳤다. 눈에 힘주고 집중해서 눈동자 안쪽에 언뜻언뜻 보이는 마왕 카임의 형체를 찾는다. 희미한 그림자만이 작게 일렁거리다가 신기루처럼 사라졌다.

"흥……. 뭐, 저번보다는 잘 억제되어 있군."

말을 꺼내는 마리아의 정수리를 비틀린 지팡이가 뒤쪽에서 일격을 가했다. 눈에서 불이 나왔다. 마리아는 머리를 부여잡고 쭈그려 앉아 신음했다.

"끄오오오오오……!"

"못되어 먹은 색골 할망구야!! 벡 군한테 무슨 짓이야!"

밀리엄이 분노한 표정을 지은 채 우뚝 서 있었다. 마리아는 눈물을 글썽거리며 밀리엄을 노려봤다.

"이딴…… 바보 제자를 봤나! 스승을 냅다 후려갈기다니 도대체 뭔 심보인 게냐!"

"시치미 떼도 소용없거든? 웬 얼굴을 바짝 가져다 대곤……."

그렇게 말하면서 밀리엄은 뺨을 붉혔다.

마리아는 넌더리가 난다는 듯이 얼굴을 찌푸리며 일어서더니 밀리엄의 모자를 낚아채서 던져버리고 고양이 귀를 붙잡아 홱 잡아당겼다.

"혼자 뭔 지레짐작을 하는 게야! 이 바보 고양이 녀석, 고양이탕을 끓여주랴!!"

"아야야야야야! 무, 무슨 짓이야, 에잇~!"

밀리엄은 지팡이를 집어 던지고 마리아에게 덤벼들었다. 그대로 두 사람이서 흐물흐물 장난치듯이 다투고 있다. 다만 마법사 사이의 육탄전인 데다가 한쪽이 병든 노인이니까 도무지 박력이 없다.

기막혀하는 얼굴로 서 있는 안젤린의 곁에 아마도 밀리엄과 함께 왔을 아넷사가 다가왔다.

"뭐하는 거야?"

"벡의 몸속에 마왕 상태를 할매가 살펴봤거든. 그런데 미리가 착각했어."

"그래서 저런 꼴이라고? 어휴, 못살아. 사이가 좋은 거야, 나쁜 거야……."

마리아도 밀리엄도 본분은 마법인 터라 격투에는 재주가 없어서 딱히 제대로 다투지도 못한 채 양쪽 다 숨을 헐떡이며 무릎을 꿇고 말았다.

"역시 사이가 좋아."

"동감이네."

안젤린과 아넷사는 얼굴을 마주 보고는 쿡쿡 웃었다.

샤를로테에게 부축을 받아서 벡이 비틀비틀 다가온 뒤 불쾌하다는 듯이 혀를 찼다.

"제길……. 터무니없는 할망구군."

"흐흥, 쑥스러워하는 너도 귀여웠다네, 벡 군."

"벡 군이라고 부르지 말라니까. 애당초 진짜 마왕을 조사하겠다면 먼저 네 녀석부터 조사하는 게 맞지 않겠냐."

"내가 강한 건 아빠 덕분이라고 몇 번을 말해줘야 해?"

"쳇……. 무사태평한 녀석……."

"벡, 언니한테 나쁜 말 쓰면 안 돼!"

샤를로테가 손바닥으로 벡의 이마를 찰싹 때렸다. 벡은 체념했는지 한숨 쉬었다.

45 적발 소년은 다소 긴장한 표정으로

적발 소년은 다소 긴장한 표정으로 허리에 찬 검의 자루에 손을 가져갔다.

푸른 하늘 아래, 풀이 우거진 평원의 저편에서 수많은 마수가 무리를 지어 으르렁거린다.

소년의 옆쪽에는 다양한 연령의 모험가들이 제각각 무기를 손에 들고 마수와 대치하고 있었다. 그러나 젊은이가 많은 듯싶다. 그야 그럴 수밖에, 이곳에 있는 모험가들은 대체로 C랭크 정도의 인물뿐이었다. 인원수는 상당히 많다.

합동 토벌 작전이었다. 인간형 마수가 대량 발생해서 던전 바깥에 흘러넘쳤던 까닭이다.

고위 랭크의 마수는 아니었다. 따라서 길드 관계자가 하위 랭크 모험가의 경험을 위함이라며 C랭크까지 모험가와 파티를 모아 토벌대를 결성했다.

"이봐, 이번에는 설렁설렁 싸우지 마라!"

"으음……."

옆에 선 모험가가 으름장을 놓으며 말하기에 적발의 소년은 고개 숙였다.

소년은 월초부터 어느 모험가 파티에 가입했었다. 그들도 신출내기 파티인지라 길드에서 소집령을 받았다.

적별의 소년은 파티 몇몇을 전전하고 있는 상황이었다. 소년 본인의 검 솜씨는 잘 봐줘야 중견 수준이었지만, 타고난 신중함에서 비롯된 전황을 판단하는 관찰력이라든가 사전 준비 및 경계 따위는 여느 인물보다 뛰어나게 수행할 수 있었다.

그러나 사수 및 마법사 등 후위라면 어쨌든 간에 소년은 검사였다. 전면에 나서서 자기 무력을 발휘하는 것이 첫 번째 역할이다. 그런 불균형 때문에 소년은 어느 파티에서도 별것 아니라는 평가를 받았던 터라 오래도록 머무를 수가 없었다.

현재 파티에서도 비슷하다. 혈기 왕성한 신출내기 모험가들은 한 발짝 걸음을 늦춰 전황을 판단하는 신중함이 없을뿐더러, 그 중요성도 딱히 인식하고 있지 않다. 실제로 하위 랭크의 의뢰 따위는 어설프게 전략을 세우지 않아도 냅다 밀어붙여서 극복하는 경우가 많다. 분류하자면 먼저 상대가 택할 수단부터 살피는 타입이었던 적발 소년은 겁쟁이라는 딱지가 붙는 바람에 이미 이번 파티 내부에서도 슬슬 홀대를 받는 처지였다.

전체를 지휘하도록 길드에서 붙인 고위 랭크의 모험가가 토벌대를 전진시켰다. 마수들도 우렁차게 포효를 내지르면서 전선으로 쏟아졌다. 모험가들은 흥분해서 무기를 들어 올리며 더욱 많은 전공을 세우고자 달려 나갔다.

"간다, 우오오!"

적발 소년이 속한 파티도 앞다투어 전선으로 치고 나간다. 적발 소년도 달리고는 있으나 다소 느직했다.

선봉끼리 맞부딪친 다음은 눈 깜짝할 사이에 혼전의 양상이 전개됐다. 곳곳에서 무기가 맞부딪치고, 화살이 어지럽게 날아다니고, 마법이 번쩍거렸다. 노호와 비명이 울려 퍼진다.

적발 소년은 너무 전면에 나서지 않은 채 다른 모험가의 사각에서 나타나는 마수를 중심으로 해치우면서 주변 상황을 파악하고자 주의를 기울였다.

모험가들은 눈앞의 적을 도륙하는 데 몰두하고 있다. 하위 랭크의 마수뿐이라 해치우는 데 별달리 큰 힘이 들지 않는다는 점이 저돌 맹진에 박차를 가하는 듯싶었다. 해치우는 만큼 랭크의 승격으로 연결되는 데다가 높은 평가를 받을 수 있다. 어차피 엄한 통솔을 받는 군대와는 형편이 다른지라 제멋대로 활약해도 결과가 전부였다.

그래서일까, 소년을 제외하고 아무도 이변을 깨닫지 못했다.

"……큭! 위험해!"

적발 소년은 우익의 측면으로 달려 나갔다.

크게 우회했었던 마수의 무리 하나가 토벌대의 측면에서 이쪽을 향해 똑바로 달려들고 있었기 때문이다.

달려가면서 적발 소년은 지휘관을 찾았다. 그러나 개개인이 마구 날뛰는 모험가들을 통제하는 데 정신이 없어 도저히 보고를 올릴 상황이 아님을 깨달았다. 게다가 거리가 너무 멀어서 보고하고 싶어도 목소리가 닿지 않는다.

"큭! 이쪽이다! 측면에서 온다!"

그럼에도 적발 소년은 검을 손에 들고 부르짖었다. 근처에 있던 모험가 몇몇이 이쪽을 보고 놀라서 무기를 들고 갑작스레 들이닥치는 마수와 맞서 싸웠다. 비록 선수는 빼앗겼다지만 간신히 기습을 받는 처지는 면할 수 있었다.

이후 얼마나 시간이 흘렀을까. 전투는 토벌대의 승리로 끝났다. 아무런 위기도 없었던 것은 아니었으나 사망자도 중상자도 적었다. 상처가 아파 신음하는 인물도 있었지만, 대부분은 승리에 취해서 기분 좋게 떠들어 댔다.

적발 소년은 지팡이 대신 검에 의지해서 커다랗게 숨을 쉬었다.

결국 자신이 측면의 적에 대응할 수 있었던 것은 처음 잠깐뿐이고, 이후는 늦게나마 상황을 파악한 다른 모험가들이 활약했다. 검 솜씨가 자신보다 뛰어난 자는 얼마든지 있다. 그렇다면 직접 해치운 마수의 숫자가 관건이었다. 지휘관은 전선을 통제하는 데 고전했던 만큼 적발 소년의 공적 따위는 남이 알아줄 리 없었다.

그때 소년이 속한 파티의 리더가 화난 기색으로 다가왔다.

"빌어먹을 놈, 감히 또 혼자서 도망쳤겠다?"

"아니, 난……."

"시끄럽다! 우리 파티에 쓸모없는 놈은 두지 않는다. 오늘이 마지막이니 썩 꺼져!"

반론 따위는 듣지도 않겠다는 듯이 리더가 어깨를 들썩거리며 떠나갔다.

소년은 어깨를 으쓱였다.

어쨌든 간에 저 파티에도 오래 머무르지는 못했을 테지. 자신의 서툰 처세술이 싫어지는 기분이다, 소년은 쓴웃음을 지었다.

“이봐.”

돌아가려던 소년에게 말을 붙이는 인물이 있었다.

고개 돌렸더니 웬 연녹색 머리카락의 나이 비슷한 소년이 똑바로 이쪽을 쳐다보고 있었다. 살짝 곱슬거리는 머리며 뾰족하게 튀어나온 코가 굳센 기질을 나타내주는 것 같았다.

적발 소년은 다소 당황해서 이리저리 시선을 보냈다. 다른 사람이 또 있지는 않다.

“……나?”

“맞아. 너, 굉장하더라.”

“음……? 뭐가?”

“뭐기는……. 아까 측면의 기습 말이지. 용케 눈치챘더군.”

“아니…… 뭐.”

제대로 칭찬받았다고 생각하니까 뭔가 겸연쩍어져서 말이 나오질 않았다.

연녹색 머리카락의 소년은 씩, 쾌활한 웃음을 짓고 소년의 어깨를 두드렸다.

“마음에 들었다! 너, 내 파티에 들어오지 않겠어?”

○

세차게 내리 휘두르는 도끼가 장작을 절반으로 쪼갰다. 우지끈 소리를 울리며 지면으로 나가떨어지는 장작을 주워서 맞은편에 쌓아 둔 더미에 던져 넣는다.

점심 식사를 마친 벨그리프는 한낮부터 묵묵히 장작을 팼다.

겨울나기 중 땔감은 절대 바닥나서는 안 되는 중요한 물자였다. 작년 여름에 미리 둥글게 잘라서 말려 둔 나무를 하나하나 쪼갠다.

일손이 부족하여 장작 준비까지 손대지 못하는 집에도 겨울 한 철을 넘길 수 있을 땔감은 배분되지만, 장작이 많아서 곤란할 일은 없다. 따뜻하게 지내고 싶다면 장작을 많이 지펴야 한다. 그런 여분은 각각 집에서 직접 마련해야 했다.

장작 패기용 받침대에 놓은 통나무에 도끼를 박아 세우고 벨그리프는 허리를 쭉 폈다.

미토와 그라함이 조금씩 장작을 안아 들고는 장작 선반으로 날라서 쌓아 올리고 있다. 그라함은 몇 개씩 한꺼번에 안아 들었지만, 몸이 자그마한 미토는 하나씩이다.

옮기면서 미토는 그라함을 올려다봤다.

"할부지……. 이거 태워?"

"그래."

"태우면 따뜻해져?"

"그렇지."

"할부지, 태우는 거 좋아?"

"아니. 딱히 좋아하지는 않는구나."

"그러면 싫어?"

"……아니, 좋거나 싫은 문제가 아니란다."

"문제……."

"……어서 옮기자꾸나, 미토."

무의식중인지 어떤 이유인지 손에 든 장작을 베어 물려고 하는 미토의 머리를 급히 잡으며 그라함은 말했다. 가만히 지켜보던 벨그리프는 쿡쿡 웃었다.

요즘 들어서 미토도 일을 돕는 데 재미 붙였는지 다른 사람을 흉내 내서 이것저것 손을 대고 있었다. 그것이 흐뭇한 반면 염려도 되는지라 어른들은 더더욱 미토에게서 눈을 떼지 못했다. 외모보다도 내면이 많이 어린 데다가 몸이 마른 탓인지 인간이 아닌 탓인지 안아 올리면 몹시 가볍다. 그것이 과보호를 부추기는 요인 같기도 했다.

물론 대부분의 시간은 그라함이 맡아보고 있다. 과묵한 그라함이 비슷하게 별로 말수가 많지 않은 미토와 함께 지내면서 가끔 엉뚱한 대화를 나누는데, 그때마다 벨그리프는 우스워서 견딜 수가 없었다.

하루가 지나 물러났던 거센 비가 진창을 남기고 간 까닭에 다소 애를 먹으면서도 또 가을 일거리를 시작했다.

며칠 동안 햇볕을 쬐어 마른 밀을 거두어들이고, 콩을 수확한다. 낟알을 턴 밀을 펼쳐서 건조시키고, 콩은 밤마다 한 알씩 선별해서 벌레 먹거나 작은 알갱이를 골라냈다.

콩깍지는 쌓아서 썩혀 비료로 쓴다. 일부는 바삭바삭 말리면 난로용 불쏘시개가 된다. 밀 껍데기는 감자 및 야채의 보존에 쓰고, 밀짚 및 콩 부스러기는 양과 염소, 당나귀의 먹이로 준다. 또한 난로에서 나오는 재며 가축의 분뇨는 비료가 되어 밭으로 되돌아간다. 온갖 자원을 헛되이 버리지 않고 전부를 다 유용하게 쓰고자 하는 것은 선조 대대로 전해 내려오는 삶의 지혜다.

장작 패기를 일단락 짓고 쪼개 둔 몫을 장작용 선반에 간수한 뒤 벨그리프는 숨을 내쉬고 하늘을 올려다봤다.

전날의 비가 거짓말이었던 것처럼 활짝 개었고, 높고 푸르른 가을 하늘은 끝없이 뻗쳐 나간다. 벌레, 벌레를 노리는 작은 동물들, 다시 작은 동물을 노리고 있는 듯 솔개와 매가 원을 그리고 있었다.

마당 너머의 좁은 길을 미토와 손을 붙잡은 그라함이 걷고 있다. 산책을 가고 싶다고 말한 미토의 보호자 노릇이다. 맞은편에서 온 농부가 친근하게 인사를 건네자 그라함도 조심스럽게 답례했다.

흐뭇한 기분으로 그 광경을 지켜보고 있던 벨그리프를 불현듯 북쪽에서 부는 차가운 바람이 어루만졌다. 벨그리프는 몸을 부르르 떨고 일어섰다.

"겨울이 많이 다가왔구나."

도끼를 치운 뒤 밭을 정리했다. 말라서 시든 여름 채소의 모종을 제거한 뒤 작년부터 재워 놓았던 비료를 넓게 뿌려 놓는다. 나중에 싹 쟁기질해서 봄까지 놔둔 뒤 봄이 왔을 때 다시 야채를 심을 것이다.

미토는 이미 자기 다리로 걸어 다닐 수 있을 만큼 자라서 괜찮지만, 안젤린이 아기였을 때는 포대기에 싸서 짊어지고 이런 일거리를 해치웠더랬지, 새삼 벨그리프는 추억에 잠겼다.

묘하게 자꾸 옛 생각이 난다 싶어서 벨그리프는 쓴웃음을 지었다. 나이를 먹었다는 증거인지도 모르겠다.

그러고 보니 저번에 보르도까지 가서 헤어졌을 때 초가을 무렵 귀성하겠다고 호언했던 안젤린은 아직껏 별다른 소식이 없다. 편지 한 통도 없는지라 조금 걱정이었다.

물론 저번에 돌아왔을 때도 사전에는 아무 연락이 없었던 만큼 이번에도 어쩌면 비슷할 수 있겠다. S랭크 모험가쯤 되면 자신은 상상도 하지 못할 갖가지 바쁜 일거리가 있지 않겠나 싶어 벨그리프는 혼자서 고개를 끄덕였다. 그렇게 자기 자신을 납득시키면 다소나마 걱정을 덜 수 있었다.

밭일을 일단락한 뒤 누군가의 일거리나 거들러 갈까 싶어서 허리를 일으켰을 때 저쪽에서 마을 젊은이가 달려왔다.

“여기~ 벨 씨!”

“오, 무슨 일이냐?”

“마리랑 여럿이 숲에 들어갔거든! 거기서 어마어마 큰 사슴을 잡았어! 해체할 테니까 도와주라!"

"흠, 어디까지 잘라서 들고 왔나?"

"목은 떼어 냈어. 그리고 배를 갈라서 내장을 꺼낸 다음에 지금은 강에 담가서 피 빼는 중이고."

젊은이들도 제법 듬직해졌구나. 감탄하면서 벨그리프는 자신을 부르러 왔던 젊은이의 뒤를 따라갔다.

마을 바깥에서 흐르는 강, 그곳에서 우물로 충분하지 않은 물일 따위를 처리한다.

가봤더니 머리가 잘리고 배가 갈라진 사슴의 몸을 강의 물결에 담가 놓았다. 피가 주름처럼 구불구불 하류 방향으로 이어지고 있었다. 해체용 나이프를 연마하고 있는 젊은이가 보인다.

강변에 서서 마르그리트가 자랑스럽게 가슴을 폈다.

"어때, 벨! 거물이라고!"

"그래, 대단하구나."

겨울을 대비하여 먹이를 잔뜩 먹어 두었을 테지, 기름이 오른 커다란 암사슴이었다. 이런 크기면 마른고기를 만들 때 상당한 양이 나온다. 가을 수확제의 식탁도 화사해지겠다.

우선 가죽부터 벗겨야 한다. 흠집이 나지 않도록 신중하게, 깔끔하게 무두질하면 의복이나 깔개로 사용할 수 있다.

벨그리프는 본인이 손대는 대신 젊은이들의 성장을 응원하기 위해 가만히 지켜보면서 적절한 때에 지시를 내렸고, 점점 고기로 바뀌어 가는 사슴에게 마음속으로 기도를 올렸다.

○

밤이다. 거리에는 불이 켜졌고, 귀갓길을 서두르는 사람들이 도로를 오가고 있다. 해가 떨어지고 난 이후의 바람은 산들바람이라기에는 적이 쌀쌀해졌기에 옷을 한 겹 더 겹쳐서 입고 싶어졌다. 막 떠올랐을 때는 노란색을 띠었던 달이 푸르스름하게 물들어서 서늘한 빛을 도시의 집집마다 지붕에 내리비치고 있다.

낮 동안 이곳저곳을 걸어 다니면서 이런저런 물품을 사들였던 안젤린은 귀성 준비에 여념이 없었다. 이제 며칠 뒤면 출발이다. 부족한 부분이 없도록 계획 세워서 짐을 꾸린다. 물론 선물도 잊지 않는다.

갈아입을 옷을 준비한 다음 사 왔던 선물을 늘어놓고 확인하던 중 안젤린은 자꾸 기뻐져서, 기분이 들떠 올라서 미소가 얼굴에 들러붙은 채 떨어져 나갈 줄을 몰랐다.

“후, 후후……. 돌아간다……. 기다려라, 바위월귤…….”

쭉 늘어놓은 선물을 앞에 두고서 웃는 안젤린을 보다가 벡이 눈살을 찌푸렸다.

“아주 변태가 됐군, 네 녀석.”

“시끄럽다, 벡 군……. 돌아갈 고향이 있어……. 이보다 더 기쁠 수가 없다네…….”

“뭐라는 거야…….”

저 바보 여자는 아버지와 얽힌 일이면 더욱 바보가 된다. 벡은 탄식했다.

정나미가 뚝 떨어진다는 표정의 벡과 대조적으로 샤를로테는 안젤린과 마찬가지로 희색을 띠고 웃음 지었다. 톨네라에 가는 것이 즐거워서 못 견디겠다는 느낌이다.

샤를로테는 색깔이 있는 털실 머플러를 들어 올렸다. 털실 뭉치를 사 와서 본인이 직접 엮었다. 루크레시아에서 살던 시절에 교양의 일환으로 배운 기술이 이런 식으로 도움이 된다는 게 샤를로테는 많이 기뻤는지 생글생글 웃음 지으며 말했다.

"언니! 이 머플러, 아버님이 기뻐해주실까?"

"응. 톨네라는 추운 곳이니까 분명히 기뻐할 거야. 다음에 나한테도 뜨개질 가르쳐줘."

"응! 에헤헤."

벡은 탄식했다.

"네 녀석의 아버지라면 저번에 마주쳤던 빨간 머리 아저씨잖냐? 어디가 좋다는 거야."

안젤린과 샤를로테가 나란히 벡을 돌아봤다. 찌르는 듯한 진지한 시선 앞에서 벡은 무심코 몸을 움츠렸다.

"벡 군. 너도 아빠랑 만나면 분명히 알게 될 거야."

"맞아! 손이 정말로 따뜻했어!"

"너는 잠깐밖에 못 만났었잖냐."

그런데도 이렇듯 심취한 이유가 대체 무엇일까, 벡은 의아한 기분이 들었고 벨그리프는 어떤 사람인지 다소나마 흥미가 솟아났다. 그러나 동시에 어쩐지 만나는 게 무서워지기도 했다.

여러 번 격렬한 단련의 끝에 벡은 마왕의 힘을 예전보다 더 억제하는 데 성공했다. 어지간한 강적과 싸우게 되지 않는 한 이상은 없겠다는 것이 마리아의 말이었다.

다만 어디까지나 마력을 의식적으로 사용하고 있을 때로 한정했을 경우다. 전투 상황에는 그쪽에 의식을 쏟기 때문에 도리어 제어가 간단하지만, 평소에 아무것도 없을 때일수록 의식이 어긋나기 쉬웠다.

그 때문에 벡이 평소부터 자기 방어를 위해서 자동 전개하고 있는 불가시 입체 마법진의 사용은 자제하도록 지시가 떨어졌다. 벡 본인의 마력 소유량은 특별히 많은 편이 아니어서 마왕의 강대한 마력에 의존하는 형태로 구성된 술식인지라 쓰면 쓸수록 무의식적으로 몸속 마왕의 마력에 접속할 가능성이 있었다. 의식하고 있을 때는 억제가 가능해도 스물네 시간 내내 마력 제어만 신경 쓸 수도 없는 노릇이리라.

사실 시간이 충분하다면 마법진의 효율적인 구성 방식도 전수하고 싶었다던데 시간이 부족했다. 벡은 눈살을 찌푸렸지만, 딱히 싸울 이유가 없다면 싸우고 싶진 않았는지 얌전히 말을 따라줬다.

상황에 따라서는 벡의 단련이 끝날 때까지 올펜을 벗어나지 않을 각오였지만, 이제는 안심할 수 있겠다. 톨네라에 가면 올펜에서 지낼 때보다 전투 기회는 줄어들 테고, 마력을 행사할 필요도 없다.

이상하게 비뚤어지고 어긋난 벡의 성격도 평온한 생활 속에서 점점 부드러워지리라고 안젤린은 기대했다. 그렇게 되면 머지않아 누나라고 불러줄지도 모르겠다.

샤를로테의 안전 확보라면 너무 서두를 필요는 없다 여겨졌다.

루크레시아 본국은 혼란에 빠져 있는 데다가 공국 최북단의 톨네라까지 올라가면 굳이 추적자가 쫓아오지도 않을 것이다.

자기 방어를 위한 마법 훈련을 시켜주지 못한 게 조금 걱정이지만, 밀리엄도 비록 가르치는 재주가 서투르대도 기초의 기초 정도는 가르칠 수 있다.

샤를로테는 마왕에게 비롯된 보석의 힘이라지만, 마법을 쓴 경험이 있을뿐더러 교양도 충분하니까 마리아에게 마도서를 몇 권 빌려서 가면 그럭저럭 스스로 연습할 수 있을 것이다. 최저한, 도움을 줄 사람이 올 때까지 자기 자신을 잠깐만 지킬 수 있다면 족할 테니까.

이런 식으로 안젤린은 안젤린 나름대로 이번 귀성에 대해 이것저것 생각을 정리해 두고 있었지만, 결국은 자신이 벨그리프와 만날 수 있다는 게 가장 기쁘다는 사실에는 변함이 없다.

초봄에 막 다녀온 참인데도 이미 고향을 그리워하는 마음이 뭉게뭉게 부풀어 올라 스스로도 감당할 수가 없는 지경이었다.

이번에는 마차를 직접 구입하지 않고 승합 마차를 타고 간다.

가을 수확제 무렵이 되면 톨네라로 향하는 상단 및 행상인이 있을 것이다. 그 일행에 편승해서 가을 수확제 시기의 톨네라에 돌아가면 된다.

"완벽한 계획이야……. 자신의 재능이 두렵구나."

안젤린은 흠흠 코웃음을 쳤다.

그렇게 선물을 골라낸다. 살 때는「이거」라고 생각했던 물건도 막상 보니까 상당히 많다. 전부는 가지고 갈 수가 없을 테니까 개중에서도 좋은 물건을 따로 선별해야 한다. 이 역시 제법 즐겁다.

그때 낮에는 볼일이 있어서 따로 행동했던 아넷사와 밀리엄이 찾아왔다. 이번에도 함께 톨네라로 떠난다. 여행 계획을 상의하기 위해서 오늘 밤은 안젤린의 방에 집합하자고 약속했다.

방에 들어온 두 친구는 발 디딜 자리도 없도록 가득 찬 선물 앞에서 기막히다는 듯이 웃었다.

"와아, 또 엄청나게 사들였구나."

"이번에는 마차 없거든~? 얼마나 다 들고 가려고~?"

"지금 열심히 고르는 중……. 너희도 도와줘."

"또 고르는 거냐……."

"좋아~ 기합 넣고 골라주마~."

그렇게 여자 넷이 꺅꺅 떠들며 선물을 가리고 골라낸다.

안젤린과 덩달아 휩쓸리는 경우도 많은 밀리엄은 어쨌든 간에 평소에는 한 걸음 물러나서 타박을 놓는 아넷사까지 비슷한 꼴인지라 벡은 살짝 놀랐다.

"이봐…… 이봐, 아넷사."

"응? 뭐야? 벡."

"……너도, 저 녀석의 아버지를 만나고 싶나?"

"벨 아저씨? 그, 글쎄……. 응, 만날 수 있으면 만나고 싶어. 으음…… 뭐랄까, 마음이 놓이거든, 벨 아저씨랑 같이 지내면."

아넷사는 쑥스럽게 웃고는 뺨을 긁적거렸다.

벡은 절레절레 머리를 흔들고는 묵묵히 벽에 기대어 섰다.

○

남자는 모자를 쓰고 할기시 라이오넬을 노려봤다.

"이만 실례하지. 결단코 어설픈 꾀는 부리지 마시라고 당부드리겠소."

"아, 아이고……."

"당부드리겠소."

"……네."

남자는 망토를 펄럭거리며 떠나갔다. 올펜의 영주가 보낸 사자였다. 쾅, 문이 닫힌다. 그 광경을 줄곧 지켜보던 라이오넬은 머리를 감싸 쥐었다.

"어째서…… 왜 이렇게 타이밍이 나쁜 걸까."

옆에서 팔짱을 낀 도르토스가 난처해하며 턱수염을 쓸어 만졌다.

"……모르는 척 시치미를 뗄 수도 없게 됐구나, 라이오넬."

"으아~ 최악입니다. 안제 양, 곧 출발이잖아요? 결국에 말하려면 조금 더 빠른 타이밍이었어야…….”

“며칠만 더 늦게 나타났다면 좋았으련만……. 과연 빨리도 손을 쓰는군그래.”

도르토스는 탄식한 뒤 탁자에 놓인 편지로 시선을 줬다. 편지 자체는 얼마 전 도착한 연락이지만, 이번 사자는 편지의 내용을 길드가 파악하고 있는지 확인하러 온 인물이었다. 체보르그가 짜증스럽다는 듯이 탁자를 손가락 끝으로 두드렸다.

“하는 짓거리가 뭐 이리도 째째한가! 영주 자식도 비위 맞추기에 급급하는 꼴이 아주 한심하구나! 어쩌라는 게야!”

“큰 목소리로 떠들지 않아도 다 들린다.”

“엉?! 뭐라고?! 도르토스, 방금 뭐랬냐?!”

라이오넬은 이를 갈면서 탁자에 푹 엎드렸다.

“으으, 싫다아……. 그래도 말을 안 할 수는…….”

“별수 없잖느냐. 아무리 안타까워도 안젤린 한 명 때문에 길드 전체가 희생할 수야 없는 노릇이지.”

도르토스도 진심으로 넌더리가 난다는 표정으로 탄식했다.

“그래도, 마왕 소란 때도 민폐를 끼치고, 이번에도 역시 또…….”

“별수 없다고 말했을 텐데. 이번에는 우리도 하책을 선택했어. 네 녀석 하나의 책임으로 미룰 순 없겠구나.”

“거참, 그나저나 안제가 너무 가엾구나!”

체보르그가 역정 내면서 편지를 손에 들고는 겉면과 면을 번갈아 들여다보다가 도로 탁자에 집어 던졌다. 이미 개봉되어 있었지만, 봉인의 형태는 알아볼 수 있었다.

검을 끌어안은 참수리.

제국 북부를 통치하는 대공작, 에스트갈 대공가의 문장이었다.

46 안젤린이 발하는 싸늘한 투기 때문에

안젤린이 발하는 싸늘한 투기 때문에 길드 집무실은 한발 먼저 겨울이 도래한 듯 얼어붙었다. 라이오넬은 물론이거니와 도르토스와 체보르그마저도 무심코 몸이 움츠려지고 숨을 죽여야 했다.

"……다시 한 번 말해보시지."

"그, 그게 말이야, 안제 양……. 이거 우리가 정한 게 아니라, 에스트갈 대공……."

쿵, 안젤린이 발을 굴러서 소리를 냈다. 라이오넬은 몸을 움츠리며 덜덜 떨었다.

"웃기지 마! 대공인지 뭔지 모르겠는데 나를 맘대로 불러들일 권한이 있을 리 없잖아!"

안젤린은 꽉 쥐어 구겨뜨렸던 편지를 있는 힘껏 바닥에 내동댕이쳤다. 라이오넬은「흐악」신음하더니 몸을 뒤로 빼냈다. 도르토스가 앞으로 나서 달래듯 말했다.

"안제, 잠시만 진정하거라. 이번에는 라이오넬의 탓이 아니란다."

"누구 탓인지는 상관없다고, 백금 할배! 지금 갑자기 에스트갈에 가면 겨울이 와버리잖아! 그러면 톨네라에 귀성할 수가 없단 말이야! 바위월귤이 나를 기다리고 있다고!"

비탄에 잠겨서 안젤린이 무릎 꿇더니 머리를 감싸 쥐었다.

주위 인물들은 뭐라고 말을 건네야 할지 알 수 없었던 터라 서로의 얼굴을 마주 바라봤다.

불과 며칠 전 길드를 수신처로 도착했던 편지 한 통이 발단이었다.

라이오넬은 편지의 봉랍인을 봤을 때 우선 놀랐고 내용을 봤을 때 재차 놀랐다. 편지의 봉인은 제국 북부를 통치하는 대귀족 에스트갈 대공의 문장이었고, 내용은 마왕 토벌의 공적을 치하하고자 한가을의 무도회 때 안젤린에게 훈장을 수여하려하니 공국 수도 에스트갈을 방문하라는 통보였다.

당연히 라이오넬은 머리를 감싸 쥐었다. 안젤린이 톨네라 귀성 준비에 여념이 없다는 것은 모두가 다 아는 사실이다. 이번 귀성을 심상치 않게 기대하고 있다는 것도 잘 알았다. 그뿐 아니라 저번 마수 소란 때 억지로 잡아 놓았었다는 죄책감도 있는 터라 도저히 말 꺼내기가 저어됐다.

그러나 상대는 제국의 대귀족이다. 귀성을 우선시하여 훈장 수훈을 제쳐 놓았다는 소식이 들어가면 안젤린 역시 무탈할 순 없었다.

그럼에도 어떻게든 모르쇠를 관철하자고 작정했었다만, 이런저런 우여곡절이 있어 결국은 전달할 수밖에 없는 상황에 몰려버렸다.

그렇게 지금에 이르렀다.

안젤린은 짜증 가득한 모습으로 라이오넬에게 다가가서 책상에 쾅 손을 짚었다.

"어쨌든! 나는 절대로 안 갈 거야! 대귀족이든 훈장이든…… 알

바 아니야!"

라이오넬은 울상을 짓고 말했다.

"나도 진짜로 이런 부탁을 할 면목이 차마 없지만 말야……. 부탁할게, 안제 양. 이러다가 에스트갈 대공가에 확 찍혀버리면 아저씨도 길드도 끝장이야."

"흥이다! 어차피 길드 마스터가 목 날아가면 끝이겠지……!"

"비유가 아니라 진짜로 목이 날아가버린다고……. 아저씨, 아직 죽고 싶지 않다고……."

안젤린은 도르토스 및 체보르그가 있는 방향을 돌아봤다. 그러나 노병 두 사람도 난처해하며 얼굴을 구길 따름이었다. 안젤린은 서글피 눈을 반쯤 감았다.

"백금 할배랑 근육 장군도 같은 의견이야?"

"……대공가의 편지 내용에 문제가 있구나. 안제 본인에게 출석을 요구하는 편지였다면 너 혼자의 판단으로 가든 안 가든 어느 정도는 변명을 갖다 붙일 수 있겠지. 우리도 대충 시치미 떼며 모르쇠를 고집할 수 있었을 게다, 한데 편지는 길드에 직접 전달된 데다가 너를 공국의 수도까지 보내주도록 지시가 딸려 있구나. 너 혼자만의 문제가 아니게 되고 말았단다, 안제."

"크윽……!"

안젤린은 입술을 꽉 깨물었다. 고의인지 우연이지 모르겠는데 냅다 퇴짜를 놓았다가는 길드까지 책임을 추궁당하도록 상황이 꼬여버렸다.

모험가 길드 자체가 사라지는 사태까지는 일어나지 않을 테지만, 라이오넬을 비롯하여 현재 운영진이 일제히 경질당한다면 아마 이전처럼 중앙 길드의 유명무실한 방식으로 회귀해버릴 것이다.

그것은 안젤린도 바라는 바가 아니었던 데다가 무엇보다 라이오넬이며 노익장들이 딱하다는 마음도 들었다. 이러니저러니 해도 안젤린 역시 올펜의 길드를 좋아하니까.

라이오넬이 흠칫흠칫 입을 열었다.

"이 편지가 전부라면 얼버무릴 수 있거든……. 영주님 거처에도 확인 편지가 도착했다더라……. 방금 막 심부름꾼이 다짐을 놓겠다고 직접 찾아왔지 뭐야."

도르토스가 타이르듯 말했다.

"무엇보다 귀족은 체면을 중시하는 녀석들이지. 안제. 우리가 S랭크 모험가니 어쩌니 말한들 신분 체계에서는 일반인과 다를 바가 없단다. 일반인에게 자기 제안이 거절당한다면 저쪽도 절대 탐탁스러워하진 않겠지. 더군다나 상대는 대공작이니까 말이다, 제 위신이 무너진다면 잠자코 넘어갈 리 없을 게다."

"……그래도, 싫은 건 싫어. 모험가는 자유를 사랑하잖아? 할배."

"끙……."

도르토스는 난처해하며 눈을 내리깔았다.

그때 체보르그가 벅벅 머리를 긁으면서 말했다.

"이봐! 이놈이고 저놈이고 왜 이리 칠칠하질 못하나! 이렇게 됐음 말이지! 딱 잘라 퇴짜를 놔버리자고, 저딴 통보질!"

"예?! 잠깐, 도대체 뭔 말씀을 하는 겁니까?! 체보르그 씨!"

"됐다, 됐잖냐! 웬 건방진 꼬맹이가 아주 거들먹거리더라고! 만약 놈들이 마음에 안 든다고 심술부리면 말이야! 콱 때려잡으면 그만 아니겠냐!! 대공가든 뭐든 잡병이 아무리 잔뜩 덤벼들어 봤자 우리를 당할 도리가 없단 말씀이야!!"

"무, 무, 무, 무슨 황당한 소립니까!! 도르토스 씨?! 뭐라고 말씀 좀 해주십쇼!"

"아니…… 달리 생각하면 꽤 괜찮은 방법일세. 본인이 있거니와 체보르그도 있잖은가. 마리아도 끌어들이지. 전력을 견주자면 대공가의 군대에도 뒤지지 않을 게야. 한바탕 힘의 격차를 과시해주면 추후는 올펜 길드의 독립성을 강조할 수도……."

"아뇨, 아니죠! 올펜을 전쟁터로 만들 작정입니까! 게다가 말이에요, 체보르그 씨한테 대공가는 옛 보금자리잖습니까! 이래저래 지장이 많을 텐데요?!"

"그거야, 뭐, 어떻게든 되지 않겠냐?"

"음, 어떻게든 될 걸세."

"안 됩니다!!"

묘하게 의욕 가득한 노인 두 사람과 대조적으로 핼쑥하게 질린 라이오넬을 보다 못해서 안젤린이 직접 나섰다. 주위에 열기가 자꾸 들어차는 탓인지 묘하게 머릿속이 차가워져버렸다.

"됐어……. 내가 가면 해결되잖아?"

"어?! 뭐라고?! 안제, 방금 뭐랬냐?!"

"에스트갈에 갈 테니까 괜히 쌈박질하지 마."
"아, 안제 양……."
"대공의 군대랑 싸우는 게 재미있기는 할 텐데……. 딱히 꼭 싸워야 할 이유도 없는 데다가 만약 저질렀다간 아빠한테 혼날 테니까……."
체보르그는 유감스럽다는 듯이 두 주먹을 맞부딪쳤다.
"뭐냐, 이러면 시시하잖냐!! 오랜만에 제대로 날뛸 작정이었는데 말이야!!"
"그런 문제가 아니잖습니까, 체보르그 씨!"
라이오넬은 한숨 쉬고는 신뢰가 가득한 눈빛으로 안젤린을 바라봤다.
"고마워, 안제 양. 그리고, 미안. 저번에도 잔뜩 민폐를 끼쳤는데……."
"됐어. 길드 마스터가 잘못한 게 아니잖아. 후딱 갔다가 후딱 돌아올 거야."
안젤린은 휙 발길을 돌려서 방금 막 집어 던졌던 편지를 주워 들고는 성큼성큼 집무실 바깥으로 나갔다.
라이오넬은 거하게 숨을 내뱉었고, 도르토스와 체보르그는 눈살을 찌푸렸다.
"허허, 참, 안제도 어른이 다 되어버렸군!"
"아주 동감일세. 기쁘기도 하고, 섭섭도 하고……. 그나저나 에스트갈 대공 녀석, 마음에 안 드는군. 훈장을 줄 테면 더 빠른 시기에 불렀어야지.”

“저 역시 같은 의견입니다. 그래도 뭔가 정치적인 의도가 느껴지네요. 길드 차원에서 어떻게 힘을 써서 안제 양을 보조해줘야 할 텐데 말입니다…….”

그렇게 라이오넬은 머리를 긁적이며 도르토스와 체보르그의 방향으로 고개 돌렸다.

“아무튼 두 분께 연기를 하게 만들어서 죄송합니다. 덕분에 안제 양도 차분하게 판단해줬어요…….”

“……어?”

“어……? 어, 저기요? 농담으로 하신 말씀이었죠? 예?”

“…….”

“잠깐! 뭐라 말씀을 해보세요! 왜 눈을 피하시는 겁니까!”

○

거친 걸음걸이로 로비에 돌아오자 샤를로테가 놀란 표정으로 맞이해줬다.

“어, 언니. 무슨 일이야?”

“……도대체 무슨 일일까.”

안젤린은 의자에 털썩 걸터앉았다.

맞은편에 앉아 있었던 벡이 읽는 책에서 얼굴을 들어 올렸다.

“왜 화내는 거냐.”

“……톨네라행은 연기야.”

안젤린이 말하자 샤를로테가 놀라서 바짝 달려왔다. 안젤린의 옷자락을 붙잡고 묻는다.

“어, 어째서?! 내일이 출발 예정이었는데…….”

안젤린은 여전히 시무룩한 채 손에 들린 쭈글쭈글한 편지를 샤를로테에게 건네줬다.

편지를 쓱 훑은 샤를로테를 눈이 휘둥그레져서 안젤린과 편지를 번갈아 쳐다봤다.

“대, 대공가에서? 언니, 여기에 가는 거야?”

“……가기 싫은데 거절하면 길드 사람들이 힘들어질 거야. 다른 모험가들도 전부 다.”

벡이 책을 탁 덮었다. 흥미진진한 표정을 짓고 있었다.

“아버지한테 정신이 나간 네 녀석에게는 아주 큰일이군.”

“시끄럽다, 벡 군……. 바위월귤…… 막 따낸 바위월귤…….”

방금 전까지는 열불이 난 표정이었는데 갑자기 낙담과 절망에 젖은 표정으로 바뀌어서 안젤린은 탁자에 푹 엎드렸다.

샤를로테는 주뼛주뼛하며 안젤린의 등을 어루만져줬다.

“괜찮아? 언니…….”

“……고마워, 샤르. 그래도 톨네라는 못 가게 됐어.”

“그러면…… 나랑 벡은 어떻게 해야 돼……?”

“……지금 생각 중이야.”

안젤린은 눈물을 글썽거리며 얼굴을 들어 올리곤 땅이 꺼져라 탄식했다.

샤를로테와 벡을 올펜에서 지내게 하는 이유는 톨네라를 제외하면 가장 안전하기 때문이었다. 길드의 전면 협력도 받아 낸 데다가 복귀조 S랭크 모험가들은 든든하다.

그러나 에스트갈은 전혀 알지 못하는 지역이다. 불의의 습격에 대처하여 몸을 피할 수 있는 장소도, 의지할 만한 인물도 없었다. 습격 가능성은 비록 한없이 낮을 테지만 선부른 방심의 결과로 두 아이가 목숨을 잃거나 루크레시아에 잡혀간다면 뒤늦게 후회한들 다 후회할 수가 없겠다.

안젤린은 잠시간 눈을 꾹 감고 길드의 잡다한 소리에 귀를 기울이다가 이윽고 일어서서 말했다.

"아네랑 미리한테 가서 상담해야겠어……."

"나, 나도!"

샤를로테가 안젤린의 손을 쥐었다. 안젤린은 작은 손을 맞잡아 쥐고 턱을 치켜올려서 벡을 재촉했다.

벡은 살짝 웃음이 묻은 얼굴로 일어섰다. 안젤린은 입술을 삐죽거렸다.

"……누나가 난처한 상황인데 아주 즐겁구나? 벡 군."

"벡 군이라고 부르지 말라니까. 뭐, 없는 지혜를 쥐어짜서 열심히 발버둥 쳐라."

벡은 놀림조로 말하고 킥킥 웃었다. 안젤린은 주먹으로 벡의 머리를 툭 쳤다.

"네가 공간 전이 마법을 갖고 있었다면……!"

"……없는 마법을 졸라 대지 말라고."

안젤린은 샤를로테의 손을 이끌어 바깥으로 나갔다.

점심 이전의 거리는 사람들이 잔뜩 지나다녔고, 이곳저곳에서 음악이 들려 떠들썩했다.

안젤린은 떨어지지 않도록 샤를로테의 손을 붙잡은 채 사람들 틈을 누비고 길을 따라서 내려갔다. 샤를로테가 불안해하는 표정을 짓고 안젤린에게 말했다.

"언니, 괜찮아? 무리해서 에스트갈에 가지 않아도……."

"……나 혼자의 문제라면 퇴짜 놓았을 거야. 그런 게 아니니까."

샤를로테는 슬픈 기색으로 고개를 수그렸다. 안젤린과 톨네라에 가는 날을 어지간히 기대했었나 보다.

오늘 아침까지 두근두근했던 마음이 한 번에 축 가라앉았다. 되어 먹지 못한 에스트갈 대공 같으니라고. 안젤린은 이를 갈았다. 뭔가 앙갚음을 안 해주면 직성이 풀리지 않을 텐데 아무것도 생각나는 게 없었다.

만약에 같은 상황이었다면 벨그리프는 어떻게 행동했을까 머릿속에 살짝 떠올리려다가 화들짝 놀라 고개를 흔들었다.

"아빠는 쪼잔하게 앙갚음하지 않아……."

그렇다. 이런 정도로 꺾일까 보냐. 나는 아빠의 딸이잖아.

그렇게 안젤린은 가슴을 쫙 폈다.

"힘내라, 아자 아자, 안젤린……."

불쑥 중얼거리곤 걸음을 빨리한다.

아넷사와 밀리엄의 집은 번화가에 있었다. 교회 고아원과 살짝 가깝고, 시장을 오고 가기도 수월한 곳이었다. 빈민가와 인접한 까닭도 있어 입지에 비해 집세는 저렴하다던가.

문을 두드리고 「나야!」라고 소리치자 놀란 얼굴의 아넷사가 문을 열어줬다.

"뭐야, 안제구나. 무슨 일이야?"

"문제 발생……."

아넷사는 이마에 손을 가져다 대곤 주름지도록 눈살을 찌푸렸다.

"……일단 들어와."

집 안에는 잡다하게 물건이 널려 있었다. 설거지하지 않은 식기도 있고, 개어 두지 않은 세탁물도 있다. 여행 준비에 열심이라서 집안일을 돌보지 않은 상태 같았다.

안쪽 방에서는 밀리엄이 여행 가방 앞에 앉은 채 신음하고 있었다.

"으음…… 어떻게 한다냥……."

"미리."

"어랴? 안제, 무슨 일이야? 출발은 내일인데~?"

"그게 말이야……."

안젤린의 설명을 듣다가 두 친구는 점점 무표정이 되었다.

밀리엄은 잔뜩 화나서 입을 삐죽였다.

"그런 건 귀족의 횡포잖아! 뭔 훈장이야, 안제가 마왕을 토벌한 게 벌써 1년도 지났는데! 맞지?! 아네!"

"응……. 그래도 어쩔 수 없겠네. 아무러면 대공이 오라는데 퇴짜를 놓을 순 없잖아. 용케 결정을 내렸구나, 안제."

아넷사는 조금 감탄했다는 듯이 안젤린의 머리를 톡톡 쓰다듬었다. 안젤린은 흥, 코웃음 쳤다.

"나도 어른이 되었다는 말씀……. 너희한텐 미안하지만."

"뭐, 어쩔 수 없구나. 으으……."

"끙……. 벨 아저씨랑 만나고 싶었는데……."

두 친구는 눈에 띄도록 낙담했지만, 아무러면 대공가의 의향을 냅다 거역하는 것은 위험하단 걸 이해한 듯 떨떠름하게 톨네라행을 포기한 뒤 추후 예정을 다시 짜기로 했다.

꽃차를 끓여서 탁자를 둘러싸고 앉았다.

"에스트갈까지 마차를 타고 샛길로 안 빠지면 대략 보름쯤……. 갔다가 돌아오는 데 한 달은 걸리겠네……."

"갔다가 곧장 돌아올 수도 없는 입장이잖아. 아마 며칠은 붙잡혀 있어야 할걸?"

"샤르랑 벡 군은? 데려갈 거야?"

안젤린은 고개를 가로저었다.

"올펜과 달리 아무도 우리 편이 없잖아. 어디에 뭐가 있는지도 모르고. 위험성이 너무 높아."

"그래도……. 그래도 언니가 없으면…… 나는."

샤를로테가 불안해하며 안젤린의 팔에 안겨 들었다. 안젤린은 한숨짓고는 샤를로테를 쓰다듬어줬다.

“내가 혼자서 완벽하게 지켜줄 순 없거든……. 저번에도 로제타 씨가 부상을 입게 만들었었고.”

샤를로테는 고개 수그린 채 팔에다가 꾹 힘을 넣었다.

로제타 수녀는 비록 상처는 꽤 회복됐다지만, 아직껏 몸이 온전하지는 못했다. 본인은 웃음 지었지만, 안젤린도 샤를로테도 책임을 느껴서 곧잘 병문안을 다니고 있었다.

그 습격은 비록 불의의 기습이었으나 안젤린은 자신의 부족함을 절감하고 말았던 사건이었다. 제아무리 강한들 혼자서 감당 가능한 범위에는 한계가 있다. 그러니까 다른 사람에게 의지하는 것도 중요하다. 그런 자각을 가질 수 있었다.

그러니까 샤를로테와 벡을 데려가는 것은 무리였다. 단순한 관광이라면 상관없겠으나 훈장을 수여받는 행사인 만큼 함께 지낼 수 있는 시간이 제한된다.

아넷사가 탁자를 톡톡 두드렸다.

“나랑 미리는 어떻게 할까? 같이 가도 특별히 할 일은 없을 것 같은데.”

편지에서 지정한 대상은 『흑발의 여검사』 안젤린이다. 실제 마왕을 토벌했던 것이 안젤린 한 사람인 만큼 파티 멤버일지라도 함께 참석할 수 있을까 따진다면 미묘하겠다.

“그래도 둘이 같이 가주면 샤르랑 벡 군도 데려갈 수 있지 않을까?”

안젤린의 기대에 찬 발언과 달리 아넷사는 착잡한 표정을 지었다.

“글쎄. 저번 습격은 기습이랑 접근전이었지? 우리도 쉽사리 지지 않을 자신은 있지만, 누군가를 지키면서 싸우는 건 조금 어려우려나.”

“맞네~ 안젤린이라면 느낄 수 있는 살기 같은 거, 우리는 못 알아차리는 경우도 많은 데다가 상단 호위랑은 상황이 좀 다른걸.”

“끙…….”

확실히 두 친구는 사수와 마법사였다. 기본적으로 전위에 서는 게 아니라 후방 지원이 특기이다. 전장이나 여행길의 호위라면 어쨌든 간에 일상생활 전반에 걸친 호위는 안젤린만큼 능숙하지 않았다. 더구나 상대가 정체를 알 수 없는 악당 조직과 루크레시아의 귀족, 교황청의 정죄 기관이라면 어지간한 도적 및 마수 따위와 난이도가 현격하게 다르다.

안젤린은 의자에 깊숙이 몸을 기댔다.

“……그럼 어떻게 할래?”

“오히려 샤르랑 벡을 남기고 가면 우리가 안제 대신 붙어서 지켜주는 게 낫지 않을까? 길드 사람들도 일단 도와주기는 하겠지만, 자기들 일도 해야 하니까……. 아님 외로워?”

“외로워할 리 없잖아. 내가 누군데, 흠흠.”

“아, 맞다. 차라리 나랑 아네가 샤르랑 벡 군을 데리고 톨네라에 가는 건 어때~? 준비가 헛수고가 되지도 않고, 벨 아저씨도 만날 수 있고.”

그렇게 농담조로 말하다 말고 밀리엄은 안젤린을 보다가 기겁했다. 안젤린은 눈에서 닭똥 같은 눈물을 뚝뚝 흘리고 있었다.

안젤린은 끊임없이 흘러넘치는 눈물을 손등으로 훔치고 코를 훌쩍거리며 흐느꼈다.

"흐흑…… 두……! 두고 가지 마아……."

"와앗! 미안, 미안! 농담이잖니! 안제를 두고 톨네라에 갈 리 없는걸! 뚝! 착하지, 착하지!"

밀리엄은 몹시 당황해서 안젤린의 머리를 쓰다듬어주고 등을 쓰다듬어줬다. 샤를로테까지 주뼛주뼛하다가 살짝 눈물을 머금었다.

아넷사가 한숨 쉬었다.

"미리, 이 녀석……."

"미, 미안하다니까! 울어버릴 줄은 몰랐단 말이야아……."

안젤린은 얼마간 훌쩍거리다가 잠시 후 진정했다. 눈과 코와 뺨을 발갛게 붉히고 입을 뚱하게 삐죽이면서 탁자에 턱을 괴었다.

"……그럼 나 혼자서 갔다 올 테니까 너희들은 올펜에 남아 집이랑 봐줘."

"그러는 게 좋겠다. 홀가분하게 가서 끝나면 당장 돌아올 수 있잖아."

"……새치기해서 톨네라에 가지 말 것. 절대로. 알았어? 미리……."

안젤린은 화난 모습으로 밀리엄의 고양이 귀를 붙잡아 쥐고 씰룩쌜룩 움직였다. 밀리엄은 난처해하며 눈을 깜빡깜빡했다.

"으으~ 진짜 농담이었다니까……."

"샤르랑 벡도 괜찮을까?"

아넷사의 물음에 샤를로테는 조심스레 고개를 끄덕거렸다. 벡은 벽에 기댄 채 아무런 말이 없다. 마음은 안 내켜도 알겠다는 뜻이리라. 아넷사는 고개를 끄덕거렸다.

"좋아, 그러면 재네는 우리 집에서 맡아줄게. 지저분해서 미안하지만……."

"처, 청소, 도와줄게, 아네!"

"하하, 고마워. 그나저나, 안제. 넌 언제 출발이야?"

"내일……. 어차피 여행 준비는 해 놨으니까. 선물은 놓고 가겠지만."

"하기야, 바로 떠나면 되겠네."

밀리엄이 자포자기한 분위기로 일어섰다.

"좋아~ 주점에 가자, 단골 주점에! 오늘은 홧술이다!"

"……미리가 사주는 거야?"

"으윽……. 조, 좋아~! 사줄게~?"

안젤린은 살짝 기운이 났는지 쿡쿡 웃고는 일어섰다.

창문 바깥은 일몰 무렵의 붉은 빛이 가득 차 있었다.

47 비가 내리고 있었다. 탁탁 지면을 때려서

비가 내리고 있었다. 탁탁 지면을 때려서 물보라가 흩날린다. 여기저기에 물웅덩이가 고여 있었고, 거리를 오가는 사람들의 걸음도 빨랐다.

적발 소년은 상점 바깥쪽으로 뻗어 나오는 처마 아래에서 비가 지나가기를 기다리고 있었다.

갑자기 내린 비에 젖었던 앞머리에서 물이 뚝뚝 떨어지는지라 그것을 거듭 손으로 닦았다. 그나마 여름이라서 다행이지만, 푹 젖었는데도 체온 때문에 이상하게 데워진 옷이 적잖이 불쾌했다.

손에 든 바구니에는 막 채집했던 약초가 가득 담겨 있었다. 소년은 힐끗 안쪽을 봤다가 난감하다는 듯이 탄식했다. 다른 한쪽 손의 지팡이를 고쳐 쥐었다.

이윽고 빗줄기가 약해졌다. 완전히 멎진 않았지만, 물을 뒤집어써야 할 만큼 쏟아지는 것도 아니다.

소년은 느릿느릿한 걸음걸이로 처마 아래에서 나왔다. 익숙지 않은 의족이 바닥에 닿을 때마다 몸이 흔들거리기에 지팡이를 꼭 짚어줘야만 했다.

엇갈려 지나갔던 또래 모험가 일행이 뒤쪽에서 소년을 손가락질하며 웃었다.

"만년 약초 채집 군이군."

"한심하다니까. 저렇게 되고 싶지는 않아."

소년은 꽉 입술을 깨물고 걸음을 빨리했다. 다만 의족인지라 속도는 딱히 빨라지지 않는다.

문득 익숙한 목소리에 이름 불렸던지라 소년은 고개 돌렸다.

갈색 머리카락의 소년이 달려왔다. 적발 소년은 살짝 놀란 표정을 지었지만, 곧 친근하게 미소 지었다.

"오랜만이야. 잘 지내나 보다."

"응…… 너도……."

인사 나누는 도중 오른쪽의 의족에 시선이 멎은 뒤 입을 다물었다. 적발 소년은 쿡쿡 웃었다.

"여전히 잘들 해 나가고 있지? 뭐, 너희라면 걱정할 필요는 없을 테지만."

"……너는 어떤데?"

"나 말이야? 나는 보다시피, 뭐. 자질구레하게 적당히."

갈색 머리의 소년은 입을 우물우물하다가 고개 숙였다.

"나는…… 난 말이야, 네가 돌아와주면 기쁠 텐데……. 분명 그 녀석들도 기뻐할 거야."

"하하, 나는 걸림돌 신세가 되고 싶지는 않다고."

적발 소년은 쓴웃음을 짓곤 오른쪽 의족으로 지면을 딱 두드렸다.

"이런 꼴이어선 미끼 역할도 못 하지……. 너희는 벌써 B랭크로 올라갔다면서? 고위 랭크까지 이제 한 단계 남았잖아. 발목을 잡고 늘어지게 되면 내가 너무나 미안하지."

"그래도…… 그래도, 그건……."

울먹이는 얼굴의 갈색 머리카락 소년을 적발 소년은 다정하게 쓰다듬어줬다.

"괜히 울먹거리지 마. 서로 열심히 잘 버텨 나가면 괜찮은 거야."

"그래도, 나는……. 네가 있어주지 않으면……."

적발 소년은 난처해하며 웃더니 손에 든 바구니를 보여줬다.

"의뢰가 있어. 길드에 가야겠네."

"으……."

고개 숙이는 갈색 머리카락 소년의 어깨를 적발 소년은 툭툭 두드렸다.

"이만 갈게. 건강하게 지내라. 다른 녀석들한테도 안부 전해주고."

대답을 듣기 전 적발 소년은 발길을 되돌려서 걸어 나아갔다. 의족을 통한 진동이 몸을 울릴 때마다 이미 사라지고 없는 오른쪽 다리가 쑤시는 것 같았다.

뒤쪽에 우두커니 서서 자신을 쳐다보는 갈색 머리카락 소년의 시선이 느껴졌다. 지팡이를 쥔 손에 힘이 들어갔다.

"……질투해서 어쩌잔 거냐. 자기 한계는 잘 알고 있잖아."

타이르듯 중얼거렸다.

갈색 머리카락 소년과 마주했을 때, 그리고 말을 나누면서 옛 파티 멤버들의 얼굴을 떠올렸을 때, 가슴속 깊이 바닥에서 질척질

척하게 쑤시는 거무칙칙한 감정이 불쾌했다. 그것을 억누른 채 속임수 같은 미소를 붙이고 말을 나눴던 자기 자신에게도 넌더리가 났다.

물러날 때가 왔구나.

적발 소년은 빗줄기가 다시 점점 더 강해지는 줄도 알아차리지 못한 모습으로 길드를 향해 걸어갔다.

○

한껏 숨을 들이마셔서 천천히 내뱉자 하얗게 질량을 가진 것처럼 떠다니는 모양새가 마치 허물어지기 싫다 말하는 양 완만한 기세로 공기 중에 녹아들었다.

이제는 아침 날씨가 꽤 쌀쌀해졌다.

농사일은 얼추 일단락됐고, 나머지 자질구레한 일거리를 해치우면 다 끝나는 단계에 이르렀다. 이미 밤에는 서리가 내려앉는 만큼 드디어 겨울의 첫 번째 전조가 다가왔구나 생각이 들었다. 바람이 차가워졌겠다, 슬슬 눈이 내릴지도 모르겠다.

아직 태양도 떠오르지 않은 이른 아침의 언덕 위에서 벨그리프는 바위 위쪽에 걸터앉아 마음을 가라앉히고 있었다.

딱히 무엇을 바라보는 것이 아니라 다만 눈을 반개한 채 멀리 시선을 보내면서 자기 자신의 호흡으로 의식을 떨어뜨린다.

차가운 공기가 따끔따끔 살갗을 찌르는 것 같지만, 점점 피부

감각에도 주의가 쏠리지 않게 되면서 이윽고 호흡 한 번 한 번이 몹시도 길게 느껴지는 변화가 찾아들었다.

그러자 몸속에서 따뜻한 기운이 소용돌이치며 유동하는 느낌을 보다 확실하게 감지할 수 있었다. 육체와 공간의 경계가 애매해지면서 자신의 몸이 형태를 바꿔 나가는 듯 여겨졌다.

그라함이 말하기를 어떤 현상이 변화를 일으키는 때면 마력도 역시 제 기질과 양을 늘려 나간다고 한다.

새벽녘.

달리 말하자면 밤에서 아침으로 변화가 일어나는 순간이다.

여명을 받은 대기 중의 마력은 보다 밀도를 높이고, 태양의 빛과 함께 녹아든다. 그런 마력을 호흡법으로 몸속에 거두어들이는 이러한 단련 방식을, 요즘 들어서 줄곧 수행하고 있었다.

달인의 경지에 다다르면 호흡 한 번이 무한에 가깝게 느껴진다던가. 그러나 벨그리프는 아직 저러한 높은 영역에는 도달하지 못했다. 본래 검술을 훈련할 때 반쯤 명상과 같이 온몸의 감각을 의식했었기에 감각 자체는 제법 빠른 단계에서 포착했다. 지금은 감각을 더욱 심화하는 중이다만, 물론 당장에 감을 잡을 수 있다면 고생하지 않는다. 이제야 시작 지점에 섰을 뿐이었다.

명상하는 벨그리프와 살짝 떨어진 곳에서는 마찬가지로 마르그리트와 던컨이 앉아 있었다만, 저쪽은 미처 집중이 제대로 되지 않는 듯 때때로 몸을 움직거렸다.

세 사람과 떨어진 위치에서 그라함이 걷고 있었다. 등에는 꾸벅

꾸벅 조는 미토를 업고 있다. 살살 흔들어 얼러주자 미토가 중얼중얼 뭐라고 말을 꺼냈다.

이윽고 태양의 빛이 비쳐 들면서 풀잎에 내려앉았던 서리가 반짝반짝 빛났다.

벨그리프는 일어서서 기지개를 켰다. 애매했던 몸과 공간의 경계선이 눈 깜짝할 사이에 원래대로 돌아오는 터라 아침의 냉기에 몸을 부르르 떨렸다.

"쌀쌀하구나. 돌아갈까."

마르그리트는 이때만 기다렸다는 듯이 일어섰다.

"으아…… 왜 이리 어려워. 이봐, 벨. 요령은 뭐 없어?"

"글쎄다. 빨리 끝나라고 재촉하지 않는 게 요령이려나."

"끄응……."

마르그리트는 입을 다물고 뺨을 발갛게 물들였다. 벨그리프는 쿡쿡 웃었다.

함께 언덕을 내려가서 마을로 돌아온다.

바로 얼마 전까지 황금색 이삭이 흔들거렸던 봄 파종 밀밭은 수확을 모두 다 끝내고 일구었기에 갈색으로 바뀌었다. 이곳에는 내년 봄에 감자 및 콩을 심는다. 다른 넓은 밭에는 가을 파종 밀을 뿌려 놓았다.

이제는 어느 집이든 잠에서 깨어 분주하게 돌아다니고 있었다. 물소리와 식칼이 도마를 때리는 소리가 난다.

광장에서는 행상인이나 상단이 천막의 천을 올려서 물품을 진열하고 있었다.

오늘은 가을 수확제였다.

올해는 갑자기 비가 내려서 일이 며칠 지체됐던 만큼 행상인들은 축제 때까지 기다리는 처지를 못 면했다만, 기다리는 시간도 나름 즐거웠다. 마을에 조금 일찌감치 축제 분위기가 감돌았던 터라 아이들과 젊은이들은 환영하는 모습이었다.

적당히 주위를 쓱쓱 둘러보며 걷고 있었던 벨그리프에게 던컨이 다가왔다.

"시간이 참 빠르구려."

"그래. 눈 깜짝할 틈에…… 벌써 겨울이 오는군."

절기상으로는 대략 가을 수확제 이후 2주일 전후에 북쪽에서 두꺼운 구름이 흘러들어 하늘을 뒤덮을 테고, 눈과 함께 톨네라의 겨울이 시작된다. 신기하게도 그것은 매년 변함이 없었다. 그래서 더더욱 톨네라의 사람들은 가을 수확제 이전까지 일을 마치기 위해서 매년 안간힘을 다하곤 했다.

던컨은 잠시간 입을 다물다가 이윽고 조그맣게 말했다.

"말 꺼내기 어려웠던 탓에 이렇게 시기가 늦어져버렸소만……."

"음?"

"……본인도 슬슬 마을을 떠나려 하오."

벨그리프는 어라, 싶어서 고개를 갸웃거렸다.

"꽤나 갑작스러운 말이군."

"예……. 아무래도 너무 좋았던 탓에 말이오. 차마 출발을 결정하기가 많이 어려운 심정이었으나…… 아직 대결해보고 싶은 인물이 몇 사람 있는지라."

"……겨울이 오면 떠날 수 없으니까 말일세."

"예. 마리 님이 나가겠다고 말했을 때 본인도 같이 말하는 게 좋았을 텐데 그때는 말을 못 꺼내서……."

"하하, 어쩔 수 없잖나. 한나는 괜찮은가?"

"대화는 마쳐 놓았소이다. 본인도 이번 여행을 마지막으로 삼을 작정이오."

"오호라……. 기다려달라는 말이라도 했는가?"

던컨은 쑥스러워하며 머리를 벅벅 긁었다. 벨그리프는 미소 짓고는 던컨의 어깨를 두드렸다.

"너무 오래 기다리게 두진 말게나?"

"하하, 노력하겠소."

던컨은 멋쩍어하며 웃음 지었다. 쓸쓸해지겠군. 벨그리프는 그리 생각했다.

집에 돌아와서 아침 식사 준비를 했다. 어젯밤 먹고 남았던 스튜를 데워 바깥에 나가기 전 주물러 놓은 빵 반죽을 펼쳐서 철판으로 굽는다.

벨그리프는 집 안을 둘러봤다.

돌이켜보면 식객이 잔뜩 있는 활기찬 생활에 익숙해져버렸다. 마르그리트와 던컨. 떠들썩한 두 사람이 한꺼번에 사라져버리면 집 안이 쥐 죽은 듯이 조용해지겠구나 싶어서 쓴웃음을 지었다.

그라함과 미토와 자신은 너무 조용하다.

미토가 등에 달라붙어서 타고 올랐다. 가득 찬 감자 바구니보다 가볍고, 맨다리와 발이 선뜩하게 식어 있었다.

"아빠……."

"어이쿠, 발이 차갑구나, 미토."

미토의 발끝을 손으로 쥐고 벨그리프는 웃었다. 미토는 벨그리프의 머리카락에 얼굴을 파묻고 킁킁 숨을 쉬었다.

"아빠 냄새……."

"웬 엉뚱한 짓을……. 자, 밥이나 먹자꾸나."

평소와 같은 식탁인데도 여행에 나설 사람이 두 명 있으면 어쩐지 섭섭하다는 생각이 든다.

마르그리트는 얇게 구워 낸 빵을 스튜에 담갔다가 베어 먹으며 무엇인가 감개무량하다는 듯이 눈을 내리감았다.

"당분간 이 맛하고도 이별인가……. 으음, 뭔가 엄청나게 오래 머물렀던 기분이 들어."

"하하핫, 지나고 보면 눈 깜짝할 틈이었소이다. 마리 님."

"동감이네. 뭔가 서쪽 숲보다 고향 같다는 느낌이 들어. ……이봐, 벨."

"음?"

미토의 입가를 닦아주던 벨그리프는 얼굴을 들어 올렸다. 마르그리트가 수줍게 미소 지었다.

"뭐랄까…… 이것저것 다 고마워. 나 말야, 여기에 안 왔다면 엄청 고생했을 테니까…….”

“하하, 너라면 어떻게든 이겨 냈겠지.”

“그, 그랬을까……? 그래도 역시 이렇게 모험가의 상식 같은 거 말이야, 그런 부분은 당최 몰랐을 거야. 누군가한테 속아 넘어간다든가…….”

“후후, 그런 경험도 나름 공부가 되지 않았겠나? 어쨌든, 적어도 나는 너와 함께 지내는 동안 즐거웠단다, 마리.”

“헤, 헤헤…….”

마르그리트는 부끄럽다는 듯이 뺨을 긁적였다. 그리고 무릎을 딱 쳤다.

“좋았어! 내가 사티라는 엘프를 발견하면 톨네라로 데려와줄게!”

“이 녀석아……. 됐다, 난 딱히.”

“뭘 쑥스러워하는 거야!”

마르그리트가 웃음 짓고는 벨그리프를 쿡쿡 찔렀다. 벨그리프는 쓴웃음을 지었다.

그라함은 어이없어하며 한숨 쉬었다.

“우쭐거리지 말거라, 마르그리트……. 남쪽은 이 마을과 전혀 다르다. 들뜬 마음으로 갔다가는 뜻밖의 낭패를 볼 게다.”

“아, 알고 있다고. 거참, 큰숙부는 매사에 고지식하다니까…….”

벨그리프와 던컨을 소리 높여서 웃자 마르그리트는 뺨을 발갛게 물들인 채 입을 삐죽거렸다.

식사를 마친 뒤 각각 훌쩍 집을 나가서 광장으로 향했다.

이미 사람들이 모여들어 있었고, 유랑민들이 연주하는 쾌활한 음악이 울려 퍼지는 가운데 젊은이들이 교회에서 주신 뷔에나의 조각상을 꺼내고 있다. 모리스 신부가 안절부절 우왕좌왕하며 때때로 히스테릭하게 소리 질렀다. 그때마다 구경을 나온 사람들이 큰 목소리로 웃었다. 매년 보아서 익숙한 광경이다.

마르그리트는 미토의 손을 붙잡고 걸어 다니다가 행상인이 늘어놓는 물품을 보고 눈을 반짝거렸다. 엘프령에서는 못 보는 물품도 있는 듯싶다. 상인들은 이 젊은 엘프를 보고 놀라는 눈치였다.

벨그리프는 광장을 돌아다니면서 마르그리트를 데려다줄 만한 행상인이나 상단을 티 나지 않도록 물색했다. 톨네라를 방문하는 상인들 중 악질적인 인물은 일단 없으나 그럼에도 마르그리트는 엘프였다. 인간은 보통 무심결에 겁을 집어먹는다.

알고 지내는 인물이 있다면 좋았을 텐데. 괜스레 아쉬워하다가 얼굴이나 아는 정도래 봤자 별 의미가 없겠다는 생각도 했다.

그러고 보니 초가을에 귀성하겠다고 실컷 떠들었던 안젤린은 결국 오지 않았다.

이 시기에 귀성을 못 했다면 이미 올해는 못 오는 형편인지도 모르겠다. 바위월귤을 먹고 싶다고 말했었는데, 뭔가 의뢰가 바쁜 것일까.

그런 생각을 떠올리면서 걸어가던 때 「벨그리프 씨!」라며 말을 건네는 사람이 있었다.

고개 돌렸더니 작년에 만난 청발의 여성 행상인이 서 있었다. 여성 행상인은 싱글벙글 웃음 지으며 다가와서 꾸벅 머리를 숙였다.

"혹시 기억하시나요? 작년에 여기에서……."

"그럼요, 기억합니다. 분명 딸아이가 신세를 졌던……. 무탈히 잘 지내신 듯하니 다행입니다."

"네! 안젤린 씨에게 저도 신세를 졌죠……. 에헤헤, 다행이에요! 기억해주셔서 기쁘네요! 벨그리프 씨도 보르도에서 큰 활약을 벌이셨다면서요!"

청발의 상인이 웃음 짓고는 벨그리프의 손을 붙잡았다. 벨그리프는 쓴웃음 지으면서도 친밀감을 담아서 마주 쥐었다.

"알고 계시다니 부끄럽습니다. 딱히 활약이라 불릴 수 있는 정도는 아니었습니다만……. 그쪽에서 혹시 딸아이의 소문은 들으셨습니까? 가을에 오겠다고 말했었는데 소식이 도통……."

"어머, 그러셨나요? 으음, 저도 작년에 만난 게 마지막이라……. 죄송합니다."

"아뇨, 아닙니다. 신경 쓰지 마시길……."

그렇게 대화 나누다가 벨그리프는 문득 생각이 났다.

"가을 수확제 이후에는 어디로 가십니까?"

"보르도를 들러서 올펜으로 가요. 이곳의 가공품을 많이들 좋아하거든요."

"흠……. 조금 엉뚱한 질문이겠습니다만, 짐마차에 사람이 탈 만한 여유 공간이 있으실까요?"

"짐마차 말씀인가요? 네, 괜찮답니다. 언제든 멀리 움직일 때는 호위분을 고용하는 경우도 많아서 여유 공간을 남겨 두고 있어요."

올 때는 상단과 함께 온 덕분에 경비 비용은 아꼈지만요, 여성 행상인은 웃음 지었다.

"벨그리프 씨, 외출할 예정이라도 있으세요? 아주 실력이 뛰어난 분이시잖아요, 저도 기쁜 마음으로 태워드릴게요."

여성 행상인이 말했다. 헬베티카의 친위대를 상대로 벌인 난투를 이 사람도 목격했었다.

벨그리프는 턱수염을 쓰다듬었다.

"아뇨, 제가 아니라 말입니다. 괜찮으시다면 태워주십사 요청드리고 싶은 녀석이 한 명 있습니다. 검 솜씨는 저보다 뛰어나지요."

"네에……?"

벨그리프보다 실력자라는 말에 행상인은 눈이 휘둥그레졌다.

"굉장하네요……. 어떤 분이실까요?"

"으음……. 어디 있니, 마리."

벨그리프는 주위를 둘러봤다. 그러나 사람이 많은지라 잘 알 수가 없다. 벨그리프는 난처해하며 머리를 긁적였다.

"죄송합니다, 분명 근처에 있었는데 말이죠……."

청발의 여성 상인은 쓴웃음 지었다.

"사람이 참 많으니까요."

"어디 있니~ 마리?"

벨그리프는 이름 부르면서 잠깐 걸어 다녔다. 여성 상인도 뒤를 따라서 사뿐사뿐 걸었다. 잠시간 걸어 다니던 중에 노점 한 곳의 앞쪽이 소란스러운 것을 발견했다. 잘 살펴봤더니 가게 앞쪽에 미토와 함께 쪼그려 앉아서 마르그리트가 있었다. 제비뽑기인 듯 이런저런 경품이 진열되어 있다.

"이거…… 아니, 이쪽이다."

마르그리트는 상자에서 뻗어 늘어져 있는 끈을 한 가닥, 신중한 손놀림으로 붙잡아서 잡아당겼다. 쓰르륵 빠져나온 끈의 끝부분은 빨간색으로 물들어 있다. 가게 주인이 딸랑딸랑, 손에 든 조그만 종을 울렸다.

"자, 축하한다, 엘프 아가씨."

"와! 이거 주는 거야? 고마워!"

제비뽑기의 상품인 듯한 싸구려 양철 목걸이를 마르그리트는 눈을 반짝거리며 받아 들었다. 저런 물건도 세상 물정을 모르는 엘프 공주에게는 보물로 보이는 듯싶다. 옆쪽에서 가만히 지켜보는 미토는 손에 든 꼬치구이의 고기를 냠냠 베어 먹고 있었다.

마르그리트는 곧장 목걸이를 걸고는 헤죽헤죽 웃었다.

"헤헤, 어때, 미토. 어울리냐?"

"어울려?"

"그나저나 그 고기는, 내가 산 거잖아……. 맛있어?"

"마시써."

"이 녀석, 마리."

이름 부르고 손짓하자 마르그리트는 미토의 손을 이끌어 다가왔다. 표정에서 즐거움이 묻어나는 데다가 뺨은 상기돼서 복숭아

색으로 물든 모습을 보니, 마음껏 가을 수확제를 만끽하고 있는 듯싶다. 미토와 잘 놀아주는 만큼 흐뭇한 광경이기는 한데, 벨그리프는 살짝 난처해하며 웃었다.

"뭐야, 벨. 무슨 일이야?"

"무슨 일이기는. 즐거운 건 알겠는데, 우선은 올펜까지 태워다 줄 사람을 찾아보는 게 먼저 아니겠니?"

"앗, 맞다……. 미안."

"하하, 나한테 미안한들 무슨 소용이겠나. 이래서는 그라함한테 혼이 날 텐데?"

"으, 으윽……."

청발의 여성 상인은 몹시 놀라서 눈을 끔뻑거리며 벨그리프와 마르그리트에게 번갈아서 시선을 보냈다.

"에, 엘프……? 아? 이 사람이에요?"

"엉? 누구야, 댁은?"

마르그리트는 의아해하며 눈에 힘주고 청발의 여성 상인을 쳐다봤다. 행상인은 주뼛주뼛하며 의지하는 눈빛으로 벨그리프를 돌아봤다. 벨그리프는 쓴웃음 지었다.

"마리, 불쑥 싸움을 거는 태도로 쏘아붙이면 어쩌자는 게냐. 이쪽은 행상을 하는 분이란다."

"행상……? 앗! 혹시 남쪽에 가는 거야?! 마차?!"

"네? 아, 네에."

"저, 저기 말이야. 괜찮으면 나를 태워다 주면 안 되겠어? 검 솜씨에는 자신이 있으니까 호위해줄 수 있거든? 응?"

"네, 네에……. 으음……."

여성 상인은 난처하게 웃고는 벨그리프를 돌아봤다.

"이분이 벨그리프 씨보다 더 실력이 뛰어나다는……?"

벨그리프는 고개를 끄덕였다.

"언동이 다소 거칠어도 나쁜 아이는 아닙니다. 어지간한 모험가를 몇 명 고용하는 것보다 훨씬 안전할 거라고 제가 보장하겠습니다."

"그, 그런가요. 으음……. 알겠습니다! 출발은 딱 이틀 뒤인데 괜찮으시겠어요?"

"만세! 고마워! 내 이름은 마르그리트야! 잘 부탁해!"

마르그리트는 희색을 띠며 청발의 여성 행상인과 손을 맞잡더니 휙휙 흔들었다.

상대가 엘프이기 때문일까, 행상인은 조금 위축된 모습이었다가 마르그리트의 악의 없는 미소를 보고 표정을 누그러뜨렸다. 미토가 신기하다는 얼굴로 두 사람을 올려다본다.

마르그리트는 흥미를 나타내며 남쪽 도시는 어떤 곳인지, 어떤 여행이 될지 등등 잇따라 질문했다. 여성 행상인은 어색하게 웃으면서도 질문 하나하나에 성심껏 대답해주었다. 벨그리프는 쿡쿡 웃었다.

광장 한복판에서 환성이 터져 나왔다. 주신의 조각상이 받침대에 무사히 잘 올라간 것 같다.

달각달각 소리를 내면서 촌장 호프만이 말을 끌고 왔다. 휘황찬란하게 장식을 붙인 마구를 달았고, 뒤쪽에 매단 짐칸에는 봄 파종 밀의 이삭이며 감자, 산과일 등등 가을의 수확물을 잔뜩 실어 놓았다. 이 말은 안젤린이 귀성했을 때 두고 간 녀석인데, 벨그리프는 놀리는 날이 많았던 터라 호프만에게 맡겨버렸다. 지금은 호프만의 밭을 비롯하여 톨네라 곳곳에서 활약하고 있다.

짐칸에 실린 수확물과 꽃으로 아이들이 신상 주변을 장식했다. 유랑민들의 음악이 더욱 커다랗게, 유쾌하게 곡조가 바뀜에 따라 사람들이 이곳저곳에서 즐겁게 손을 맞잡고 완만하게 원을 그리며 춤을 추기 시작한다. 그러고 보니 작년에는 여기에 헬베티카가 나타났었더랬다. 어쩐지 1년이 몹시도 빠르다는 느낌이 든다.

하루하루는 반복의 연속 같은데도 어쩐지 많은 사건이 가득 담겨 있는 것 같다.

봄에는 안젤린과 친구들이 귀성했었고, 그다음에는 보르도에 갔었고, 돌아왔더니 던컨이 와 있던 데다가 그라함과 마르그리트가 찾아온 뒤 곧이어 숲에 이변이 발상해서 미토가……. 그렇게 벨그리프는 갖가지 기억을 떠올렸다.

"많은 일들을 겪었구나……."

벨그리프는 의족으로 지면을 딱딱 찼다. 태양은 쭉쭉 떠올라서 아침에 내린 서리가 녹아서 젖어 있었던 자리가 지금은 이미 완전히 말라붙었다.

행상인과 대화 나누는 마르그리트에게서 미토를 받아 들고 벨그리프는 천천히 광장을 둘러보며 걸어 다녔다. 사과주를 대접해주는 사람이 있고, 활기찬 얘기 소리가 울려 퍼진다. 문득 고개를 돌렸더니 가장자리에서 던컨과 한나가 나란히 한곳에 앉아 뭔가 즐겁게 이야기를 나누고 있었다.

벨그리프는 쓴웃음 지었다. 저렇게 사이가 좋다면 굳이 한 차례 더 여행을 떠나지 않아도 되지 싶어서 아쉬웠다. 그러나 던컨은 본인 나름대로 다음 단계를 맞이하기 전에 본인의 내면에서 매듭을 짓고 싶어 하리라는 생각도 들었던 터라 쓸데없는 참견은 삼가자고 자기 자신을 타일렀다.

과거에 여행을 떠났던 때의 기억을 떠올린다.

모험가로서 의뢰를 위해 이곳저곳 마을 및 촌락, 던전을 돌아다녔다. 동료들과 대화 나누고, 짐을 옮기고, 때때로 덮쳐드는 마수며 야수, 도적 따위와 싸웠다. 역할이 있었고, 실패와 성공이 있었고, 매일 하루가 빛나는 듯 느껴졌었다.

미토가 맞잡은 손을 잡아당겼다.

"아빠, 할부지."

"음."

광장의 구석 쪽에 그라함이 조용히 앉아 있었다. 나무 그늘인지라 눈에 띄지 않는다. 벨그리프는 미토를 데리고 근처까지 다가갔다. 그라함이 얼굴을 들어 올렸다.

"떠들썩하군."

"하하, 해마다 이런 분위기라네."

미토가 그라함에게 달라붙어서 타고 올라가 어깨에 매달렸다.

"할부지, 높아……."

"……으음."

벨그리프는 그라함의 옆에 자리를 잡고 앉아서 축제 광경을 바라봤다. 이미 익숙한 광경이다. 그래서 더더욱 친애감마저 느낀다.

그러나 무엇인가 충족되지 않는 것 또한 사실이었다. 마치 마을에 막 돌아왔을 무렵처럼 미처 모험가에 대한 미련을 떨치지 못한 시절과 같은 기분이다.

모험에 대한 동경심일까? 아니, 다르다. 과거에 대한 아쉬움이다. 모조리 다 내팽개쳤던 과거의 자신과 어떻게든 매듭을 짓고 싶은 심정이 자꾸만 든다. 그러니까 이제 와서 이렇듯 묘하게 옛날 기억을 자꾸 떠올리게 된다. 앞을 향하기 위해서는 뒤쪽을 먼저 돌아다봐야 한다.

"……벨."

그라함이 말했다. 벨그리프는 고개를 갸웃했다.

"무슨 일인가? 그라함."

"무엇인가 고민거리가 있는 듯하이."

벨그리프는 흠칫 놀라서 눈을 커다랗게 떴다가 이내 난처하다는 듯이 수염을 쓸어 만졌다.

"……민망하군. 전부 꿰뚫어 봤어."

"……괜찮다면 들어주지, 벗이여. 내가 도움이 된다면 말이네만."

"고맙네……."

벨그리프는 잠시 고민하다가 말을 골라내듯 천천히 뜨문뜨문이야기를 꺼냈다.

○

벌러덩 누워 있었던 모자 쓴 남자는 천천히 상체를 일으킨 뒤 한껏 하품하고 어깨를 돌렸다. 얇은 살가죽 안쪽에서 뼈가 뚝뚝 소리를 냈다. 지하 감옥은 햇살이 비치지 않는 까닭에 낮도 밤도 없는 듯했다. 오싹오싹 싸늘한 공기가 가득 들어차 있다. 그러나 남자는 얇은 옷차림에다가 맨발에 샌들을 신었다. 그럼에도 몸을 한 차례도 떨지 않는다.

남자는 수염을 쓸어 만지다가 잡아당겼다. 무료한가 보다.

"……싫은 꿈이다."

불쑥 중얼거린 뒤 다리를 뻗어 천장을 본다. 횃불의 불꽃이 깜빡깜빡 움직이는 생물처럼 그림자를 만들어 낸다. 어깨를 돌리자 역시 뚝뚝 소리가 났다.

묵묵히 누워 있으려니까 아마도 위쪽에서 떠들썩한 소리가 희미하게 들린다. 조만간에 무도회를 개최할 계획이라던가. 수많은 내빈이 초대되어 눈부시게 번쩍거리는 공간에서 아름답게 몸치장한 사람들이 왔다가 갔다가 한다.

구역질이 나올 것 같군, 남자는 중얼거렸다. 화려하게 치장한 녀석들도 정작 알맹이는 새카맣잖은가, 남자는 조소했다. 차라리 모험가가 훨씬 더 제대로 된 족속이겠다.

옛꿈을 꾸기를 기대하며 잠들었건마는 남자에게 찾아든 것은 악몽이었다. 분명 주위에 아무것도 없는데도 피 냄새가 콧속을 물씬 찌르는 것 같았다.

빛나는 나날 이후에 죽기 살기로 발악하여 거머쥐었던 강자의 지위는 남자에게 전쟁과 같은 일상을 불러들였을 따름이었다. 정신은 피폐해졌고, 염세관만 고개를 들고, 남자는 점점 더 냉소적인 사람으로 바뀌어 갔다.

힘만 지닌다면 동료들과 함께 지냈던 옛 시절을 되찾을 수 있으리라 생각했는데.

"결국에 다다르는 곳이 여기인가……. 후유……."

남자는 무릎을 끌어안고 탄식했다.

뻥 뚫린 마음의 구멍을 메우기 위해 갖가지 분야에 손을 뻗쳐봤건만, 이제 와서는 모든 것이 다 아무래도 상관없다는 기분이 들었다. 그럼에도 뭐든 몰두하지 않으면 독한 허무감에 사로잡혔다.

그런 와중에 아직 하위 랭크였던 시절의 추억만이 기억 속에서 찬란하게 빛나고 있었다. 차라리 죽어버릴까 싶은 충동이 들 때도 언제나 옛 추억이 남자를 말려주었다.

"우리가, 네게 무엇을 해주는 게 맞았던 걸까, 벨……."

남자는 바닥에 널린 증류주의 병을 주워 들었지만, 모두 다 내용물이 비어 있었다. 홱 집어 던지자 저쪽 벽에 부딪쳐서 소리를 내며 깨졌다.

남자는 시시하다는 듯이 손가락을 세워서 깨진 병의 방향을 가리켰다. 그러자 깨졌던 병의 파편이 잇따라 허공으로 떠오르더니 딸각딸각 짜 맞춰졌다. 병이 원래 모양을 되찾는다. 그러나 남자가 휙 손가락을 내리자 공중에서 본래의 파편으로 흩어져 재차 바닥에 떨어졌다.

"……한번 깨져버리면, 뒤늦게 다시 짜 맞춰도 아무 소용이 없단 말이지……."

남자는 중절모자를 고쳐서 썼다.

그때 가볍고 작은 발소리가 들렸다. 철창 너머에 인영이 나타났다. 짙은 갈색 머리카락의 열두셋쯤 되어 보이는 소녀였다. 얼룩한 점 없는 깔끔한 드레스를 차려입었다. 싸늘한 돌만 잔뜩인 지하 감옥에는 몹시 안 어울리는 차림이다.

모자 쓴 남자는 기막히다는 표정을 지었다.

"또 왔냐……. 들키면 큰일이 날걸?"

"바빠서 이런 곳에는 아무도 안 와. 저택 전체가 무도회 준비로 정신없거든. 시끄러워서 아주 못살겠다니까."

방울 소리 같은 목소리였다. 우아하고 세상의 추악함을 모르는 것 같았다.

남자는 탄식했다.

"약혼자와 같이 지내면 되잖나. 여기는 꽤 추울 텐데?"

"네가 더 추워 보이는걸! 그렇게 얇은 옷 입고서!"

"나는 특별하단 말이지. 너는 감기에 걸리잖냐."

"잠깐이면 괜찮아. 기분 전환도 필요한걸. 있잖아, 또 이야기를 들려줄래? 용이 있는 던전에 갔던 이야기가 좋겠어."

"……술이나 한 병 갖다주면 이야기하마."

소녀는 척 일어나서 치맛자락을 붙들고 사뿐사뿐 계단 방향을 향해 달리다가 깜빡 잊었다는 듯이 돌아봤다.

"금방 올 테니까! 자면 안 돼!"

그러곤 계단을 올라갔다.

모자 쓴 남자는 귀찮다는 듯이 천장을 보고 누워서 중절모자를 머리 위쪽에 얹었다.

48 며칠씩 흔들리는 마차에 몸을 실어서 도착한

며칠씩 흔들리는 마차에 몸을 실어서 도착한 공국 수도 에스트갈은 올펜의 잡다한 거리 풍경과 달리 어딘가 세련된 분위기가 느껴졌다. 보다 제국과 가깝기 때문일까. 곳곳에 제국 문화의 양식이 사용되었을 뿐 아니라 거리의 벽 따위도 다시 칠한 듯 커다란 얼룩은 찾아볼 수 없었다.

도시 한복판을 관통하여 커다란 강이 흐르고 있다.

일찍이 제국의 북벌군과 북방 호족의 연합군이 이 강을 사이에 두고 전투를 벌였다 한다. 승리를 거둔 제국군은 이곳에 도시를 건설했고, 에스트갈은 이 강을 이용한 무역에 의해 번성했다. 지금도 강물 위쪽에 크고 작은 배가 오가고 있다.

이곳저곳에 잔교 및 선착장이 있고, 그 잔교가 강의 안쪽까지 뻗어 나오고, 작은 배를 맞대어 연결해 놓은 모양새의 나무 바닥 위쪽에 집이 늘어서 있었다. 배를 몰거나 고기잡이를 생업으로 삼은 사람들이 생활하는 곳 같았다.

"……강물이 불어나면 어쩌려는 걸까? 길 씨."

맞은편에서 쌩쌩 불어 드는 바람에 얼굴을 찌푸리면서 안젤린은 중얼거렸다.

말고삐를 잡고 있었던 길 씨라고 불린 여자가 웃음 지었다.
"저쪽에, 보렴."
손가락으로 가리킨 곳에 시선을 보낸 안젤린은 잔교의 끝부분은 빈 나무통 따위를 이용해서 물 위에 띄워 놓았을 뿐이라는 것을 알아볼 수 있었다. 집도 서로 붙들어 묶어 놨지만, 여차하면 노를 저어서 움직일 수 있는 구조 같았다.
안젤린은 감탄해서 고개를 끄덕거렸다.
"굉장하네……. 그런데 왜 굳이 물 위에다가……."
"조상이 인어라는 전승이 전해 내려오거든. 미신을 잘 믿는 사람들은 그 이야기를 믿어서 물과 가까운 곳에 자리를 잡아 생활하는 거야."
"……진짜?"
"거짓말. 후후후."
안젤린은 입을 삐죽거리며 마차의 등받이에 몸을 기댔다.
나 홀로 여행을 먼저 염두에 뒀던 안젤린은 짐꾼 겸 잡무 담당으로 라이오넬의 옛 동료 한 사람과 동행하게 됐다.
이름은 길메냐라고 한다. 현역 AAA랭크 모험가이고 붉은색이 감도는 갈색 머리카락을 짧게 잘랐다. 라이오넬과 같은 세대라면 이미 마흔이 가까울 텐데도 막상 용모는 20대로 봐줄 만큼 젊은 인상이었다.
라이오넬의 파티에서는 주로 보급 및 색적과 여행 준비 등 보조 업무와 내밀한 사안 전반을 책임져서 관리했고, 실력도 좋을 뿐 아니라 임기응변에도 능했다. 저런 부분에서 안젤린의 도움이 되어주리라는 인선이었다.

유유자적하고 상당한 빈도로 엉뚱한 말을 늘어놓는지라 안젤린은 이 여성과 대화 나누기를 제법 좋아했다. 그 덕분에 긴 여행길도 심심하지 않았다.

도로는 폭이 넓어서 마차가 왕래할 수도 있었다. 대공 직할의 도시인지라 외출하는 귀족도 많을 것이다.

안젤린도 에스트갈은 처음이었다. 모르는 곳을 방문하면 무심결에 기분이 고양되는 법이다. 출발할 때는 귀성 계획이 좌절되어 불타올랐던 분노도 보름 가까운 여행 도중에 얼마간 가라앉은 듯 느껴졌다.

그러나 문득 톨네라의 풍경을 떠올리면 또 부글부글 분노가 끓어올랐고, 에스트갈의 풍경까지 갑자기 시시하다는 생각이 들었다.

"……길 씨는 에스트갈에 왔던 적 있어?"

"있지. 강 건너편에 제국의 북벌군. 이쪽에는 호족의 영웅 발라블리엔. 그 접전은 꽤 볼만했어."

"……그런 일이 있었어?"

"300년쯤 전에 말이야, 후후후."

"300년……."

"뭐, 농담은 여기까지 하고……."

길메냐가 말했다.

"길드에 가볼래?"

안젤린은 고개를 가로저었다.

“딱히 일하러 온 게 아니니까……. 에스트갈의 길드에 별로 흥미는 없어.”

“기분이 언짢으시네. 귀여운 얼굴이 자꾸 구겨지잖니.”

“귀엽지 않아…….”

“귀엽지 않은 얼굴이 자꾸 구겨지잖니. 후후후.”

“고쳐 말하지 않아도 되거든?”

안젤린은 여전히 뚱한 채 무릎 위에다가 팔꿈치를 대고 뺨을 얹었다. 길메냐는 재미있어 하는 표정으로 안젤린의 머리를 콕콕 찔렀다.

이윽고 여관에 도착했다. 말과 마차도 맡아주는 큰 숙소다. 모험가와 행상인, 여행자들이 다수 드나들고 있다.

무도회는 사흘 후 예정이었다. 여정이 너무 순조로웠던 탓일까, 오히려 시간만 괜히 남아도는 처지다. 그러나 가겠다고 결정한 이상 어차피 올펜에서 불평만 늘어놓은들 아무 소용이 없었던 데다 귀찮은 일은 후닥닥 해치워버리는 게 최고라고 안젤린은 억지로 마음을 고쳐먹었다.

방에 짐을 옮긴 뒤 차를 주문해서 한 모금 마셨다. 2층의 방이다. 강가에 위치하는 숙소라 창문 아래에는 강이 흐르고 있다.

길메냐는 설탕 과자를 다람쥐처럼 베어 먹으면서 말했다.

“나는 여기에서 기다릴 테니까 안제는 대공의 저택에 가봐.”

“응……? 왜?”

"왜기는, 초대받은 손님이니까……. 가면 드레스를 마련해줄 거야. 호화로운 저택에서 접대를 받는 거란다, 후후후."

"그럼 길 씨도 같이 가자. 혼자선 불편할 것 같아."

"가 봤자 아마도 소용없을 거야. 안제는 공적을 세운 덕분에 초대받았지만, 기본적으로 귀족은 모험가랑 사이가 나쁘니까."

"……의뢰는 실컷 가지고 오는 주제에?"

"그게 귀족이란 생물이란다. 저쪽 입장에서 보자면 모험가를 써먹어준다는 생각일 거야. 후후후."

안젤린은 기분 나쁘다는 듯이 의자에 기대서 컵 안의 차를 들이켰다.

"마음에 안 들어. 역시 안 오는 게 맞았어."

"나도 똑같은 생각이거든? 어째서 온 거야?"

"……어째서일까? 다른 사람들이 고생할 것 같아서……."

길메냐는 쿡쿡 웃었다.

"성실하구나, 안제는. 뭐, 아마도 맞는 말이야. 직접 전투를 벌이면 우리가 더 강하지만, 귀족은 모략을 쓸 줄 알거든. 별것 아닌 악평과 처벌, 매수 따위로 눈 깜짝할 틈에 궁지로 몰아넣지……. 무력만 갖곤 어찌할 도리가 없는 경우도 있는 법이야, 이 세상에는."

"……귀족은 대체 뭐 때문에 있는 거야?"

"제멋대로 생겨나더라. 비가 내리면 여기저기에서 뿔록뿔록. 그리고 주머니에서 돈과 훈장을 꺼내다가 우리를 타락시킨단다. 후후후."

"……거짓말이지?"

"응."

안젤린은 체념하며 한숨 쉬었다.

같은 귀족이어도 사샤와 셀렌, 헬베티카 자매는 좋은 사람들이었다. 귀족이 모두 저러한 사람이라면 좋겠다는 생각도 들긴 든다만, 당연히 세상사가 마냥 아름답지는 않았다.

어쨌든 간에 와버린 이상 얼굴 정도는 비출 수밖에 없었다.

훈장이 어떤 물건인지 잘 모르겠는데, 훈장을 받으면 끝날 테니까 무도회가 열리기 전에 가서 훈장만 받아다가 곧장 돌아가도 괜찮겠다. 오히려 그게 좋겠다.

안젤린은 일어섰다.

"그럼 가볼게. 그나저나 길을 잘 몰라. 안내해줘."

"알았어. 나도 길은 모르지만 말이야. 후후후."

"……모르는 거야?"

"아니. 알아."

안젤린은 피식 웃음을 짓곤 말없이 길메냐를 쿡쿡 찔렀다.

두 사람은 숙소에서 나온 뒤 마차에 타지는 않고 거리를 걸어갔다. 쌀쌀한 바람이 불어 들어서 노출된 귀와 코를 가차 없이 문지르고 갔다.

"초대장은 잘 챙겨서 왔지?"

"응."

안젤린은 외투 주머니 속 봉투를 확인했다. 쭈글쭈글 구겨졌어도 정확하게 읽을 수 있다.

길메냐는 안젤린의 어깨에 손을 얹었다.

“안제, 분명 마음에 안 드는 게 잔뜩일 거야. 그래도 냅다 폭주하면 안 된다? 적당히 맞장구치고 받아넘겨서 얼른 올펜으로 돌아가자.”

“……응.”

“또 하나, 말투는 정중하게. 귀족은 일단 삐치면 두고두고 골치 아프니까.”

“……모쪼록 발전적인 방향으로 검토하겠습니다.”

길메냐의 선도로 강을 따라서 걸어가다가 중간에 꺾어졌다. 점점 길이 위쪽으로 경사가 지고, 거리의 풍경이 점점 조용해지고, 저택 하나하나가 커다래지는 듯 생각됐다. 사병이 쓸 작은 연병장을 보유하는 곳도 있는지 아마도 훈련 중일 병사들의 기합 소리가 들려왔다.

그중 가장 안쪽의 높은 위치에 한층 더 커다란 건물이 있었다. 높은 돌담에 둘러싸인 모양새가 마치 요새 같았다. 석조라서 튼튼할 테고 역사도 깊어 보였다.

뒤돌아보면 넓은 강의 양편에 펼쳐져 있는 에스트갈의 거리가 한눈에 들어왔다. 짐작하건대 강 건너편의 외적을 경계하기 위해 건설한 요새를 고스란히 이용했던 것이 아니었을까.

커다란 철제 대문은 열려 있었다. 양측에 억센 인상의 병사가 서서 큰 눈으로 주위를 매섭게 노려보고 있다.

무도회 준비 때문일까, 고용인으로 보이는 남녀 및 아마도 선물을 쌓아 놓았을 귀족의 마차, 드레스 재봉사와 각종 식자재 도매상 등 여러 사람이 드나들었다.

안젤린은 잠깐 우두커니 서 있다가 이윽고 입구의 병사에게 말을 건넸다.

“저기.”

“음? 넌 뭐냐. 이곳은 가난뱅이가 찾아올 곳이 아니다만.”

병사는 명백하게 사람 깔보는 태도로 안젤린에게 대답했다.

안젤린은 흥, 코웃음 치고 말없이 초대장을 꺼내 건넸다.

병사는 수상쩍어하는 표정을 짓다가 편지의 봉랍을 보고 눈이 휘둥그레지더니 내용을 확인하곤 더욱 놀라서 안젤린과 편지를 번갈아 쳐다봤다.

“마, 마왕을 토벌했다는『흑발의 여검사』……?”

“……불만 있어?”

“아, 아니……. 들어가라.”

병사는 당황하면서도 길을 열어줬다. 안젤린은 얼굴을 찌푸렸다.

“저기, 그냥 들여보내만 줘도 곤란한데. 누구 안내해줄 사람은 없어?”

“으음……. 우리는 그냥 문지기다. 안에 들어가서 고용인에게 물어봐라.”

“그래……. 고마워.”

안젤린은 가볍게 인사한 뒤 곧이어 뒤돌아서 길메냐를 바라봤다.

"이제 갈게……. 괜찮아? 길 씨는 안 올 거야?"

길메냐는 깔깔 웃었다.

"화려한 곳은 성격에 안 맞거든. 귀족이랑 싸우는 것도 싫으니까 숙소에서 기다릴게. 조심해서 다녀오렴."

"응……. 다녀올게요."

안젤린은 척척 걸어서 문을 지나갔다.

벽의 안쪽은 정원으로 꾸며 놓았다. 사람 다니는 길은 노출된 흙바닥에 마차 바큇자국이 또렷하게 남았지만, 다른 장소에는 잔디가 자라났고 잘 손질된 화단 및 정원수가 여기저기에 있었다.

계절이 계절인지라 색채는 수수했지만, 그럼에도 꽃이 피어오른 몇몇 나무 및 풀이 제법 눈을 즐겁게 만들어줬다.

벽에 딱 달라붙은 곳에 한때는 감시대였을 시설이 있었다. 나무와 돌과 회반죽으로 만든 건물이 다수 늘어서 있다. 고용인이나 내빈들이 묵는 장소일까.

저런 장소들을 지나쳐 안쪽까지 진입하자 한층 더 커다랗고 현란한 건물이 나타났다. 이곳이 본채일 테지.

현관은 큰 여닫이문으로, 활짝 열어 둔 건너편에 테라스가 있는 넓은 엔트런스가 보인다. 대리석을 사용한 듯 반들반들하고 아름답다. 보르도 가문의 저택도 훌륭했지만, 이곳은 아예 비교가 안 되도록 커다랗고 훌륭했다.

전혀 익숙하지 않은 풍경이었기에 안젤린은 살짝 위축돼서 우두커니 멈춰 섰다. 누구한테 말을 붙여야 할지 가늠이 안 된다. 선물을 들고 대공의 비위를 맞추고자 왔을 귀족들이 안젤린을 곁눈질로 쳐다보고는 조소를 띠고 웃거나 소곤소곤 말을 주고받았다.

그때 「이봐」라며 말을 건네는 인물이 있었다. 돌아봤더니 고용인인 듯한 중년남이 서 있었다.

"너는 누구냐. 어디로 들어왔지?"

"……아저씨는 여기서 일하는 사람이야?"

"그렇다면 어찌할 텐가. 이런 초라한 차림새로 대공 각하의 저택에 어찌……."

"초대받아서 왔어. 대공님은 어디 계신데?"

안젤린은 초대장을 건넸다. 고용인은 초대장을 쓱 훑고는 놀라서 눈이 휘둥그레졌다.

"네, 네가 진짜로 『흑발의 여검사』란 말인가……. 소문은 들었다만 정말 젊구나……."

"문제라도 있어?"

"아니, 없다. 불손했던 발언은 사과하지. 잠시만 기다려주게."

고용인은 빠른 걸음으로 저택 안쪽에 들어갔다.

안젤린은 팔짱을 끼고 탄식했다. 뭔가 마음이 벌써 지치는 기분이었다. 주위를 둘러보면 건물도 다니는 사람들도 모두 현란하다. 자신만 혼자 초라해서 괜히 더 눈에 띄는 것 같다.

이런 소외감 때문에 마음이 지칠 리 없다고 자신했었다만, 실제로 이런 상황에 대뜸 처하니까 뭔가 자신이 있을 장소 같지가 않아서 부끄러운 기분이 들었다.

"……무섭도다, 귀족."

안젤린은 저택의 벽에 기대어 서서 눈을 감았다.

이윽고 발소리가 들리는지라 눈을 떴더니 고용인이 서 있었다.

"보고를 올렸다. 따라오게, 안내할 테니."

"고마워……."

안젤린은 고용인을 따라 저택에 들어섰다. 들어가자마자 또 몸이 움츠러졌다.

엔트런스 홀의 천장에 거대한 샹들리에가 매달려 있다. 유리와 금은으로 장식되어 반짝반짝 빛나고 있고, 불빛을 밝힌 게 아니라 황휘석을 사용한 듯싶었다.

한 개 사들이는 데 금화가 왕창 날아가는 값비싼 황휘석을 듬뿍 사용됐는데도 안젤린은 기가 막히랴 감탄하랴 어쩐지 아찔아찔한 심정이었다. 발아래의 잘 연마된 대리석 바닥은 번쩍번쩍해서 얼굴을 가까이 대면 거울처럼 비칠 것 같다. 지저분한 신발이 신경 쓰여서 못 견딜 지경이다.

융단이 깔린 복도를 나아가서 방에 안내받았다. 저택의 2층에 있는 방이다.

"이곳에서 기다리라는 분부시네."

고용인 남자는 입구 옆쪽에 서 있었던 메이드에게 뭔가 말하더니 빠른 걸음으로 떠나갔다.

특별히 넓은 방은 아니지만 응접실인지 아름답게 꾸며 놓았고, 여기저기에 티 나지 않게 장식이 되어 있었다. 안쪽에 문이 하나

열려 있기에 슬쩍 들여다봤더니 욕실이 보였다.

조각이 새겨져 있는 의자에 걸터앉은 채 괜히 주뼛주뼛하게 된다. 엉덩이 아래 쿠션은 부드러웠다. 분명 앉기 편한 의자인데도 어쩐지 벌떡 일어서고 싶어지는 기분이 든다. 메이드가 차를 끓여다 갖다줬지만, 컵에 입을 대기도 꺼려졌다.

맞네. 확실히 너무 아름다워서 진정이 안 된다. 길메냐가 오기 싫어했던 것도 당연하다고 안젤린은 납득했다. 그리고 이런 곳에서 생활하는 게 당연한 일상이라면 확실히 귀족은 모험가를 깔보기도 하겠다는 생각도 든다. 동시에 그런 건 시시한 우월감이라고도 생각했다.

"……맨몸으로 서 있으면 누구든 다 똑같은데."

불쑥 중얼거렸다. 현란한 옷을 차려입었든 훌륭한 저택에 살든 말든 맨몸뚱이로 이를테면 황야에 내던져졌을 때 인간은 모두 똑같다. 그렇게 됐을 때 돌아갈 곳은 이렇게 마음 불편한 장소가 아닌 검댕과 짚의 냄새가 나는 톨네라의 난로 앞에 훨씬 더 좋겠다.

그때 문이 열리며 누군가가 들어왔다.

스물을 조금 넘었을 외모를 지닌 남자였다. 평범한 몸집에 평범한 키의 몸에 깔끔한 옷을 차려입었고, 살짝 곱슬거리는 애시 브라운의 머리카락을 곱게 빗어 내렸다.

남자는 마치 품평을 하는 눈빛으로 안젤린을 빤히 쳐다봤다. 안젤린은 싫은 마음이 들어도 살짝 눈살만 찌푸렸을 뿐 아무런 말을 하지 않았다.

"……네가 『흑발의 여검사』 안젤린인가?"

안젤린은 역시 말없이 고개를 끄덕였다. 남자는 얼굴을 찡그리면서 안젤린의 맞은편 자리에 앉은 다음에 언짢은 기색으로 손가락을 튕겨 소리를 냈다. 메이드가 급히 달려와서 잔에 차를 따랐다.

"무뚝뚝한 녀석이군. 일부러 내가 아버님께 너를 서훈하시라 말씀을 올려드렸건마는."

"……너는 어디에 사는 누구십니까?"

"이 자식이?! 뭐, 뭐냐, 말버릇 한번 고약하구나!"

"……시골뜨기라서요, 아무쪼록 용서해주세요."

안젤린은 꾸벅 머리를 숙여서 찌푸린 얼굴을 감췄다. 이 자식이 나를 이곳으로 불러들였다고 생각하면 지금 당장에 귀싸대기를 날리고 싶은 기분에 사로잡혔다. 그러나, 그런 짓을 저질렀다간 큰일이 난다. 두 손을 무릎 위쪽에 깍지 껴서 꽉 쥐었다.

남자는 잠시 분개하다가 마음을 가라앉히려는 듯이 흥, 코웃음 쳤다.

"뭐, 마왕을 토벌했어도 결국 모험가에 불과하지! 어느 정도의 무례는 용서해주마!"

"……송구합니다."

안젤린의 정중한 태도에 살짝 기분이 나아졌는지 남자는 의자에 앉은 채 몸을 뒤로 쭉 젖혔다.

"나는 빌라르 에스트갈이다. 내 이름을 들은 적 있는가?"

안젤린은 고개를 가로저으려다가 마음을 바꿔 먹고 끄덕거렸다.

예상했던 대로 빌라르는 자랑스러워하며 입꼬리를 끌어 올렸다.

"하하, 올펜 같은 시골에도 역시 알려졌던가."

사실은 전혀 몰랐지만 안젤린은 애매하게 인정하는 시늉을 했다.

빌라르는 탁자에 팔꿈치를 짚어서 몸을 내밀었다.

"마왕이란 게 제법 강했을 테지?"

"네에……. 강했어요."

"그런가……. 음, 좋다. 되었다."

빌라르는 일어서서 방 안을 왔다가 갔다가 했다.

"안심했다. 어설픈 인재를 서훈 대상으로 말씀을 올렸다면 내가 창피를 당할 게 아닌가. 하나 강력한 마수를 토벌했다는 공적이 있다면야 훈장 정도는 당연하지. 명예롭게 받아들이도록."

"네에……."

"후후……. 이제 아버님도 내 식견을 다시 보시리라. 형님만 칭찬을 듣도록 좌시할 순 없지."

빨리 끝내줘. 안젤린은 씁쓸한 표정을 지은 채 차를 홀짝였다.

아무래도 이 빌라르라는 남자는 형과 경쟁하기 위해서든 아버지 에스트갈 대공에게 점수를 따기 위해서든 아무튼 본인의 사정 때문에 안젤린을 서훈하자고 의견을 제시한 듯싶었다. 귀족의 권력 다툼에 휘둘렸음을 실감하니 넌더리가 난다.

딸까닥, 잔을 내려놓고 안젤린은 말했다.

"그럼…… 훈장은 언제 받는 건가요? 가능하면 빨리 주시는 게 좋은데요."

빌라르는 기막히다는 표정을 지었다.

"너 말이다, 훈장은 단지 주고받아서 끝나는 게 아니다. 장엄하게 식전을 치름으로써 권위를 부여한 뒤 내려주는 법이다. 그렇게 하지 않는다면 네가 서훈받았다는 사실을 누가 알아주겠나? 어떤 명예도 될 리가 없잖은가."

별로 누가 알아주든 말든 상관없다고 말하고 싶었으나 꾹 참아야 했다. 길메냐의 당부를 떠올리면서 안젤린은 마지못해 고개를 끄덕거렸다. 요컨대 무도회 때 거행된다는 식전 전까지는 돌아갈 수 없단 뜻이다.

빌라르는 안젤린을 빤히 쳐다보다가 흥, 코웃음 쳤다.

"그나저나, 흠, 차림이 꾀죄죄하군. 이런 차림으로 무도회에 출석한다면 내 체면이 뭉개진다. 이봐."

빌라르는 메이드를 불렀다.

"네가 이 녀석을 시중들어라. 욕실에 넣어 깨끗하게 씻긴 뒤 고급 드레스를 마련해주도록. 내가 초대한 내빈이라는 사실을 잊지 말거라? 사흘간 철저하게 꾸며야 한다. 조금 말랐다는 느낌이 드니 식사도 든든하게! 최소한의 예법도 가르쳐 놓도록. 내가 창피를 당하지 않게 말이다."

"네."

메이드가 고개를 끄덕거렸다. 빌라르는 만족스럽게 웃고는 다시 안젤린을 쳐다봤다.

"나는 바빠서 말이다, 너는 이곳에서 지내라. 당부하겠는데 말썽거리를 만들진 마라?"

그렇게 말한 뒤 빌라르는 성큼성큼 나가버렸다.

문이 닫히는 동시에 안젤린은 몸에서 쭉 힘을 빼냈다. 고위 랭크의 마수와 대적하더라도 이토록 지친 경우는 드물었다. 분명히 같은 귀족인데도 보르도 세 자매와 전혀 달랐다. 폭발하지 않았던 자신을 칭찬해주고 싶은 마음이다.

"……무섭도다, 귀족."

안젤린은 혼자 중얼거린 뒤 메이드에게 말을 붙였다.

"저기, 차를 한 잔만 더 마셔도 될까?"

"네."

끓여서 갖다주는 차를 홀짝거렸다. 방금 전보다 마음이 차분해졌는지 맛있게 느껴진다. 안젤린은 깊이 숨을 내쉬고 메이드에게 말을 건넸다.

"저 사람은 어떤 사람이야?"

"네? 알고 계시지 않으셨나요?"

"몰라. 이름밖에."

일단 한 마디를 덧붙였다. 메이드는 납득한 기색으로 고개를 끄덕거렸다.

"빌라르 님께서는 대공 각하의 차남 되십니다."

"……그쪽은, 저 사람을 어떻게 생각하고 있어?"

안젤린의 질문에 메이드는 살짝 난처해하며 이리저리 딴 곳을 바라봤다. 안젤린은 쿡쿡 웃었다.

"괜찮아, 난 모험가야. 귀족의 스파이가 아니거든?"

메이드도 킥킥 웃었다.

"그렇군요. 부디 혼자만 듣고 기억하시길 부탁드려도 될까요?"

"물론."

메이드가 말하기를 빌라르는 전형적인 귀족 도련님의 부류였다. 태어날 때부터 대귀족인지라 벼락출세한 인물과 달리 금전욕은 별달리 대단하지 않은 반면에 권력욕이 강해서 대공의 장자인 형 페르난도에게 매번 기회가 있을 때마다 대항심을 내세운다던가.

그러나 페르난도가 모든 부문에서 빌라르를 상회하는 까닭에 좀처럼 좋은 결과를 얻지 못하는 것이 현 상황이었다.

"안젤린 님의 서훈도 빌라르 님께서 꺼낸 말씀이에요. 무도회의 주역이 될 만한 무엇인가가 없는가 대공 각하께서 하문하셨을 때 제안드렸겠죠, 아마도."

그래서 서훈 시기가 1년을 넘겨 이상하게 늦어졌구나 싶어서 안젤린은 탄식했다. 너무나 심히 변변찮은 이유라서 화낼 기운도 수그러지는 것 같다.

"……형제끼리 사이가 안 좋아?"

"글쎄요? 옆에서 보기에는 특별히 나빠 보이지는 않는데 말이죠……."

"흐음……. 형제는 둘만?"

"아뇨, 아래에 여동생분이 계세요. 그리고 이복 남동생분이 또 한 분 계시고요. 도합 네 분이군요."

안젤린은 손에다가 턱을 괴었다. 다른 남매들과도 빠르든 늦든 얼굴을 마주하게 되려나.

멍하니 있는 안젤린의 주위를 메이드가 걸어 돌아다니면서 구석구석 들여다보고 있다.

"……왜?"

"아뇨, 어떤 드레스가 어울리실까, 잠시."

"……드레스는 별로 안 좋아하는데."

"그런 말씀은 마셔요. 안젤린 님은 잘 연마하면 빛이 날 원석으로 보이는걸요. 우선 욕실에 들어가실까요?"

"……살살 부탁할게."

안젤린은 일어섰다.

아빠는 지금쯤 무엇을 하고 있을까.

그런 생각을 했다.

○

안젤린이 에스트갈에 도착했을 무렵, 올펜은 막 겨울이 찾아드는 시기였다.

며칠 전 첫눈이 내려 거리가 하얗게 물들었다만, 마치 반동처럼 따뜻한 해가 찾아들어서 눈이 녹았고, 그 이후 또다시 쌀쌀한 바람이 불어닥치고 있다. 이런 바람과 함께 몇 번인가 추운 날씨와 따뜻한 날씨가 찾아들면서 점점 겨울이 본격화된다.

안젤린의 부재는 길드 운영에 지장이 생길 정도의 사태는 아니었다만, 운영진은 모두 잘 알고 지내는 사이였다. 얼굴을 마주하지 못하면 왠지 허전한 기분이 든다.

그날도 의뢰인과 모험가로 북적이는 길드에서 유리는 카운터에 앉아 서류를 정리하고 있었다. 고위 랭크의 모험가 전용 접수처는 일반 접수처와 달리 잇따라 사람이 찾아오지는 않는다. 그러니까 짬짬이 이렇듯 자료 정리 등 사무 업무를 진행할 수 있다.

"으음……. D랭크에 해당하는 곳에서 B랭크의 마수……. 이건 이쪽일까?"

옛날 의뢰의 자료도 먼 훗날에 다시 쓸모가 발생하는 경우가 있다. 보고서와 같이 내용을 확인한 뒤 사례의 성격에 따라 분류해서 놓아둔다. 이상 사태가 벌어졌을 때 과거의 사례를 조사할 수 있도록 데이터베이스를 만들어 놓는 작업이다. 마왕 사태에서 배운 교훈이었다.

그때 라이오넬이 어슬렁어슬렁 다가왔다. 눈 밑에 진하게 거뭇한 자국이 있고, 안색은 더욱더 핼쑥해져서 마치 병자와 같은 몰골이었다.

"유리……. 아스테리노스 근처…… C랭크 던전의 자료……."

"잠깐만, 리오. 괜찮은 거야?"

"하, 하하……. 진짜 죄책감이 장난 아니라……. 안제 양, 괜찮을까? 길이 빈틈없이 잘 보조해주면 다행일 텐데……."

"어휴, 그러니까 더 빨리 말하는 게 좋았잖아. 전날에 불쑥 가르쳐주는 잔인한 짓을 뭐하러 했어…….”

“내가 있잖아, 이미 출발했다고 둘러댈 속셈이었단 말이야. 근데 올펜의 영주님한테도 편지가 가는 바람에, 안제 양이 올펜에 있단 사실을 들켜버렸단 거지……. 대충 모르는 척 시치미를 뗄 작정이었는데 직전에 못을 박으러 와서……. 어째서 그 사람들은 강하지도 않은데 그렇게 무서운 거야?”

유리는 탄식했다.

“그렇게 또 혼자 끌어안고 끙끙대니까 이렇게 된 거야. 다른 사람에게 민폐를 끼치기 싫단 마음은 괜찮은데, 결과를 보면 제일 큰 민폐를 끼쳐버렸잖아. 생각을 더 신중하게 하란 말이야.”

“……그러게. 나쁜 버릇이구나…….”

라이오넬은 거하게 숨을 내쉬었다.

그때 카운터에 인영이 나타났다. 척, 손바닥으로 카운터를 내리친다.

“손님 받아라!”

“흐아?”

유리의 눈이 똥그래졌다.

대나무 잎사귀처럼 뾰족한 귀와 비단처럼 매끈한 은발. 서 있는 인물은 엘프였다. 저 얼굴은 비록 눈매가 억척스럽게 치켜 올라갔으나 마치 인형처럼 아름다웠다.

두 사람은 좀처럼 못 보는 엘프의 미모에 무심코 말을 잃어버렸다.

다만 저 아름다움과 상반되게도 엘프는 시끄럽게 떠들어 댔다.

“여기가 접수처야?! 내가 말이야, 모험가가 되고 싶어서 왔거든! 어떻게 하면 돼?!”
“저, 저기요? 이곳은 고위 랭크의 전용 접수처인데요…….”
“그렇구나! 문제없겠네! 난 금방 S랭크가 될 테니까!”
“저기, 엘프 아가씨……? 무슨 일이든 순서라는 게…….”
“순서?! 그러면 빨리 처리해줘! 어떻게 하면 되는데?!”
“요 녀석아.”
몸을 휙 내밀고 있는 엘프의 어깨를 뒤쪽에서 두드리는 인물이 있었다.
“마리, 기쁜 마음은 알겠는데 이렇게 막 몰아대면 안 되지.”
“어? 안 되는 거야?”
“안 된다. 직원분도 곤란해하시잖니.”
그렇게 말한 뒤 엘프의 뒤쪽에서 나타난 중년 남자가 쓴웃음을 지었다. 남자는 망토 아래에 털가죽 조끼를 입었고, 적발을 뒤쪽으로 묶어 내렸으며 똑같이 붉은 수염이 턱을 뒤덮고 있었다.
어딘가에서 들은 적 있는 특징의 용모다.
라이오넬과 유리는 입을 떡 벌렸다.
“다, 다, 다, 당신은?”
“이런, 죄송합니다.”
적발 남자는 카운터에 가까이 다가와서 친근하게 미소 지었다. 오른쪽 의족이 딱딱 소리를 냈다.
“벨그리프라는 사람입니다. 딸아이를…… 안젤린을 만나러 왔습니다만, 혹시 어디에 있는지 알고 계십니까?"

49 과거를 청산할 필요가 있다는 것이 그라함의 대답이었다

과거를 청산할 필요가 있다는 것이 그라함의 대답이었다.

"그대의 고민거리는 과거에서 비롯되었을 테지. 가시와 같은 것일세. 그것을 빼내지 못하는 한 진정한 의미에서 과거를 극복하기란 불가능하네."

"……역시나, 가만 넘어갈 순 없는가."

벨그리프는 사과주를 머금고 눈을 감았다. 가을 수확제의 떠들썩한 소리가 귀를 즐겁게 했다.

확실히 안젤린을 키우기 시작했던 무렵부터 자신은 과거와 결별했다고 생각했다. 실제로 딸을 키워서 도시에 보내고, 처음 귀성의 무렵까지는 머릿속에 안젤린 생각밖에 없었다.

그러나 지난번 귀성과 보르도의 소동 때 안젤린이 많이도 성장했다는 사실을 안 다음부터 신기하게도 자기 자신에게 시선이 쏠렸다. 극복한 줄 알고 넘겼던 과거가 지금 와서 신기하게도 자꾸 상기되고, 그때마다 가슴이 살짝씩 죄어드는 기분이었다.

극복했던 것이 아니다. 직시하지 않았을 뿐이다.

벨그리프는 고개 숙였다.

"그렇다 해도……. 마리도 던컨도 떠나가는데, 게다가 나까지 자리를 비운다면…….”

“……톨네라가 걱정되는가?”

“……맞네.”

여하튼 자신이 보르도에 외출한 동안 미토에 의한 숲의 이변이 발생했었잖은가. 던컨이 있었기에 망정이지 만약 아무도 없었을 경우를 가정하면 오싹거린다. 아주 심각한 사태는 좀처럼 벌어지지는 않을 테지만, 마을 젊은이들끼리 대응하기에 버거운 마수가 나타날 가능성도 전무하지는 않다. 하물며 이 시기에 올펜까지 나간다면 봄이 올 때까지 돌아오기는 어려울 것이다. 그 부분을 감안하면 어쩔 수 없이 다리를 멈칫거리게 된다.

그라함은 잠시간 말이 없다가 이윽고 입을 열었다.

“내가 남아 있으면 될 테지…….”

“……음?”

벨그리프는 놀라서 얼굴을 들어 올렸다.

“자네가, 톨네라에?”

확실히 만약 그라함이 지켜준다면 이 이상 안전할 수가 없을 것이다. 설령 마왕이며 용이 나타난들 두려워할 필요가 없을 테지. 자신이 남아 있을 때보다 더욱 안심되겠다.

그라함도 이제 마을에 제법 녹아들었다. 과묵한 까닭에 아직껏 외경의 대상으로 여겨지는 경향은 있다만, 결코 홀대를 당하지는 않았다.

그라함이 마을을 맡아준다면 마르그리트와 함께 올펜에 갈 수 있겠다. 안젤린이며 딸의 친구들과 만나고, 옛 동료를 찾아서 과거에 매듭을 지을 수 있다.

그런 앞날을 상상하던 중 벨그리프는 나잇값도 못 하고 고양됐다.

"그런데…… 괜찮은 건가? 자네도 여행을 계속하려는 게 아닌가?"

"……나는 본래 마르그리트를 쫓아온 입장일세. 그 녀석이 좀 불안해야지, 원."

그라함은 신기하다는 듯이 아련한 눈빛을 지은 채 저기 앞쪽에서 춤추고 있는 사람들을 바라봤다. 애써 다가와 구애하는 마을 젊은이들을 웃으며 상대하는 마르그리트가 눈에 들어왔다.

"그러나…… 이곳에서 쌓은 경험을 통하여 저 녀석도 다른 사람들만큼 처신하는 방법을 익힌 듯싶군……. 내가 붙어 다니지 않아도 괜찮을 테지."

"……그런가. 마리도 확실히 성장하기는 했지."

훗, 미소 짓는 벨그리프를 그라함이 똑바로 주시했다.

"그대의 덕분이라네, 벨. 이 기회에 은혜를 갚고 싶군."

"……고맙네, 그라함. 감사하이."

벨그리프는 눈을 내리떴다. 나이 차이가 적잖은 친구가 듬뿍 보내주는 친애의 정에 가슴속이 따뜻해지는 기분이었다.

그라함의 무릎에 올라탄 미토가 이상하다는 표정을 짓고 벨그리프를 올려다봤다.

"아빠, 외출……?"

"그래……. 네 언니를 만나러 간단다."

"언니……."

그라함은 미토를 무릎에 올려놓은 채 가만가만 중얼거렸다.

"……한 가지만 부탁을 합세."

"음?"

"그대가 여행을 떠난 동안에…… 미토는 내가 맡아봐도 되겠나?"

"……적적한가?"

○

"벨 아저씨이~!!"

길드에 들어와서 밀리엄은 벨그리프를 발견하자마자 숫제 돌격하는 기세로 냅다 달려와서 꽤나 흥분한 분위기로 손을 붙잡고 휙휙 흔들어 댔다.

"뭐예요, 뭐예요, 뭐예요?! 와~ 와~ 벨 아저씨다! 진짜 벨 아저씨다!"

"이런, 어이쿠, 미리……. 너무 세게 돌리면 아프잖니."

벨그리프는 쓴웃음을 지었다. 밀리엄은 비록 손은 곧 놓아줬지만, 여전히 흥분해서 자꾸만 폴짝거렸다. 그러자 아넷사가 기막히다는 듯이 머리를 살짝 손칼로 내리쳤다.

"뭐하는 거야, 이 녀석아……."

"그래도 벨 아저씨잖아?! 아네도 되게 기쁘면서!"

"으……."

아넷사는 살짝 뺨을 붉힌 채 벨그리프를 바라봤다. 쑥스러워하며 꾸벅 머리를 숙였다.

"오, 오랜만이에요, 벨 아저씨."

벨그리프는 쿡쿡 웃었다.

"그래, 오랜만이구나, 아네. 둘 다 건강해 보이는구나."

"네. 으음, 저기요……. 편지, 도착했나요?"

아넷사는 어려운 말을 꺼내듯 입을 우물우물했다.

"편지? 아니……."

"역시 엇갈렸구나. 저기요, 안제가요."

"아하, 서훈 말이구나? 라이오넬 님께 소식은 들었단다. 하하, 에스트갈이라서 다행이었지. 톨네라로 출발했다면 어쩔 뻔했니……."

그렇게 말을 건네던 벨그리프의 앞에서 라이오넬이 물 흐르듯 자연스러운 동작으로 바닥에 넙죽 엎드려서 고개를 조아렸다.

"진심으로 드릴 말씀이 없습니다, 벨그리프 씨……. 얼마나 화가 치미셨겠습니까, 제 목이라도 괜찮으시다면 얼마든지……."

"아이고, 아닙니다. 머리를 들어 올리세요, 라이오넬 님. 대공각하께 훈장을 수여받는다면 명예로운 일이죠. 아버지로서 기쁜 마음은 있을지언정 화낼 이유가 어디 있겠습니까."

"그러나 따님께는 정말이지……. 정말로 크게 신세를 지고 있는 주제에 은혜를 갚기는커녕 귀성에 방해만 되고……."

벨그리프는 난처해하며 웃음 지었다. 쪼그려 앉아 라이오넬의 어깨에 손을 얹었다.

“어쩔 수 없잖습니까. 힘을 지녀서 높은 지위에 있는 인물이라면 상응하는 책무를 감당하고 있는 분이 많습니다. 그게 아니라면 오히려 지위 자체의 가치가 사라지겠지요. S랭크가 대단하다고 제멋대로 마구 행동한다면 모험가 전체의 품위가 더욱 떨어지지 않겠습니까. 저는 딸아이가 아버지를 만나고 싶은 마음에 서훈을 내팽개치지 않았다는 것이 기쁩니다. 라이오넬 님, 관련 사정을 딸아이에게 정확하게 알려주셔서 오히려 제가 감사드립니다.”

“베, 벨그리프 씨……. 세상에, 감사 말씀을 들을 자격이, 제게는 전혀…….”

라이오넬은 눈물을 좍좍 흘렸다.

물론 높은 지위에 올라섰어도 제멋대로 마구 행동하는 인물도 있다. 모험가에 한정되는 것이 아니라 수많은 귀족도 마찬가지다. 보르도 가문의 세 자매와 비슷한 귀족이 되레 드물지는 않을까.

그러나, 그럼에도 신분이라는 제약이 있다. 마음에 들지 않을지언정 섣불리 외면해도 되는 자리가 아니었다. 방종에 대한 앙갚음은 반드시 자신에게, 또한 주위의 동료들에게 찾아든다. 그런 부분을 잘 파악하고 처신한 안젤린의 행동이 벨그리프는 바람직하게 보였다. 게다가 훈장을 받을 만큼 딸이 좋은 평가를 받는다는 것이 아버지로서 솔직하게 기뻤다.

만약에 길드 차원에서 안젤린을 비호하여 톨네라에 보냈더라도 훗날 반드시 문제는 일어났을 것이다.

모험가 길드는 많은 모험가들이 생활을 꾸려 나가는 근거지일

뿐 아니라 도시 사람들의 어려운 문제를 처리해주는 조직이다. 대공가에 안 좋게 낙인찍혀서 운영에 지장을 초래한다면 많은 사람들이 곤경을 겪게 되리라. 그렇게 되면 제아무리 길드의 호의에서 비롯된 결과일지라도 벨그리프는 분명히 별로 기꺼운 마음은 들지 않았을 것이다.

감격하여 흐느껴 우는 라이오넬을 쳐다보면서 마르그리트가 재미있다는 표정을 짓고 있었다.

“뭐 이래, 길드 마스터라니까 대단한 녀석인 줄 알았더니만, 완전히 못난 아저씨잖아.”

“으흑……. 부, 부정은 안 하겠습니다……”

벨그리프는 얼굴을 찌푸렸다.

“이 녀석, 마리. 말 좀 예쁘게 하거라.”

“으음……. 미안…….”

“아뇨, 괜찮습니다. 벨그리프 씨……. 사실이니까요…….”

유리가 쿡쿡 웃었다.

“지위 자체의 가치, 좋은 말씀이네요. 많이 찔리겠다? 리오.”

“……예, 노력하겠습니다.”

라이오넬은 푹 고개 숙였다. 밀리엄이 힐끔힐끔 마르그리트를 쳐다보고 있었다.

“그나저나, 음, 저기 엘프분은 언제 소개해주실 건가요? 흠흠.”

“아, 깜빡했구나. 이 녀석은 마르그리트. 살짝 인연이 닿아 한동안 우리 집에서 식객으로 지냈었단다.”

"와아~ 엘프랑 인연이……."

"뭐, 소소한 사건이 조금. 모험가가 되고 싶다기에, 겸사겸사 나도 따라서 여기까지 같이 왔지. 마리, 이쪽은 내 딸아이의 파티 멤버란다. 고위 랭크의 모험가니까 네게는 선배가 되겠구나."

마르그리트는 가슴을 쭉 펴고 외쳤다.

"마르그리트다! 잘 부탁하지! 마리라고 불러줘도 된다네!"

"밀리엄이야~. 미리라고 불러줘."

"아넷사야. 다들 아네라고 불러주는데……. 뭐, 편한 대로 불러줘."

"그래! 너희는 모험가지? 많이 강한가?"

"음~ 그럭저럭? 나도 아네도 일단 AAA랭크거든."

"오오! 굉장하잖아! 그래도 내가 금방 따라잡아주겠어!"

"흐음…… 마리는 제법 강한가 봐?"

"헤헹, 강하고말고."

아가씨들이 법석 부리는 옆쪽에서 벨그리프는 라이오넬을 새삼 바라보면서 말했다.

"그런 사정이 있어 이 아이의 모험가 등록을 부탁드리고 싶습니다. 많이 바쁘시겠습니다만."

"아뇨, 아니죠, 아닙니다. 물론 최우선으로 처리해드리겠습니다!"

"천천히 봐주셔도 괜찮습니다. 딱히 서두를 일이 아니니까요."

벨그리프는 쓴웃음을 지었다. 유리는 쿡쿡 웃다가 마르그리트를 불렀다.

"좋아, 마리 양. 얼른 이쪽에서 등록하자."

"오! 만세! 그럼, 벨! 잠깐 다녀올게!"

"그래."

유리는 마르그리트를 데리고 발길을 돌리려다가 문득 할 말이 떠오른 모습으로 뒤돌아섰다.

"저, 저기요. 벨그리프 씨?"

"예."

유리는 뺨을 붉힌 채 머뭇머뭇했다.

"독신이라고 말씀을 들었는데요……. 저기……. 신부 찾기를 따님에게 맡기는 것은, 그러니까……. 조금 자제하심이, 앗."

"……예?"

"죄, 죄송합니다. 쓸데없는 소리였죠! 이, 잊어주세요……."

그렇게 말한 뒤 부끄러워하며 두 손을 뺨에다 대고 화닥닥 달려간다. 마르그리트가 급히 뒤를 따랐다.

당황한 벨그리프는 눈살을 찌푸리다가 아넷사를 돌아보면서 물었다.

"신부 찾기라니……?"

"아뇨, 그게요, 안제가……."

"……안제가?"

아넷사는 어쩔 줄을 몰라 하면서 소리 높였다.

"맞다, 벨 아저씨! 사실 말이죠, 저희도 소개할 아이들이 있네요!"

"음? 아니, 신부 찾기라는 게 대체……."

"맞지? 미리?!"

"맞아, 맞아!"

밀리엄이 뒤쪽에 있던 샤를로테와 벡을 잡아끌어서 데려왔다. 벨그리프가 시선을 보내자 샤를로테는 수줍어하며 벡의 뒤쪽에 몸을 숨기더니 얼굴 절반만 내밀고는 눈치를 봤다. 벡은 어째서인지 경계하며 얼굴을 굳히고 있다.

벨그리프의 눈매가 가늘어졌다.

"너희는…… 분명 보르도에서 만났던?"

샤를로테는 입을 뻐끔뻐끔하다가 뺨을 붉혔다.

"저기…… 저기요……. 샤를로테예요! 그, 그때는, 도와주셔서 고마워요!"

"음? 아하…… 그렇구나. 무사해서 다행이다. 건강하게 지냈니?"

샤를로테는 가슴이 벅차올라서 뺨을 상기시키며 탁탁 달려와 벨그리프의 품 안에 뛰어들었다. 벨그리프는 놀라면서도 안아서 받아줬다.

"왜, 왜 이러니?"

샤를로테는 아무런 말 없이 다만 벨그리프의 가슴에 얼굴을 꾹 꾹 문질렀다.

벨그리프는 쓴웃음을 짓는 한편으로 소녀의 머리를 쓰다듬어줬다. 그러고는 아넷사과 밀리엄을 돌아본다.

"애들아……?"

"하하……. 뭐, 사연이 좀 있어서요."

"맞아, 맞아요, 벨 아저씨~. 얘깃거리가 잔뜩 있답니다! 앗, 근데 다 얘기해버리면 안제가 화낼까냥?”

“아니, 상관없단다. 안제는 자기 나름대로 할 얘기가 잔뜩 있을 테니까 말이다. 그나저나, 신부 찾기라는 게 도대체…….”

“실례합니다.”

라이오넬이 조심스레 말을 꺼냈다.

“저기 말입니다……. 신경 안 쓰인다면 괜찮겠습니다만, 대화 나누기에 적당한 장소로 바꾸시는 게 어떨지요…….”

“음.”

벨그리프는 주위를 둘러봤다. 이곳은 길드의 로비였다. 수많은 사람들이 드나드는 곳이다. 여러 사람들이 벨그리프 일행을 보곤 소곤소곤 대화를 주고받고 있었다.

“적발에…… 의족…….”

“저자가 『적귀』인가? 『흑발의 여검사』의 아버지이자 스승이라는…….”

“맞아, 틀림없겠군. 『흑발의 여검사』보다 강하다던데…….”

“엘프를 데려왔잖냐. 정체가 뭐야?”

“봐라, 저 기세를……. 여간내기가 아니라고…….”

“길드 마스터가 넙죽 엎드렸잖냐…….”

“……어째서 어린애를 안아주는 거냐?”

몹시도 주목받고 있다.

벨그리프는 곧장 거북함을 느꼈다. 올펜의 길드에서 『적귀』라는 이름이 유명해졌다는 사실을 새삼 떠올렸다.

"라이오넬 님, 충고 감사합니다……. 얘들아, 마리가 돌아오면 장소를 바꾸자꾸나."

벨그리프는 그렇게 말한 뒤 쓴웃음을 지었다.

여러모로 신경 쓰이는 말이 있는데 무엇보다 신부 찾기가 도대체 무슨 소리인가, 그것이 신경 쓰여서 못 견디겠다.

○

달콤하고 좋은 냄새가 난다. 약초 및 향초, 건조시킨 꽃 따위가 온수에 가득 담겨서 물을 연두색으로 물들이고 있다.

이런 목욕은 처음이었다.

내빈용 방에 딸린 개인 욕실의 안쪽, 욕조는 기껏해야 두 사람이 잠길 크기인데 내부 넓이는 넉넉했다. 몸을 씻을 뿐 아니라 옷 갈아입기도 같은 공간에서 가능할 만큼 넉넉한 넓이다. 욕실인데도 항아리며 회화 따위를 장식해 놓은 것이 안젤린은 우스웠다.

안젤린은 온수에 잠긴 채 멍하니 긴장을 풀고 있었다. 자칫 무엇을 하러 왔는지 잊어버릴 것 같았다. 온도는 딱 적당한 데다가 좋은 향기가 나서 이대로 잠들어버릴 듯하다.

온수 바깥으로 두 손을 내밀어 구석구석 들여다봤다. 줄곧 검을 쥐어온 탓에 살갗이 울퉁불퉁 딱딱하게 굳었다. 그게 온수에 불어서 군데군데 하얗게 물들었다.

아빠 손이랑 많이 비슷해졌을까.

그런 생각을 떠올리면서 안젤린은 입가까지 온수에 담가서 보글보글 거품을 뿜었다. 묶지 않은 긴 머리카락이 해초처럼 흔들흔들 온수에 떠다녔다.

메이드 세 명이 붙어서 철저하게 몸을 씻은 까닭에 이제껏 경험한 적이 없도록 산뜻한 기분이다. 그렇게 비누 거품투성이가 된 것은 처음인지도 모르겠다. 비록 천이 사이에 있긴 했었어도 가차없이 몸 이곳저곳을 만지작만지작 당했던 터라 어쩐지 소녀의 존엄을 잃어버린 것 같단 생각도 들지만, 뭐, 나쁘지는 않았다.

다 씻고 난 다음에 몸을 데울 때까지는 메이드들에게 나가달라고 부탁했다. 똑같이 욕조에 몸을 담그는 상황이라면 어쨌든 간에 옷을 차려입은 사람에게 시선을 받는다면 마음이 불편할 테니.

온수 아래에 별로 풍만하지 않은 가슴과 허리가 보였다. 날씬하게 근육이 잘 잡혀 있다고 말하면 듣기에는 좋을지도 모르겠다. 검을 휘둘러서 싸우기 위해서라도 너무 흔들거리는 가슴은 거추장스럽다. 그럼에도 안젤린 역시 한창때의 여자아이였다. 더욱 부드러운 몸을 동경하게 될 때가 있었다.

허리에 가슴에 손을 가져다 대며 밀리엄과 헬베티카를 떠올리다가 안젤린은 눈살을 찌푸렸다.

"도무지 커지지를 않아……. 무슨 이유야."

어쨌든 없는 살덩이를 바란들 무슨 소용이랴. 안젤린은 체념하고 일어섰다. 흔들흔들 떠다니던 머리카락이 단박에 무게를 지니고 온몸에 달라붙었다.

폭신폭신한 수건으로 몸을 닦는다. 평소 대중목욕탕에서 사용했던 얇고 허름한 공용 수건과 많이 달랐다. 이대로 수건 한 장만 몸에 둘러도 편안할 것 같다.

안쪽의 물소리를 들었는지 문 너머에서 메이드가 말을 건넸다.

"마치셨나요?"

"응."

말하자마자 곧바로 문이 열리더니 메이드들이 들어왔다. 손에 손마다 속옷이며 드레스가 들려 있었고, 왠지 몰라도 즐거워 보였다.

"속옷은 여기 가져온 걸 입어주세요!"

"아앗……. 날렵한 몸매, 멋져라……. 참 좋은 소재야."

"머리카락도 예쁘셔라. 어떤 머리 모양이 어울릴까? 머리 장식도……."

"드레스의 색조도 고민이네요. 차가운 색깔로 세련되게 꾸밀까요? 아니면 따뜻한 색깔을……."

"날씬한 몸에 근육도 탄탄하신 분이니까 너무 헐거운 옷은 안 되겠네."

"적당히 노출하는 게 더욱 매력적일 텐데……. 너무 노골적이면 품위가 없어져버린단 말야."

"아직 시간은 충분하잖니. 자자, 안젤린 님? 우선 이쪽을……."

메이드들의 기세에 안젤린은 압도당했다.

"……벡 군, 자네의 심정을 조금은 알 것 같구나."

안젤린은 중얼거렸다.

이것저것 갖가지 색깔에 디자인도 갖가지인 드레스를 갈아입던 중 처음에는 망연자실했던 안젤린도 점점 기분이 즐거워진 듯 커다란 몸거울 앞에 서거나 앉거나 자세를 잡는 사이에 날이 저물었다.

그러나 제법 즐거워졌어도 여행길을 마친 처지인지라 적잖이 피로가 남아 있었다. 안젤린은 한껏 숨을 내쉬었다.

"……저기, 오늘은 좀 피곤한데. 나머진 내일 괜찮을까?"

"어머나, 한창 분위기 달아오른 참인데 말이죠. 그래도 어쩔 수 없겠네요."

"방향성은 결정됐잖아요. 내일이 기대되네요."

"곧 저녁 식사를 가져다드릴게요. 안젤린 님, 아무쪼록 편하게 쉬고 계셔요."

메이드들은 꺅꺅 떠들어 대며, 그럼에도 재빨리 드레스를 정리한 뒤 방에서 나갔다.

간소한 실내용 드레스를 차려입은 안젤린은 푹신푹신한 소파에 털썩 걸터앉았다. 막상 앉으니까 더는 못 일어설 것 같아서 자각했던 이상으로 더 많이 지쳤었다는 사실을 늦게나마 깨달았다.

"……무섭도다, 귀족."

또 중얼거렸다. 아직껏 자신이 알지 못하는 세계가 많았구나 싶었다.

그러나 부끄러움만 잘 극복하면 예쁜 드레스를 차려입는다는 것이 싫지는 않다. 안젤린 역시 한창때의 여자아이이니까. 게다가 무엇인가에 몰두하면 귀성 계획이 좌절됐던 슬픔도 달랠 수 있다.

실제로 막 왔을 때의 긴장감이며 빌라르를 상대하며 느꼈던 짜증도 많이 수그러졌다.

훈장도 갖고 돌아가서 보여주면 벨그리프가 기뻐하며 칭찬해주지 않을까? 시기가 지독하리만큼 나빴던 데다가 딱히 훈장 및 명예에 관심이 있진 않는다만, 본래 받아서 나쁜 물건은 아닐 것이다. 자기 자신이 어떻게 받아들이는지는 다른 문제다만, 분명 가치가 있기 때문에 다른 사람들 모두 훈장을 명예라고 생각하는 게 아니겠는가.

소파에 멍하니 앉아 있자니 똑똑 문 두드리는 소리가 났다.

"식사를 가져왔습니다."

"들어오세요."

문이 열리고 메이드들이 쟁반에 요리를 담아서 들고 입실했다. 옷 갈아입을 때보다 한 사람이 늘어나서 네 명이다. 메이드들은 익숙한 솜씨로 탁자에 접시를 늘어놓았다. 빌라르가 명했던 대로 상당한 양이었다.

소파에서 식탁으로 이동한 뒤 안젤린은 멍하니 메이드들을 바라보다가 새로 늘어난 메이드의 얼굴을 보고 흠칫 놀라며 눈이 휘둥그레졌다.

요리를 다 차린 메이드들이 탁자 옆쪽에 늘어섰다.

"식사 시중을 들어드리겠습니다."

"아니, 저기요……. 누가 옆에서 보면 식사할 때 불편하니까……. 음, 다른 일 보러 가도 괜찮, 괜찮아요……. 그게…… 오른쪽에 한 사람만 남아주면 될 것 같은데."

메이드들은 서로 얼굴을 마주 보다가 안젤린의 신분이 귀족이 아니라는 사실을 떠올렸는지 납득해서 고개를 끄덕거리고는 지명받은 한 사람을 남긴 채 방에서 나갔다.

세 사람이 나간 뒤 혼자서 남게 된 메이드가 재빨리 문을 걸어 잠그고 빙긋 웃었다.

"참 맛있어 보이는 저녁 식사구나. 후후후."

"……여기서 뭐해? 길 씨."

메이드 옷을 잘 차려입은 길메냐는 쿡쿡 웃었다.

"일이야, 일하는 중. 어울려?"

길메냐는 치맛자락을 붙잡아 익살맞게 인사를 했다.

안젤린은 기막히면서 안심되는 기분에다가 아무튼 힘이 쭉 빠졌다.

"용케 숨어들었네……."

"이런 시기는 다들 바빠서 사람도 많이 늘어나거든. 게다가 나는 모험가로 활동하기 전에는 지방을 순회하는 극단 소속이었으니까 이런 잠입은 특기란다."

"와아…… 그랬었구나."

"아냐, 거짓말. 자, 식기 전에 먹자. 후후후."

길메냐는 와인의 마개를 뽑아 유리잔에 따랐다.

안젤린은 단념하고 포크를 손에 들었다. 테이블 매너 따위야 전혀 모르니까 적당히 입에 넣어서 씹어 삼키고 와인을 마셨다.

과연 대공가의 식사였다. 하나같이 맛있다. 분명 상당한 양인데도 자꾸 뻗치는 손이 멈추질 않는다. 우물우물 입을 움직이면서 안젤린은 무심코 탄성을 내뱉었다.

"맛있네……. 뭐지, 나 배가 꽤 고팠나 봐."

"그런가 봐. 어때? 올펜이랑 살짝 메뉴의 내용이 다르지 않아?"

"응. 어쨌든 맛있어."

데친 야채에 녹인 치즈를 얹은 음식을 먹고, 구운 고기에 뿌려져 있던 넓적한 접시의 소스를 빵으로 훔쳐서 입에 가져갔다. 민물고기 훈제를 끓여서 익힌 요리는 독특한 향이 풍기는데 싫지는 않다. 간을 갈아서 만든 요리며 큰 조개를 껍질째 불에 구워서 잘게 썬 향초를 얹은 요리 등 올펜에서는 별로 친숙하지 않은 메뉴도 제법 맛있었다.

금방 다 먹어 치워서 배가 볼록볼록 부풀었다.

뭔가 행복한 기분이 든다. 배고플 때는 짜증스럽게 느껴지는 일도 배가 차올랐을 땐 아무렇지도 않다. 슬슬 졸음기가 밀려 들면서 눈꺼풀이 갑자기 무겁게 내려앉았다.

길메냐는 익숙한 손놀림으로 빈 접시를 모아서 쌓고, 차를 끓여서 안젤린의 앞에 놓아줬다.

"입맛에 맞으셨습니까? 아가씨."

능청스러운 말투인 터라 안젤린은 쿡쿡 웃었다.

"응……. 귀족은 매일매일 이런 음식을 먹는 걸까?"

"가난한 귀족은 또 몰라도 대공작이잖니. 지금 안제가 먹은 것

보다 좋은 음식을 먹지 않을까?"

점점 더 대공은 굉장하다는 생각을 하며 안젤린은 차를 홀짝였다. 보르도 가문에서 대접받았던 요리도 무척 맛있었지만, 이곳과 비교하면 담음새며 종류 등 많은 요소가 어쩔 수 없이 모자라다는 느낌이 들었다.

길메냐는 안젤린의 맞은편 자리에 앉았다.

"암튼, 어땠어? 귀족 상대하는 방법이 조금이나마 알게 됐을까?"

"상대도 인간이란 걸 알았어……. 그래도 살아가는 세계가 너무나 달라. 익숙해지지 않아. 무리야."

"이것만큼은 어쩔 수 없겠네. 그래도 한 번쯤 경험해 두면 마음가짐이 바뀌기 마련이야, 후후후."

"응……. 길 씨가 같이 응대해줬다면 편했겠지만, 그래선 나도 공부가 안 됐을 테니까……."

아마도 길메냐가 유유자적 응대하고 있는 뒤쪽에서 역시 귀족은 마음에 안 든다고 입만 삐죽거리지 않았을까. 어영부영 모면할 순 있을 테지만, 어떤 경험도 쌓지 못했겠지.

길메냐는 살짝 기뻐하면서 입가에 미소를 머금었다.

"그 말은 기특하네. 착하다, 착해. 열쇠 구멍으로 들여다봤는데, 뭐, 합격점이야. 만약 안 되겠으면 말썽이 일어난 시늉을 하고 방에 뛰어들려고 생각했었거든."

안젤린은 힘이 쭉 빠졌다.

"보고 있었구나……. 사실은 줄곧?"

“글쎄? 후후후.”

길메냐는 히죽 웃고는 탁자에 손을 짚었다.

“아무튼 말야, 정보 수집 겸 잠깐 돌아다녔거든? 살짝 수상한 느낌이 나더라.”

“……그렇구나.”

은근히 예감은 들던 참이었다. 빌라르의 웃기지도 않는 허세만 참고 끝난다면 좋을 테지만, 거기에 편승하여 무엇인가 획책하는 일당이 있는 듯싶다. 귀족이란 족속은 권력 다툼을 참 좋아하는구나. 안젤린은 어이없어하는 지경을 넘어서서 묘하게 감탄해버렸다.

“어떤 녀석들인지는 알겠어?”

“지금 단계에선 알쏭달쏭이지. 어쨌든 의심스럽게 보면 전원이 다 수상하단 말이야. 대공가의 형제, 유력 귀족, 일가친척들, 덧붙여서 이번 무도회는 황태자 전하도 초대받아서 방문한다더라니까.”

“황태자?”

“황제의 아드님이야. 순조롭게 흘러가면 차기 황제가 될 사람이지, 후후후.”

“……이번에는 특별해?”

“맞아.”

로데시아 제국은 에스트갈도 포함하는 대륙 북서부의 일대 제국이다. 에스트갈은 공국으로 자치권을 인정받았어도 어디까지나 대공의 지위를 황제에게서 내려받는 형태를 취했다. 공국에서는 국왕일지언정 제국에서 보았을 때는 한 명의 신하에 불과하다.

이 저택의 위용을 봐도 에스트갈 공국은 무척 대단한 곳인데, 아예 공국의 통치자를 신하로 데리고 있는 로데시아 제국은 정말이지 큰 나라다. 그런 제국의 차기 황제까지 초대받는 자리라면 음모의 냄새가 풍기는 것도 어쩔 수 없겠다. 그런 마음이 절로 들 만큼은 이번 무도회가 수상쩍었다.

얼마 전까지의 안젤린이었다면 아무 생각도 안 했을 테지만, 빌라르 한 명을 대면했다고 저토록 피곤했던 만큼 더욱더 굉장한 사람들과 대화 나눠야 한다면 훨씬 피곤할 게 틀림없겠다. 안젤린은 몸서리쳤다.

"……그리고 내 서훈이 무도회의 주요 행사라고?"

"아마도. 뭐, 안제는 가만 서 있다가 훈장 받을 때 공손하게 인사만 하면 될 거야. 그다음은 귀족님들이 자기들 마음대로 이래저래 말씀을 늘어놓을 테니까."

"어떤 광경일지 상상도 안 되네……."

"안 되겠지. 조심하렴. 인사할 때 각도가 1도라도 어긋나면 객석에서 토마토가 날아오니까."

"엥?"

"거짓말. 그래도 인사 예법은 정도는 배우는 게 좋겠네."

"……귀찮아라."

"그럼 관둬버릴까? 후후후."

"……그러면 안 되는 거잖아?"

안젤린은 뚱하게 입을 삐죽거리며 일어서곤 소파 위쪽에 드러누워서 천장을 봤다. 길메냐는 쿡쿡 웃었다.

"곧바로 시작할까?"

"싫어. 오늘은 피곤하니까 내일부터 열심히 할래……."

"응, 그래도 될 거야. 뭐, 무도회 당일도 내가 안 보이는 데서 잘 도와줄게, 후후후."

그렇게 말한 동시에 길메냐가 몸을 일으키더니 갑자기 기척을 지워서 방의 어두운 곳으로 쓱 물러났다.

문고리가 찰칵 소리를 냈다. 그러나 방금 전 잠가 놓았던 탓에 열리지 않는다. 노크 소리가 났다. 안젤린은 귀찮아하며 상체를 일으켰다.

"……누구세요?"

"나야, 나!"

소녀의 목소리다. 그러나 누구인지 알 수가 없었다. 안젤린은 느릿느릿 일어서서 문 가까이 다가갔다.

"내가 누군데요……?"

"어라, 모르는 거야? 나는 리젤로테야! 어서 열어줘!"

누군데.

안젤린은 흘낏 길메냐가 있는 방향을 쳐다봤다. 어두운 곳에서 나와 있었던 길메냐는 씩 웃고는 고개를 끄덕거렸다. 나쁜 사람은 아닌 듯싶다.

안젤린은 잠금장치를 풀어줬다. 그러나 열두 살쯤 되었을 소녀가 방 안에 뛰어들었다. 짙은 갈색의 머리카락을 땋아서 올려 묶었고 고급스러운 드레스를 잘 차려입었다. 앳된 구석이 남아 귀여운 얼굴에서 붙임성이 느껴지는 반면에 장난기가 같이 묻어 나온다.

소녀는 뺨을 부풀리면서 안젤린을 올려다봤다.

"어휴! 곧바로 열어줘야지, 나빴어!"

"으음……."

난처해하며 시선을 이리저리 돌리는 안젤린의 뒤쪽에서 길메냐가 공손한 태도로 인사를 올렸다.

"리젤로테 님, 평안하십니까?"

"응! 저기, 너 말이야, 차를 끓여다 줄래!"

"네, 바로 준비하겠습니다."

길메냐는 재미있다는 표정을 지은 채 총총히 차를 준비하기 시작했다.

리젤로테라고 불린 소녀는 자기 집인 것처럼 식사용 탁자 앞쪽에 앉았다. 그러고는 안젤린을 보면서 생긋 웃더니 맞은편에 앉도록 재촉했다.

"너 말야, 모험가 맞지?! 빌라르 오라버니가 불러서 왔지?"

"네, 뭐어……."

안젤린은 당황하면서도 재촉받은 대로 의자에 걸터앉았다. 길메냐는 싱글벙글하며 찻잔을 앞쪽에 둔다. 정체를 알고 있는 안젤린에게는 연극배우처럼 들리는 말투로 말했다.

"이쪽은 대공 각하의 따님 되시는 리젤로테 에스트갈 님이랍니다, 안젤린 님."

"아하, 대공님의 따님이구나……."

안젤린이 맞장구치자 리젤로테는 후훗후훗 웃었다.

"맞아! 있잖아, 『흑발의 여검사』 씨? 나 말이야! 모험가의 이야기 듣는 걸 좋아해! 그러니까 놀러 온 거야! 이야기를 들려줘!"

"음……."

어떻게 할까 망설였다. 많이 지쳐서 곧장 잠들고 싶은 기분이기는 하다. 그러나 눈앞의 저 소녀가 반짝반짝 천진난만한 눈빛으로 안젤린을 마주 바라보고 있었다. 옛날에 벨그리프에게 이야기를 졸라 댔던 무렵의 자신이 자꾸 떠올라서 도저히 거절할 수가 없다.

안젤린은 체념하면서 탄식한 뒤 살짝 미소 지었다.

"알았어. 어떤 이야기가 좋아? 좋아해요?"

"마왕을 처단했다며?! 마왕은 어떤 마수였어? 강했어?"

"마왕이라……. 응, 강했어. 강했어요. 뭐랄까, 꾸물꾸물 그림자 같은 모습이고……. 크기는 너랑 비슷한 정도였을 거야."

"와아! 되게 작구나?!"

"맞아. 그러니까 방심하면 위험했겠지."

"대단해라……. 있지, 마왕한테 어금니는 있었어?! 용이랑 싸운 적 있어?! 어느 쪽이 더 강할까?!"

"으음……. 용은 불을 뿜지만, 마왕은 안 뿜거든. 그래도 마왕이 몸놀림은 더 빨랐어."

귀공녀인데도 불구하고 리젤로테는 전혀 거들먹거리지 않는 순수한 호기심을 연신 드러냈다. 그 때문일까, 안젤린도 부지불식간에 편한 말투로 대답을 이어 나가고 있었다.

리젤로테는 눈을 반짝이며 일일이 호들갑스럽게 반응해줬고, 안젤린도 저런 소녀의 반응에 마음이 즐거워져서 이야기는 한참 꽃을 피웠다. 조명용 황휘석이 방을 비추고 있는 까닭에 바깥은 슬슬 어두워지는데도 눈치채지 못했다.

길메냐가 쿡쿡 웃고는 주전자로 차를 한 잔 더 따랐다.

"사이도 좋으셔라……."

50 길드 마스터의 집무실은 여전히

길드 마스터의 집무실은 여전히 잡다한 서류 따위가 겹겹이 쌓여 있었지만, 그럼에도 손님용 소파와 탁자 주변은 비워 놓았다.

라이오넬에게 안내받아서 벨그리프와 일행은 소파에 자리를 잡고 앉았다. 벨그리프는 본래 모험가 출신이었던 까닭도 있어 길드 마스터의 방에 들어가기를 어려워했고 들어오고도 살짝 긴장에 휩싸였다.

"……이래저래 감사합니다, 라이오넬 님. 신경을 이리 써주시는군요."

"세상에, 아닙니다! 안제 양도 벨그리프 씨도 올펜 길드의 크나큰 은인이십니다, 이 정도는 절대로 배려 축에도 못 들어갑니다!"

"아니, 웬 말씀을. 저는 특별히 아무것도."

"아니죠, 웬 말씀이십니까. 마왕 소동 때도 안제 양이 귀성하지 않고 남아준 것은 벨그리프 씨의 당부가 있던 덕분이잖습니까. 정말 아무리 감사 말씀을 드려도 모자랄 지경입니다."

"……제가 뭐라 말했든 간에 열심히 노력한 건 딸아이지요."

벨그리프는 머리를 긁적였다.

자신의 말이 계기가 되어 안젤린은 올펜을 구원했다. 논리를 따지면 맞는 말인지도 모르겠지만, 막상 자신이 딱히 무엇인가 거들었다는 실감도 없는 관계로 도무지 낯이 간지러운 데다가 어디까지나 실제 싸운 사람은 안젤린이다. 딸을 자랑스럽게 여길지언정 자신의 자랑거리라고 자만에 빠지기에는 무리가 있었다.

그라함에게 마을과 미토를 맡긴 뒤 던컨과는 보르도에서 갈라졌다. 던컨은 보르도에서 동쪽을 향해 나아갔다. 산맥 부근의 길을 따라가서 동쪽 연방에 간다고 했다. 언젠가 톨네라에서 다시 만나기를 약속했다.

그건 그렇고 오랜만에 온 올펜은 반가웠다. 불과 몇 년만 생활하다 떠난 곳이건마는 그럼에도 그 후 20년과 비슷하거나 더한 농도가 있었다. 길드 건물이며 길드와 이어지는 시가지의 거리 등 실제로 목격하자 희미해졌던 기억이 형태를 지니며 되살아나는 것 같았다.

방을 둘러보며 아넷사가 고개를 갸웃거렸다.

"오늘은 도르토스 씨도 체보르그 씨도 없네요."

"아, 융자를 내준 귀족 나리들을 겁주러…… 아니, 인사를 다니러 나가셨어. 내가 가는 것보다 효과가 좋을 테니까."

"……아하."

아넷사는 납득해서 고개를 끄덕거렸다.

『백금』 도르토스와 『격멸』 체보르그인가, 벨그리프는 살짝 감동했다. 자신이 현역 시절이었을 때 이미 S랭크 모험가로서 구름 위의 존재였던 두 사람이다. 안젤린과도 사이가 좋단 얘기를 들었다. 올펜에 있는 동안 이야기 나눌 기회가 있을지도 모르겠다. 나잇값을 못 하고 기뻐서 기분이 고양된다.

안 앉고 우물쭈물하던 샤를로테가 결심한 모습으로 말했다.

"저기요!"

"음? 왜 그러니?"

"무…… 무릎에 앉아도 돼요?"

벨그리프는 당황해서 눈을 깜빡거리며 턱수염을 쓰다듬었다. 뭐, 어리광 부리고 싶은 나이이다 싶어서 「괜찮단다」라고 대답하자 샤를로테는 기뻐하며, 그러나 살짝 부끄러워하며 무릎 위쪽에 앉았다.

"에헤헤……. 따뜻하다."

"오늘도 날이 추우니까……. 너희는 무슨 일로 여기에 왔니?"

"저기…… 그러니까."

샤를로테가 주가 되어서, 아넷사와 밀리엄이 각자 설명을 보충하면서 사태의 전말을 이야기했다.

보르도에서 겪은 소동의 이후 두 소년 소녀의 행적, 벡을 부리던 조직과 루크레시아 교황청 정죄 기관의 공격, 그러한 습격에서 지키기 위해 안젤린이 줄곧 신병을 맡아주고 있었다는 것 등등.

"그랬구나……. 많이 힘들었겠어, 잘 버텨줬다."

벨그리프는 지그시 눈을 감고는 감탄해서 턱수염을 비비 꼬았다. 안젤린의 성장을 기뻐하는 한편, 샤를로테와 벡의 고난에 동정했다.

샤를로테는 말없이 몸을 비틀어 벨그리프의 가슴에 얼굴을 파묻었다. 웃는 얼굴을 감추려는 듯하다.

벨그리프는 쓴웃음을 지으며 살짝살짝 머리를 쓰다듬어줬다.

"뭔가 굉장히 어리광쟁이구나, 샤를로테는……."

"샤르는 부모의 사랑에 굶주린 것 같아요, 벨 아저씨."

밀리엄이 장난스럽게 웃고는 벡을 돌아봤다.

"벡 군은 어리광 안 부리면 나중에 아쉬울까냥~?"

"아저씨한테 어리광 부려서 기쁠 리 없잖냐, 바보 고양이야."

밀리엄은 뾰록 뺨을 부풀렸다. 벡을 손가락질하며 벨그리프를 쳐다본다.

"꽈배기 같은 녀석이에요. 벨 아저씨, 예의 좀 가르쳐주세요, 저 녀석."

"……내가 할 일인가? 으음?"

딱히 누구를 지목하지 않고 꺼냈던 말에 벡이 언짢아하며 대답했다.

"안 해도 돼. 쓸데없는 참견이다."

"하하, 그렇겠지……. 벡 군, 자네는 혼자서 줄곧 샤를로테를 지켜왔잖은가? 나 같은 아저씨가 이제 와서 덧붙일 말은 아무것도 없고말고."

"……쳇."

벡은 눈살을 찌푸리며 홱 고개 돌렸다. 밀리엄과 아넷사가 히죽히죽 웃었다.

"쑥스러워하네."

"쑥스러워하는구나."

"쑥스럽지 않다!"

벡은 고함질렀다. 마르그리트가 찌푸린 표정으로 벡의 어깨를 두드렸다.

"……이봐, 괜히 불퉁거려도 아무런 소용 없다고?"

"뭐냐, 네 녀석은……. 상관없잖나."

"당연히 상관이 있다, 바보야……. 옛날의 나를 보는 기분이라 부끄러워서 죽을 것 같단 말이다……. 제발 부탁이니까 이러지 마라……."

마르그리트는 새빨갛게 상기된 얼굴을 두 손으로 감싼 채 머리 숙였다. 벨그리프는 뜻하지 않게 웃음을 터뜨렸다. 그러고 보니 마르그리트도 처음 무렵에는 불퉁불퉁하며 다른 사람을 밀어내는 녀석이었음을 새삼 떠올렸다.

벡이 혀를 차고는 꾹 입을 다물었다.

아넷사가 마르그리트와 벨그리프를 번갈아 쳐다보며 고개를 갸웃거렸다.

"그러고 보니 마리랑 벨 아저씨는 무슨 인연이 있었어요?"

"앗, 맞아~! 왜 이렇게 사이좋아요~?"

"잠깐 한집에서 살았거든. 사이좋은 게 당연하잖냐?"

빨간 얼굴이었다가 부활한 마르그리트는 아무렇지도 않게 답했다. 표현이 좀 아니잖나, 벨그리프는 이마를 손으로 꾹 눌렀다.

아니나 다를까, 이곳에 있는 사람들은 입을 쩍 벌렸다.

"도, 도, 도, 동거? 엘프랑?"

"오호~ 벨 아저씨는 역시 보통내기가 아닙니다냥……. 마리, 벨 아저씨 좋은 사람이지?"

밀리엄은 히죽히죽하며 마르그리트를 쿡쿡 찔렀다. 마르그리트는 고개를 갸웃거리다가 뺨을 긁적였다.

"맞아, 벨은 좋은 녀석이지. 그런데 그게 어쨌다는 거야?"

"……마리, 나와 네가 둘이서 살았다고 착각해서 꺼내는 말이란다."

벨그리프의 설명을 듣고 마르그리트는 잠시 생각에 잠겨 있다가 곧 웃어버렸다.

"아하하하핫! 아냐, 아니야! 나랑 벨은 그런 사이가 아니래도! 게다가 큰숙부가 같이 있었고, 던컨이 같이 있었고……. 그리고 또 미토라는 애가 왔거든? 아주 떠들썩했지."

아넷사가 수상쩍어하는 표정으로 벨그리프를 쳐다봤다.

"……벨 아저씨, 도대체 언제 대가족을 만드셨어요?"

"뭐, 이래저래 일이 있었지……. 무엇부터 얘기를 해야 하려나."

그렇게 말을 꺼내던 중 새삼 떠오르는 의문이 있었다.

"그래, 맞아, 신부 찾기라는 게 도대체 뭐니? 유리 씨가 저런 말씀을……."

아넷사와 밀리엄을 얼굴을 마주 바라보다가 난처해하며 웃었다.

"그게요, 그건……."

"……아, 안제한테 물어보시는 게 좋겠네요."

두 사람의 반응으로 벨그리프는 대강 눈치를 챘다. 『적귀』 칭호가 퍼져 나갔을 때와 비슷하게 살짝 엉뚱한 효도일 테지.

벨그리프는 한숨 쉬었다. 유리에게 들었던 말로 짐작하면 아마도 벨그리프가 안젤린에게 부탁한 탓에 올펜에서 신부를 찾게 만들었다고 착각하는 분위기였다.

딸아이가 자기 독단이라고 일일이 말을 덧붙이면서 다니지는 않았을 테니까 어쩔 수 없겠지만, 폭주했을 때 주변을 돌아보지 못하는 것은 참 곤란한 버릇이다. 벨그리프는 쓴웃음을 지었다.

"난감한 아이라니까……. 민폐를 끼친 분들에게 사죄를 드려야겠구나."

"아뇨, 아녜요. 벨 아저씨는 아무 잘못도 안 했는걸요."

"맞아, 맞아. 게다가 이렇게 벨 아저씨가 진짜 왔으니까 기회가 한 번은 있지 않을까~. 벨 아저씨, 혹시 신부를 맞아들이고 싶은 마음은 없으세요~?"

마르그리트가 쿡쿡 웃었다.

"소용없어, 벨은 마음에 담은 여자가 있단 말이지."

"엥?!"

"마리……. 그런 게 아니라고 거듭 말했었잖니……."

벨그리프는 한숨 쉬었으나 여자아이들은 흥미진진하게 몸을 내밀면서 귀 기울였다.

"누구, 누구, 누구야?! 톨네라에 사는 사람?! 앗, 혹시 현역 시절에 만난 사람이라든가?!"

"만약 맞다면……. 벨 아저씨, 엄청나게 일편단심이네요……."

"아니, 이것 참……."

여자아이는 역시나 이쪽 이야기를 좋아하는구나 싶어서 벨그리프는 머리를 긁적였다.

확실히 젊은 시절에는 어렴풋한 연심이 있었을지도 모르겠다만, 이미 20년 이상 지난 사이이다. 이제 와서 다시 어떻게 인연을 맺고 싶다는 마음은 전혀 없었다. 다만 만나서 아무런 말없이 떠났던 옛일을 사과하고 싶었다.

이야기를 졸라 대는 소녀들을 앞에 두고 쓴웃음 지으며 벨그리프는 더듬더듬 말을 꺼냈다. 마을로 돌아온 이후 겪었던 사건들의 전말과 불쑥 늘어났던 식객들의 이야기는 마르그리트가 설명을 덧붙이면서. 그리고 자신의 과거를 직시하기 위해서 옛 동료들을 만나고자 올펜에 왔다는 이야기까지.

밀리엄이 와아, 탄성을 터뜨렸다.

"많은 일들이 있었네요~ 벨 아저씨."

"그러면…… 옛 동료를 만난 다음에 금방 돌아갈 예정이세요?"

섭섭하다는 듯이 아넷사가 말하기에 벨그리프는 미소 지었다.

"아니, 어떻게 되든 톨네라에서 눈이 녹기 전까지는 못 돌아간단다. 겨울 중에는 이쪽에서 머물러야겠지. 그러는 동안 안제도 머지않아 돌아올 테고."

설마 톨네라가 아니라 올펜에서 딸아이를 기다리게 될 줄은 예상을 못 했었다며 벨그리프는 웃음 지었다. 아넷사와 밀리엄, 샤클로테가 기뻐하며 얼굴을 마주 바라봤다.

“그럼 벨 아저씨의 옛 동료를 찾는 거 도와드릴게요!”

“응, 맞아. 어려운 일도 아니니까 꼭 돕고 싶어요.”

벨그리프는 웃으며 턱수염을 쓰다듬었다.

“고맙구나. 큰 도움이 되겠어. 그 친구들이 아직 올펜에 있을지는 잘 모르겠지만 말이다.”

“흐음. 아직도 모험가로 활동 중일까~? 그분들은 이름이 어떻게 돼요?”

“이름이라……. 일단 리더는 퍼시발이라는 녀석이란다. 실력이 좋은 검사였지. 엘프 소녀는 사티라는 이름이었고. 마법도 쓸 줄 알면서 검 솜씨도 괜찮았어. 그리고 카심. 그 녀석은 마법사란다. 가장 어린 나이였지.”

대답하면서 퍼시벌과 카심의 이름을 입에 담는 것도 꽤 오랜만이었음을 새삼 깨달았다. 한계를 맞이하여 톨네라로 돌아온 이후 한동안은 옛 동료들을 떠올릴 때마다 마음이 따끔따끔 아팠다. 친애와 애증이 혼재되었기에 너무나 괴로웠었다.

그러니까 의도적으로 입을 다물었고, 안젤린이 옛날이야기를 졸랐을 때도 동료들의 이름은 일부러 입에 담지 않았었다. 과거를 직시하는 것이 두려웠을지도 모르겠다.

그러니까 사티에 대해 그라함에게 물어봤을 때 발언이 무척 자연스럽게 이루어졌다는 것에 스스로도 놀랐다. 그 때문에 더더욱 자신은 꼭 과거와 마주 바라봐야 할 필요가 있다 고민하게 만든 계기도 되었을 것이다.

자신의 마음속에서 무엇인가 매듭을 짓고, 그리고 다음 단계로 나아가고자 하는 것 같았다.

아넷사가 팔짱을 끼고 침음했다.

“퍼시벌, 사티, 카심……. 으음……. 들어본 이름 같은데…….”

“맞다! 길드 마스터는 세대가 비슷하니까 알고 계시지 않나요~? 어때요? 길드 마스터.”

문득 주위의 시선들이 라이오넬에게 집중됐다.

옆쪽에서 얘기를 듣고 있었던 라이오넬은 반쯤 의식이 날아가려는 상태였다.

“안제 양의 아버지에다가, 검술 스승에, 『팔라딘』 그라함의 친구이고, 엘프 공주님의 보호자이고……. 그런 데다가 옛날 파티 멤버가 퍼시벌에 사티에 카심……? 벨그리프 씨……. 당신은 대체…….”

“라, 라이오넬 님?”

“헉……! 죄, 죄송합니다.”

라이오넬은 허둥지둥 자세를 바로잡고 으흠, 헛기침했다.

“으음, 일단 퍼시벌 씨 말입니다만……. 그 사람은 S랭크 모험가입니다. 『패왕검』이라는 칭호를 갖고 있지요.”

벨그리프와 마르그리트를 제외한 전원이 놀랐다. 벨그리프는 기뻐하며 턱수염을 쓰다듬었다.

“그렇구나……. 그 녀석이라면 S랭크쯤이야 당연히 올라갔을 테지. 꽤 노력했겠구나……. 쾌활하고 믿음직해서 우리를 열심히 끌고 다녀줬었지."

"벨그리프 씨, 『패왕검』의 파티 멤버였군요……."

라이오넬이 놀라움을 넘어서서 얼떨떨한 목소리로 말했다. 벨그리프는 쓴웃음을 지었다.

"저런 대단한 칭호가 붙기보다 한참 전입니다. 저도 퍼시도 E랭크였던 시절이죠."

불현듯 욱신, 환각 속 오른쪽 다리가 아팠다. 벨그리프는 아주 살짝 표정을 찡그리다가 곧 수습했다. 무릎에 앉은 샤를로테가 흥분한 기색으로 벨그리프의 옷자락을 잡아당겼다.

"『패왕검』 이야기는 나도 들은 적 있어요! 키토라 산맥의 사이클롭스를 퇴치했다든가 고성의 뱀파이어 진조를 토벌했다든가! 엄청나게 강한 사람이래!"

"오호, 진조를 잡았다고? 꽤 솜씨가 좋군."

마르그리트도 감탄하며 팔짱을 꼈다.

아넷사와 밀리엄도 퍼시벌이라는 이름은 비록 모를지라도 『패왕검』 칭호는 들은 경험이 있는 듯했다. 화들짝 놀라 얼굴을 마주 바라보면서 몹시 당황하고 있다.

라이오넬은 눈을 끔뻑거리면서 이마를 긁적였다.

"다만 퍼시벌 씨는 이미 15년쯤 전에 올펜을 떠났습니다……. 한때는 제도에서 지낸단 말을 들었는데, 이후의 종적은 잘……."

"그렇습니까……. 아뇨, 감사합니다."

라이오넬은 미안해하며 머리 숙이고 다시 말을 이었다.

"그리고 카심 씨는…… 역시 S랭크 모험가입니다. 전직이라는 말을 붙여야겠지만요……. 그리고 대마도사의 반열에 오른 인물이죠. 칭호는『천개 파괴자』입니다."

밀리엄이 경악했다.

"처, 처, 처,『천개 파괴자』! 맞아! 카심이라니까 어디에서 들은 적 있는 이름 같았는데……."

"많이 유명하니?"

"그야 대마도사인걸요! 병렬식 마술의 공식을 새로 만들어서 술식의 연산 효율을 3할은 끌어올리는 데 성공한 사람이라고요!"

저런 설명을 들어도 벨그리프는 알쏭달쏭했지만, 아무래도 굉장한 업적을 이룩한 것 같다는 사실은 알 수 있었다.

"그렇구나……. 음, 그 녀석은 진짜 천재였으니까……. 그런데도 항상 뒤쪽을 따라다니면서 낯가림도 심한 주제에 자꾸 친하게 굴었고……. 배려를 할 줄 알았지만, 장난치기도 좋아하면서……."

벨그리프는 그립다는 듯이 쓱 눈웃음 지었다. 그 모습을 보곤 라이오넬이 더욱더 미안해하며 입을 열었다.

"그리고, 그게……. 그 사람은 20년쯤 전에 올펜에서 제도로 떠났는데 말입니다. 그곳에서『허공의 주인』을 토벌하고 S랭크로 승격했다더군요.『천개 파괴자』라는 칭호도 그때 받았죠. 다만 얼마 지나지 않아서 모험가 자격을 반납했습니다.『천개 파괴자』의 은퇴는 살짝 뉴스가 됐었습니다."

"은퇴……. 그럼 현재는요?"

"그게, 그 사람도 그때를 경계로 종적이……."

"음……. 그렇, 군요."

벨그리프는 유감스럽다는 듯이 뺨을 긁적였다. 아마도 쉽게 만날 순 없으리라 생각했다만, 시작부터 이런 상황이라면 살짝 풀이 죽는다.

벨그리프는 얼굴을 들어 올렸다.

"그럼 사티의 소식은……?"

"……같은 세대에서도 엘프 모험가는 드물었던지라 저 역시 사티 씨는 잘 기억하고 있습니다. 대화를 나눈 적은 없었습니다만……. 그분은 최종적으로 A랭크의 모험가였다더군요. 다만……앞서 말씀드린 두 분보다 빨리 올펜에서 사라져버렸다는 것은 확실합니다. 그 이후 활약에 대한 소문은 듣지 못했습니다……."

"……셋이 같은 파티였던 게 아닙니까?"

"아뇨, 제가 그 사람들을 알게 되었을 때는 이미 제각각 흩어져서 다녔습니다. 같은 파티였다는 것 같다, 그런 소리는 건너 건너 들었던 적이 있습니다만……. 진짜였군요."

벨그리프는 한숨 쉬었다. 아무래도 셋 모두 올펜에는 없는 듯싶다. 겨우 결심하여 톨네라 바깥으로 나왔지만, 이래서는 헛걸음으로 끝날지도 모르겠다.

라이오넬은 진심으로 미안해하며 몸을 움츠리고 고개 숙였다.

"뭐랄까…… 죄송합니다."

"무슨 말씀이십니까, 라이오넬 님. 그 친구들도 살아 있는 인간입니다. 자기 의사로 어디에든 갈 수 있지요. 제가 톨네라에 갔던 것처럼 말입니다."

벨그리프는 살짝 처연하게 웃었다.

제도까지 찾으러 가는 방법은 아무래도 엄두가 안 난다. 가서 찾는다는 보장이 있다면 또 모를까 어떠한 단서도 없잖은가. 그렇게 이리저리 움직이면 봄이 와버린다.

어쨌든 간에 만나지는 못하더라도 옛 동료들이 자기 재능을 온전하게 살려서 활약했던 것은 분명한 듯싶었다. 그런 사실이라도 알 수 있었던 만큼 일단은 성과를 거두었다고 보는 것이 옳겠다. 다만 동료들이 뿔뿔이 흩어져버렸다는 대목은 조금 마음에 걸렸다.

"……무슨 일이 있었던 걸까."

여하튼 아직 도착해서 첫날이다. 완전히 포기하기에는 속단에 불과하다. 서두르지 말고 정보를 수집하면서 일단은 안젤린과 재회할 날을 즐겁게 기다리도록 하자. 이 역시 올펜에 온 커다란 이유이니까.

그렇게 생각을 정리하다가 막 봄에 만났었는데도 재회가 이토록 기대되어서야 안젤린을 보고 웃지도 못하겠구나 싶어 쓴웃음이 나왔다.

밀리엄이 턱에 손을 가져다 대서 탐정인 양 손짓을 하고 있다.

"……알았다. 그 사티라는 엘프분이 벨 아저씨의 정인이구나."

"정답일세!"

마르그리트가 말했다.

곧장 화제가 원래대로 돌아왔고, 여자아이들의 질문 공세에 난처해하며 벨그리프는 뺨을 긁적였다.

○

"흐앗~ 굉장해!"

리젤로테는 감탄하며 소파에 깊숙이 몸을 기댔다. 이미 창밖은 해가 뚝 떨어졌고, 가끔 바람이 덜컹덜컹 창문을 흔들어서 소리를 냈다.

마수 토벌 및 던전 공략의 이야기에 이제 와서는 우스갯소리 같은 실패담 등등 얘깃거리는 이것저것 많았던지라 한바탕 이야기꽃을 피울 수 있었고, 리젤로테는 제법 만족한 모습이었다. 소녀가 일일이 반응해주는 데다가 호기심이 왕성하여 연신 질문하니까 안젤린도 즐거워져서 자꾸자꾸 말을 더 늘어놓게 되었던 것 같다. 차를 홀짝이니까 몹시 달았다.

"안제는 굉장하구나……. 여자인데도 그렇게 많은 공을 세웠어!"

"응……."

"후후, 즐거웠어. 고마워! 있잖아, 안제. 우리, 친구 맞지?"

그렇게 말한 뒤 리젤로테가 몸을 쭉 내밀었다. 안젤린은 입가에 미소를 머금었다.

"맞아……. 친구야."

안젤린이 대답하자 리젤로테는 희색을 띠며 손을 뻗어서 안젤린의 손을 잡아 쥐었다.

"모험가 친구를 갖고 싶었거든! 후후, 기뻐라. 있잖아! 내 비밀을 보여줄게! 이리 와!"

조금 졸렸지만 리젤로테의 기세에 져서 안젤린은 일어섰다. 곁눈질로 길메냐를 돌아봤다. 길메냐는 씩 웃고 윙크했다.

리젤로테는 방의 술 선반에서 증류주 병을 하나 꺼내더니 안젤린에게 외투를 입으라고 말했다. 안젤린은 잠자코 따랐다.

"되게 춥거든! 조심 안 하면 감기에 걸릴 거야!"

"……어디 가는데?"

"후후, 도착할 때까지 기대해줘!"

리젤로테를 따라서 큰 저택의 복도를 올라가고 내려가고 꺾어 들어가면서 뒤편의 작은 정원으로 나왔다. 앞쪽의 정원과 달리 호화로운 장식과 정원수 손질에 힘을 쏟지는 않았다. 고용인들이 주로 업무를 보는 장소 같았다.

바깥은 눈이 꽃잎처럼 흩날리고 있었다. 난방 마법이 가동되던 실내에서 갑자기 나온 까닭에 안젤린은 무의식중에 몸을 부르르 떨었다.

리젤로테는 정원을 가로질러서 성벽처럼 우뚝 선 돌벽의 문을 열었다. 내부는 오래된 무기고 같다. 안쪽에는 손질을 하지 않아서 먼지를 뒤집어쓴 낡은 무기가 쌓여 있었고, 근처에는 잡다한 짐이 놓여 있었다. 즉 창고로 사용되는 곳이겠다.

더 안쪽에는 길이 또 뻗어 나간다.

조그만 터널 같은 길을 나아가다가 잠시 후 옆쪽으로 돌아들자 돌계단이 아래로 이어져 있었다. 조명이 없어서 새카맣다.

리젤로테는 옷 속에서 목걸이를 꺼내 들더니 딱딱 손가락으로 건드렸다. 흐릿흐릿하게 빛이 피어났다. 황휘석을 이용한 휴대용 조명 마도구였다.

둘이 나란히 여유로운 걸음걸이로 내려가자 이윽고 넓은 공간이 나타나면서 불쑥 주변이 밝아졌다. 벽에 횃불이 타오르고 있고, 그 빛을 받아서 많은 철창이 번뜩번뜩 빛났다. 지하 감옥 같았다.

안젤린은 현란한 저택과 전혀 달라져서 싸늘하고 어두운 지하 감옥이 존재한다는 데 당황했다. 그러나 본래 요새를 개축해서 만든 장소였다. 지하 감옥쯤이야 당연히 갖출 시설이라는 생각이 들었다.

“카심! 카심!”

리젤로테가 작게, 그러나 소리치듯 누군가의 이름을 불렀다.

녹슨 철창의 건너편에 야윈 남자가 천장을 보고 벌러덩 누워 있었다. 중절모를 머리 위쪽에 얹어 놓았다.

리젤로테는 입을 삐죽 내밀고는 근처에 떨어져 있던 작은 돌멩이로 철창을 두드렸다. 깡깡, 귀를 때리는 소리가 울려 퍼졌다.

“에잇! 일어나, 카심! 술 가져왔단 말이야!”

“……시끄럽다아, 이 녀석아.”

카심이라고 불린 남자는 귀찮다는 듯이 몸을 일으켜서 중절모를 고쳐 썼다. 갈색 수염이 수북수북하고 머리카락도 길었다.

"더는 오지 말라고 말했을 텐데?"

"흥이다! 내게 명령할 수 있는 사람은 아버님이랑 어머님뿐이야!"

"어이쿠, 고집쟁이 꼬마 아가씨라니까. 거참……."

카심이라 불린 남자는 쿡쿡 웃었다.

안젤린은 멍하니 저 남자를 바라봤다. 지금은 겨울의 초입이다. 바깥은 물론 지하 감옥도 몸이 떨리도록 추웠다. 리젤로테는 당연하거니와 안젤린 역시 드레스 위에 방한복을 걸쳐 입었다. 그럼에도 적잖이 추운 날씨다.

반면에 저 남자는 몹시 야위었고 입은 옷도 긴소매 셔츠에 바지뿐, 심지어 발은 맨발에 샌들을 신고 있었다. 그러나 몸 한 번 떨지 않는다.

카심은 힐끗 안젤린을 쳐다봤다.

"오늘은 친구도 같이 데려온 거냐?"

"맞아! 마왕을 죽인 안젤린! S랭크 모험가야!"

카심은 움찔, 눈살을 움직거렸다.

"오호라……. 소문으로 들리던 『흑발의 여검사』인가?"

"맞아! 안제! 이 사람은 카심이야! 엄청나게 강한 모험가였대!"

"옛날이야기다."

그렇게 말한 뒤 카심은 다시 벌렁 드러누웠다. 그러곤 곁눈질로 리젤로테를 바라봤다.

"아, 술은 거기에 놓고 가라. 추운데 빨리 돌아가고."

리젤로테는 입을 삐죽거리며 술병을 철창 빈틈으로 밀어 넣었다. 그럼에도 카심은 끝까지 일어나지 않았다.

“에잇, 카심, 나빴어!”

“……왜 여기에 있어?”

안젤린이 묻자 카심은 벌러덩 자세를 바꾸더니 유유자적한 모습으로 답했다.

“나 말이냐? 무전취식으로 붙잡혔거든. 그때 난동을 좀 부렸더니 위험인물로 찍혀버렸지. 그 뒤로 쭉 감옥신세군.”

“거짓말이지? 거짓말 맞지? 카심. 대공가의 비밀 임무로 죄인 흉내를 내서 여기에 있는 거잖아?”

“웬 뚱딴지같은 소리냐. 망상력이 왕성한 바보 아가씨구나, 이 녀석아.”

카심은 껄껄 웃고는 드러누운 채 술병에 손을 뻗었다. 리젤로테가 재빨리 손을 뻗어서 술병을 집어 들고는 메롱, 혀를 내밀었다.

“자꾸 심술부리면 안 줄 거야!”

카심은 몸을 일으켜서 귀찮다는 듯이 손가락을 흔들거렸다. 그러자 술병이 제멋대로 움직여 리젤로테의 품속에서 쓱 빠져나오더니 철창 안쪽으로 들어왔다. 카심은 병을 손으로 받아 들고는 마개를 빼내서 직접 입을 대고 마셨다.

“헤헷, 역시 이곳은 좋은 술을 챙겨 놓는군.”

“에잇! 심술쟁이야!”

리젤로테는 뺨을 부풀렸다.

한편 안젤린은 살짝 놀라야 했다. 카심은 마법사 같은데, 상당한 기량이다.

밀리엄과 마리아에게 들은 겉핥기 지식이지만, 대기 중 마력을 조작하는 마법은 제어가 무척 어렵다고 했다. 충격파로 쏘아 내거나 질량을 부여하여 상대를 압박하는 단순한 방식이라면 난이도가 낮지만, 세세한 조작을 수행하자면 몹시 숙련된 기술이 필요하다던가. 병처럼 깨지기 쉬운 물건은 망가뜨리지 않고 움직인 것은 마력 조작에 상당히 숙달되었다는 증거이다. 이런 남자가 얌전히 감옥에 갇혀 있는 이유를 알 수 없었다.

안젤린은 검을 안 들고 왔다는 것을 살짝 후회했지만, 적어도 지금 카심에게서는 적의가 느껴지지 않았다. 정체를 알지 못할 남자지만, 어쨌든 위험한 것 같지는 않다. 다만 일단은 경계하며 언제든 리젤로테를 안아 들고 달려갈 수 있도록 몸의 위치를 살짝 고쳤다.

카심이 재미있다는 표정을 짓고 혼잣말처럼 말했다.

"그렇게 무서워하지 않아도 된다. 너와 싸워도 아무 소용이 없잖냐."

움찔, 안젤린은 눈살을 찌푸렸다. 카심은 아무것도 아니라는 표정을 지은 채 술을 들이켜고 있다.

"……나가고 싶은 마음은 없는 거야?"

"별로. 나가도 할 일이 없단 말이지."

카심은 손등으로 입가를 훔쳤다. 젖은 콧수염이 횃불에 비쳐서 빛났다.

뭔가 몹시도 서글픔이 느껴지는 남자라는 인상을 받았다. 살아있는 본인에게 아무 관심이 없다는 느낌의 눈빛이다. 유유자적하게 행동하는 가운데 저런 자포자기한 분위기가 역력하게 느껴졌기에 안젤린은 어쩐지 괴로웠다.

"……뭐냐. 괜히 동정받아도 안 기쁘다만?"

카심은 눈살을 찌푸리며 말했다. 안젤린은 눈을 내리깔았다.

"동정이 아니라…… 아까워서."

"흐음……?"

카심은 또 한 모금 술을 마셨다.

"아깝다니. 뭐가?"

"……글쎄? 그래도 조금 아깝네. 그쪽을 보고 있으면."

"헤, 헤, 헤."

카심은 욕지기하듯 웃었다. 눈이 빙글빙글 돌고 있었다.

"너, 재미있는 말을 하는구나……. 다만 확실히 맞는 말이야. 내가 인생을 꽤 아깝게 살아온 것 같단 말이지……. 이봐, 너 말이다. 친구는 좀 있나? 친구는 소중하게 아껴줘라."

리젤로테는 당황해서 두 사람을 번갈아 쳐다보다가 말했다.

"뭐야? 모험가밖에 못 알아듣는 얘기야?"

"음……. 별로 대단한 이야기는 아닌데. 가자, 리제. 슬슬 추워지네……."

"알았어. 오늘은 카심도 얘기를 안 해주니까 재미없는걸."

리젤로테는 그렇게 말한 뒤 안젤린의 손을 잡았다.

"와아, 안제의 손, 엄청 차갑네!"

"너도 비슷하거든? 가자, 감기 걸리겠다……."

"응. 잘 있어, 카심. 또 놀러 올게!"

"하핫, 오지 말라고 말했잖냐."

안젤린은 걸어가면서 어깨 너머로 카심의 뒤돌아봤다. 카심은 멍하니 벽을 쳐다보고 있었다. 횃불이 만든 그림자가 춤추듯 흔들거리고 있었다.

51 핫 와인은 달콤하면서 그리운 향이

핫 와인은 달콤하면서 그리운 향이 났다. 저번에 안젤린이 선물로 가져왔던 핫 와인도 맛있었지만, 이렇듯 올펜의 주점에서 맛보는 핫 와인은 추억의 맛이다. 사실은 옛 시절과 맛은 다를지도 모르겠지만, 기억을 환기해주는 장소에서 마시니까 오히려 맛 자체는 사소하다고 느껴졌다.

길드에서 나온 벨그리프는 안내를 받아 주점으로 갔다. 안젤린이 자주 이용한다는 단골 주점이다. 여전히 많은 사람들이 출입하고 있기에 자신이 특별히 눈에 띄지도 않는다. 그래서 마음이 편안했다. 엘프 마르그리트를 보면 누구든 놀라서 잠시 눈길이 머물렀다만.

벨그리프는 별생각 없이 주위를 둘러봤다.

와글와글 떠들썩한 소리가 몹시 반갑다. 현역 시절에는 이런 장소에서 항상 술을 마셨다. 현역 시절의 단골 가게는 아니었지만, 모험가가 모이는 곳은 어디든 비슷한 분위기였다.

"여기요, 이게 안제가 좋아하는 음식이에요~."

요리되어서 나온 오리고기 로스트를 밀리엄이 권했다. 껍질 부분을 딱 알맞게 구워 내서 향긋하고 눈에 곧바로 보이도록 기름이 잘 올랐다.

"맛있겠구나."

"에헤헤, 톨네라에서 먹은 새 구이도 맛있었지만요~."

"시라기 새 말이니?"

"아, 맞아요. 그거~."

"그 새도 기름이 아주 듬뿍이었죠."

그렇게 말하다 말고 아넷사가 킥 웃었다.

"미리, 모자에 기름 안 묻게 조심해야지? 니트 모자가 필요하겠네?"

"푸훗! 후후후후훗! 맞아! 있잖아요, 벨 아저씨!"

벨그리프는 난처해하며 웃고는 머리를 긁적였다.

"너무 괴롭히지 말거라. 몰라서 한 말이었잖니……."

샤를로테가 이상하다는 표정으로 고개를 갸웃거렸다.

"모자? 무슨 일 있었어?"

"아니……. 뭐, 별일 아니란다."

고기에 정신이 없던 마르그리트가 얼굴을 들어 올렸다.

"뭔데? 괜히 더 궁금하잖아. 가르쳐줘."

"후훗, 다음에 가르쳐줄게! 앗, 벨 아저씨. 식으니까 얼른 드세요~."

"음, 고맙다."

살이 오른 오리고기는 씹을 때마다 기름이 배어나서 맛있었다. 그래, 시라기 새를 좋아했던 안젤린이라면 확실히 이 요리가 마음에 들겠구나. 새삼 납득이 가는 맛이었다.

그때 가게에 들어온 건달 같은 남자들 몇 명이 불쑥 말을 걸어왔다.

"이봐, 저 봐라! 엘프가 있군!"

"멋진데, 별일이야! 처음으로 봤다!"

"오, 오오, 즐거워 보이는군."

"어때, 엘프 아가씨. 우리가 한잔 살 테니까 같이 마시겠어?"

"응? 사주는 거야?"

마르그리트가 기뻐하며 얼굴에 미소를 꽃피웠다. 아넷사가 기막히다는 듯이 어깨를 붙잡았다.

"마리, 이따위 뻔한 수작은 받아주면 안 돼."

"응? 안 되는 거야? 톨네라에서는……."

"이곳은 톨네라와 다르단다, 마리. 모르는 사람을 따라가면 안 된다고 말해줬잖니?"

벨그리프는 쓴웃음 지었다. 그러고는 말을 막 걸어왔던 남자들에게 설명했다.

"미안하지만 이 녀석은 세상 물정을 잘 모른다네. 오늘은 가만 넘어가주면 안 되겠나?"

남자들은 껄껄 웃었다.

"보호자가 딸려 있었나? 이보쇼, 보호자라기에는, 아저씨. 의족 주제에 검은 뭐하러 들고 다니는 거야, 이해를 못 하겠네? 제대로 휘두를 순 있나?"

"오호, 잘 보니까 다들 미인이군. 이봐, 아가씨들, 우리가 더 재미있게 놀아줄 수 있거든? 같이 나가자고."

"씁, 방해된다, 아저씨. 딴 데 가버려."

"이러지 말고 진정들 하게. 매장 안이잖은가. 싸움이 나면 손님들이 불편할 테지."

남자들을 달래는 벨그리프의 옆쪽에서 밀리엄이 엷은 웃음을 띠고 머리 뒤쪽으로 손을 깍지 끼더니 의자를 끼익끼익 흔들어 소리를 냈다.

"아앗~『적귀』한테 시비를 걸어버렸어. 어떻게 되도 난 몰라~?"

"엉……?『적귀』……?"

남자들은 멍청한 표정을 짓고 물끄러미 벨그리프를 바라봤다. 그러다가 한 사람이 흠칫 놀라서 얼굴을 실룩거렸다.

"드, 드, 들은 적있는 이름이다! 분명『흑발의 여검사』의 아버지이자 검술 스승이라던……."

"그러고 보니 의족에 적발이라면……. 지, 진짜냐! 올펜에 있었던 거냐?!"

"아, 아니, 난 딱히 대단한 사람이 아니……."

아넷사가 장난스럽게 웃었다.

"시비 걸려면 상대를 잘 골라야지? 엄청 강한데, 이분은."

"아니, 아네. 잠깐만."

"일단 검을 뽑으면 상대를 몰살할 때까지 안 멈추거든~? 몇 초도 안 걸린다냥~?"

"무, 무슨 소리를 하는 거니, 미리……?"

"이, 이봐! 이 녀석들도 잘 보니까 『흑발의 여검사』의 동료들이 잖냐!"

"크, 큰일 났다! 진짜다! 진짜 『적귀』다!"

"실례했습니다!"

"자, 잠깐 기다리게. 나는 평범한……."

벨그리프가 불러 세워도 듣지를 않고 남자들은 거품을 물며 도망쳐버렸다. 소동을 옆에서 보고 있었던 손님들이 서로 얼굴을 마주 보면서 소곤소곤 이야기를 나눴다.

"저 사람이 『적귀』인가……."

"『흑발의 여검사』보다 강하다던데……."

"오늘 막 길드 마스터를 바닥에 무릎 꿇렸다던가……."

"게다가 길드 마스터 녀석, 엉엉 울었다더군……."

"뭔 짓을 당했던 거야……. 부녀가 하나같이 여간내기가 아니야."

벨그리프는 몸을 움츠렸다. 어째서인지 이미 오늘의 행적이 왜곡되어 퍼져 나간 듯싶다.

"……이렇게 잘못 주목을 받게 되면…… 곤란한데. 게다가 웬 엉뚱한 소리들을 늘어놓고……."

"에헤헤, 죄송해요. 그래도 후련해졌어~."

"결국 싸움이 안 나게 만든 셈이니까 괜찮잖아요? 게다가 벨 아저씨는 진짜로 강한 분이고요."

"그런 얘기가 아니라……. 난처하구나……."

앞날이 걱정되어서 벨그리프는 한숨 쉬었다. 마르그리트가 감탄한 모습으로 벨그리프를 쳐다보고 있었다.

"벨, 너 유명인이었구나!"

"아니란다……."

주위의 시선이 더욱 강해지는 것 같지만, 이제 와서 신경 써 봐야 소용없겠다. 다시 마음을 다잡고 식사를 계속했다.

옛 동료들의 종적을 지금 시점에서는 알 수가 없다. 애당초 별로 쉽사리 만날 수 있으리라는 기대도 안 했다만, 초장부터 의욕이 꺾이는 듯하여 살짝 유감이었다.

그러나 저마다 활약했었다는 것은 분명하다. 동료들이 뿔뿔이 흩어져버렸다는 것이 마음에 걸린다만, 이유는 알 도리가 없다. 다만 상상을 할 따름이다만, 아마 긍정적인 이유는 아닐 거라고 벨그리프는 짐작했다. 만약 자신이 파티 해체의 결정적인 계기로 작용했다면 역시 동료들을 찾아서 이야기를 나누고 싶다.

라이오넬은 길드의 총력을 기울여서 정보를 모아보겠다고 말했다. 벨그리프는 어쩔 줄을 몰라 하면서 애써 사양했다만, 라이오넬은 웬일로 평소답지 않게 한 걸음도 양보하지 않았다. 결국 마지막에는 벨그리프가 뜻을 꺾어서 협력을 받아들였다. 길드 업무에 지장이 가지 않는 정도로 부탁한다며 조건을 붙였지만.

"벨 아저씨가 현역 시절에도 이 가게는 있었나요?"

아넷사가 질문하기에 벨그리프는 팔짱을 끼고 잠시간 상념에 잠겼다.

있었던 가게가 사라졌다거나 없었던 장소에 새 가게가 만들어졌다거나 벨그리프가 활동하던 시 절과 비교하여 도시는 꽤나 모양새가 바뀐 것 같았다. 현역 시절에 자주 다녔던 주점도 사라져서 찾을 수 없었다.

옛날에는 도구 일체를 구비하기 위해 온 거리를 돌아다녔기에 길은 전부 기억이 날 줄 알았지만, 그 시절의 기억도 별로 쓸모가 없어진 것 같다.

벨그리프는 쓴웃음을 지었다.

"……글쎄 말이다. 이미 25년은 훌쩍 지나서 기억도 좀 애매하구나. 거리도 꽤 바뀌었던데."

"25년 전이라면, 있었네."

뒤쪽에서 목소리가 들려오기에 깜짝 놀라며 돌아봤다. 주점의 마스터가 서 있었다.

"다만 내 아버지가 운영했었군."

마스터는 가만히 말한 뒤 순무 초절임과 데친 소시지 접시를 탁자에 내려놓았다. 그러곤 벨그리프를 빤히 쳐다봤다.

"……혹시 당신이 흑발 아가씨의 아버지이신가?"

"맞습니다. 딸아이가 자주 신세를 진다고 들었는데……."

마스터는 탄식했다.

"……신부 찾기는 딸에게 맡기지 말고 스스로 하는 게 좋겠지 싶군."

"예……?"

"뭐, 내가 이러쿵저러쿵 참견할 입장은 아니지만……."

입을 떡 벌리는 벨그리프를 놓아두고 마스터는 카운터 너머로 가버렸다. 벨그리프는 어안이 벙벙하여 중얼거렸다.

"……아주 여기저기에 다 퍼져 나갔군?"

"마, 마스터까지 알고 있다니……. 어째서?"

"안제 녀석, 도대체 무슨 생각이람……. 상담이라도 한 걸까?"

밀리엄과 아넷사도 얼떨떨한 표정을 짓고 있었다. 마르그리트는 히죽히죽 웃었다.

"안제라고? 되게 재미있을 것 같은 녀석인데. 만나게 될 날이 점점 더 기대되는군."

벨그리프는 탄식했다.

"설명하며 다녀야 할 사람들이 잔뜩이구나……."

벡이 쿡쿡 웃었다.

"육아 방법이 잘못된 거 아닌가?"

"그렇게까지 말할 일이야 아니겠다만……. 난처하군."

벨그리프는 체념하고 미지근하게 식은 핫 와인을 홀짝였다.

저녁 식사를 마친 뒤 주점에서 나왔다. 겨울바람이 와인을 마셔 달아올랐던 뺨에 닿아서 기분 좋았다.

벨그리프는 안젤린과 만나 올펜에 머무를 동안 잠자는 곳을 부탁할 계획이었다. 그러나 정작 안젤린이 공국 수도로 떠나서 부재 중이다. 의지할 데가 없어졌다는 생각이었다만, 알고 보니까 아넷사와 밀리엄이 방 열쇠를 맡아두고 있었다.

"무슨 일이 있을지 모르니까 맡아달라더라고요."

"흠……."

이런 상황을 예상하지는 못했을 터이나 마침 잘됐다. 올펜에 머무르는 동안 그곳에서 생활하기로 결정했다. 안젤린이 돌아올 때까지 방의 관리도 겸하면 될 테지.

아넷사와 밀리엄을 동반하여 하숙집 관리인과 인사를 나눈 뒤 사정을 설명하고 방에 들어갔다.

램프를 밝히자 방 안이 희미하게 밝아졌다.

무사히 방에 들어왔음을 확인한 아넷사와 밀리엄은 서로 고개를 끄덕이고는 발길을 되돌렸다.

"그럼 벨 아저씨, 내일 봬요."

"안녕히 주무세요~."

"그래, 둘 다 고마웠다. 마리, 두 사람이 하는 말을 잘 들어줘야 한다."

"거참, 알았대도! 잘 자라, 벨!"

세 사람을 배웅한 뒤 벨그리프는 새삼 방 안을 둘러봤다.

조그만 방인데도 물건이 별로 없었다. 요리대와 비슷한 곳에 식기 찬장과 식품 찬장을 겸한 보관처가 있고, 식탁과 식탁 주위에 의자가 네 개, 옷을 넣어 두는 옷장, 작은 책장, 모험 관련의 도구를 정리해 놓는 선반과 상자, 소파, 그리고 서랍이 딸린 작은 탁자와 의자 세트가 고작이다.

쭉쭉 팔다리를 뻗어서 자기 위함인지 침대는 큼지막했지만, 여자아이가 혼자 사는 곳이라기에는 꾸밈새가 변변찮다. 그게 오히려 안젤린답다면 안젤린답다는 생각이 들었기에 벨그리프는 살짝 웃었다.

벡과 샤를로테도 아넷사와 밀리엄의 집에 옮겨서 지냈던지라 오늘까지 들어온 적이 없었다고 한다. 귀성 때 들고 오려던 선물인 듯 짐작되는 잡다한 물건이 벽면에 쌓여 있었지만, 전체를 봤을 때 깔끔하게 정리되었고 부재중이었던 탓에 먼지가 얇게 쌓인 것 말고는 신경 쓰이는 부분이 없다.

벨그리프는 안심해서 고개를 끄덕였다.

“다행이군. 잘 치우면서 지냈구나.”

“언니는 원래 물건을 잔뜩 들여놓진 않는 사람이야, 아버님!”

샤를로테는 그렇게 말한 뒤 벨그리프의 옷자락을 잡아당겼다. 벨그리프는 쓴웃음 짓고 샤를로테를 쓰다듬어줬다.

“그런 것 같구나. 그나저나 샤르는 여기에서 지내도 괜찮겠니? 여자아이끼리 지내는 게…….”

“아버님이랑 같이 있는 게 좋아!”

벨그리프가 마을 마치기도 전에 샤를로테는 팔에 안겨 들었다.

마르그리트는 아넷사와 밀리엄의 집에 갔다. 처음에는 여자아이들과 남자로 나뉘는 게 좋지 않겠냐고 제안했다만, 샤를로테는 벨그리프와 함께 좋다며 고집부리는지라 이렇듯 함께 딸아이의 방에 남게 되었다.

벨그리프는 난처해하며 벡을 돌아봤다.

“……어떻게 하면 되려나?”

"나한테 묻지 말라고."

벡은 무뚝뚝하게 받아친 다음 소파에 털썩 누웠다.

벨그리프는 쓴웃음을 지었다. 침대의 이불을 집어 들고는 창가에서 탁탁 흔들어 먼지를 털었다.

"안제가 있을 때는 세 사람이서 어떻게 잤니?"

"벡은 언제나 소파였어! 나는 언니랑 같이 침대에서 잤고!"

"흠……."

그럼 순서상 자신이 샤를로테와 함께 자야 한다는 말이 되겠다. 딱히 상관은 없다만, 힐끗 벡을 돌아봤더니 천장을 보고 팔베개하는 자세로 누워 있었다. 조금 마음에 걸린다.

"……벡, 내가 소파에서 잘 테니까 너는 침대에서 샤르와 함께 자거라."

"음?"

벡은 귀찮다는 얼굴로 벨그리프를 돌아봤다.

"대체 뭐하러……? 쓸데없는 참견이다, 아저씨."

"그리 말하지 말고. 젊을 때부터 벌써 이상한 자세로 잠들면 몸이 구부러지거든."

"뭔 상관이야. 애당초 아저씨 몸은 소파에 들어가지도 않아."

"으음……. 맞는 말이군."

벡은 피식 웃었다.

"척 보면 알잖아. 아저씨, 바본가?"

"……이런, 어쩔 수 없이 셋이서 자야겠구나."

벨그리프는 한숨 쉬고는 샤를로테에게 뭐라고 귓속말한 다음 성큼성큼 소파로 다가가서 벡을 휙 안아 들었다. 벡은 놀라서 눈이 몹시도 흔들거렸다.

"뭐, 뭐하는 짓거리야!"

"가볍구나. 밥은 잘 챙겨 먹었니?"

"시, 시끄러워! 놔라!"

"그래그래."

벨그리프는 벡을 침대로 휙 던졌다. 퍼억, 소리를 내면서 이불 위쪽에 벡이 푹 엎드려졌다. 재차 위쪽에 이불을 든 샤를로테가 몸을 던져서 덮었다.

"잡았다!"

"이 자식! 무슨 속셈이냐!"

이불에서 머리만 내밀어 버둥거리는 벡의 이마를 벨그리프가 쿡 찔렀다.

"못된 말버릇은 버릇이 되지. 입에 담으면 마음도 거칠어진단다."

"그래서 뭐하자는 건데!"

벨그리프는 장난스럽게 웃음 짓고는 벡의 머리를 뒤죽박죽 쓰다듬었다.

"오늘 밤은 잠자코 여기에서 자란 소리지."

○

지하 감옥의 철창 앞에 인영이 서 있었다. 야위었고 등이 활처럼 굽었다. 검은 로브를 입은 채 후드를 뒤집어쓰고 있었다.

"이봐…… 이봐, 『천개 파괴자』!"

쉰 목소리로 자신을 부른다. 감옥 안쪽에 누워 있었던 카심은 귀찮아하며 몸을 일으켰다.

"왜 자꾸 시끄러운 녀석이 나타나나……."

"닥쳐라! 네놈, 언제까지 이딴 곳에서 구물구물 틀어박혀 있을 셈인가! 어서 이곳을 나와 「열쇠」를 손에 넣어라!"

카심은 껄껄 웃었다

"내가 알 바는 아니군. 이제 댁들과 연을 끊겠다 말했을 텐데?"

"헛소리 마라! 나 혼자선 힘이 부족하다고 말하지 않았던가! 우물쭈물하면 슈바이츠 일당에게 선수를 빼앗긴단 말이다……!"

"내 알 바가 아니라니까."

카심은 다시 벌러덩 드러누웠다. 검은 로브 차림의 남자는 입술을 큭 깨물었지만, 이윽고 기분 나쁜 웃음을 띠었다.

"……괜찮겠나? 자기 존재의 초석을 부정해도. 할 일이 있기 때문에 너는 죽음으로 끌려가지 않은 채 버티고 있는 게 아니었나? 해야 할 일을 부정하면 네가 살아 있을 이유가 도대체 무엇이지? 자신이 해왔던 일을 부정할 작정인가? 이곳에서 귀족의 부하 노릇을 하는 게 네 녀석이 살아갈 의미라고 우기기라고 할 셈인가?"

카심은 귀찮다는 듯이 몸을 뒤척거렸다.

"……아깝다는 건가? 확실히 맞는 말이군."

"그래, 그렇다! 무엇인가를 결국 이루었을 때 비로소 존재에 가치가 발생하는 법. 그렇게 말한 것은 네 녀석 본인이잖나!"

그러나 카심은 검은 로브 차림의 남자를 쳐다보지도 않고 중얼거렸다. 명백하게 남자에게 건네는 말이 아니었다.

"살아 있는 게 맞기는 맞나, 도저히 알 수가 없단 말이다……."

"……음? 뭐라고?"

"과연 용서해줄까. 나는 나 나름대로 고민해서 시도한 건데. 이것저것 조사했지. 엄청 싸웠어. 그렇다 해도……."

"뭐냐……. 무슨 소리를 늘어놓는 건가……?"

카심은 검은 로브 남자를 돌아봤다.

"나도 지쳐버렸단 뜻이다."

그때 계단 방향에서 철컥철컥 갑옷 소리가 들렸다. 남자는 급히 로브를 펄럭였다.

"아무튼 어서 튀어나와라! 이대로 가면 큰일이 벌어질 거다!"

검은 로브 차림의 남자는 발밑의 그림자에 잠겨 들어갔다. 카심은 탄식했다.

교대하듯이 갑옷을 입은 병사 무리가 다가왔다. 검은 갑옷 차림의 대장 격 남자가 의아해하는 표정을 짓고 물었다.

"……누가 있었나?"

"벽의 그림자와 이야기했던 거다. 안 되나?"

카심은 유유자적한 모습으로 말했다. 갑옷 남자는 잠시간 눈에 지그시 힘을 주다가 이윽고 입을 열었다.

“전하께서 부르신다. 나와라. 이번에는 거절을 용납하지 않겠다.”

“흐음? 나같이 맥 빠진 녀석한테 공자님께서 무슨 용무인가?”

“닥쳐라. 어서 나와라.”

갑옷 남자는 병사들에게 지시 내려서 철창의 문을 열었다. 병사 하나가 놀라서 눈을 커다랗게 떴다.

“대, 대장님……. 이 자식, 족쇄가…….”

“흥……. 이런 곳에다가 가둬 놓을 수 있는 인물이 아니다. 이곳에 있는 것은 이 녀석 나름의 도락이지.”

갑옷 남자는 조소하는 표정을 지었다. 카심은 쿡쿡 웃었다.

“도락이라……. 뭐, 아무래도 좋다.”

갑옷 남자가 턱으로 재촉하자 병사 두 명이 양쪽에서 카심의 팔을 잡아서 일으키더니 곧장 끌어내다시피 계단으로 향했다. 갑옷 남자는 히죽 웃었다.

“……살아갈 의미를 잃어버리면 영웅일지라도 망자와 다를 바 없군. 뭐, 유용하게 써먹어주마.”

병사들이 떠나가자 지하 감옥을 싸늘한 정적이 감싸 안았다.

○

얇은 커튼 너머로 아침 햇살이 방에 비쳐 들었다.

안젤린은 침대 위에서 꾸물꾸물 움직이다가 이윽고 몸을 일으켰다. 긴 머리카락은 뒤죽박죽 헝클어져서 물결치고 있고, 잠옷의 옷자락도 흐트러졌다.

침대에 눕긴 누웠는데 어쩐지 이래저래 마음이 편치 않아서 도통 잠을 못 이루는 동안에 밤이 새어버렸달까. 그럼에도 기억이 애매한 것을 보아서 잠에 들기는 들었나 보다.

대공의 저택에 와서 마침내 빌라르와 대면했을 땐 진저리가 나는 심정이었고, 이래저래 열심히 옷을 갈아입다가 리젤로테와 대화 나누고, 소녀의 손에 이끌려서 카심이라는 정체를 알 수 없는 남자와 만났다. 잠에서 막 깨어난 머리로는 저것들이 전부 꿈속의 경험처럼 느껴졌다.

"……이왕 꿈이면 에스트갈이 아니라 톨네라가 좋았을 텐데."

꿈속에서 아빠와 만났다면 좋았을 거야. 안젤린은 홀로 중얼거린 뒤 베개에 얼굴을 푸욱 파묻었다. 평소에 쓰는 베개보다 얼굴이 깊이 묻히고, 살갗에 닿는 천의 감촉도 부드럽고 사근사근했다.

"으음…… 폭신폭신."

보르도 가문 저택의 침대도 부드러웠다. 안젤린에게도 기분이 좋을 만큼 폭신한 부드러움이었다. 하지만 이곳의 침구는 한층 더 높은 수준으로 부드럽다. 너무 부드러워서 마음이 편치 않을 정도다. 올펜의 집 침대는 딱딱한 데다가 톨네라의 본가는 아예 짚 더미 위쪽에 모포다. 그쪽에 익숙한 까닭으로 너무 부드러운 침대에서는 오히려 잠들기가 어려운 것 같다.

이토록 부드러운 침대에 익숙해져 있는 귀족들은 딱딱한 잠자리에서는 잠을 못 이루지 않을까? 몸의 적응이라는 게 정말 무시무시하구나. 새삼 안젤린은 절감했다.

다시 잠들지는 않고, 다만 침대 위에서 빈둥빈둥하며 이불의 감촉을 즐기던 때에 문 두드리는 소리가 났다.

"좋은 아침입니다, 안젤린 님. 깨어나 계시나요?"

안젤린은 느릿느릿 몸을 일으켜서 침대 아래로 내려왔다.

"일어났어요……."

대답하자 메이드들이 들어왔다. 길메냐는 안 보인다. 뭘 하고 있을까 궁금해졌다. 지금도 저택 안에서 이것저것 정보를 모아주고 있는지도 모르겠다.

멍하니 있는 안젤린을 보고는 메이드들이 재미있어하며 쿡쿡 웃었다.

"후훗, 간밤에 편히 쉬셨나요?"

"……솔직히, 많이 못 잤어."

"어머, 어머나……. 아침 식사를 갖다드려도 될까요?"

"응, 부탁할게…… 할게요."

"그럼 그동안 옷을 갈아입으시죠."

"머리카락도 깔끔하게 빗겨드려야겠네요."

"자, 이쪽으로 오세요, 안젤린 님."

"네……."

몸거울 앞쪽으로 이동한 안젤린을 메이드들이 둘러싸고 머리를 벗기거나 잠옷을 갈아입혀주거나 몸단장을 해줬다. 어떻게 해야 할까 알 수 없었던 터라 가만히 손길을 받아들였다만, 이런 시중은 역시 익숙해지지 않았다. 싫은 기분이 든다기보단 뭔가 겸연쩍다.

옷 갈아입기를 마친 다음은 아침 식사였다. 아침 식사는 가벼운 메뉴였지만, 그럼에도 고상한 느낌이 났다. 빵부터가 바짝 구워 낸 딱딱한 음식이 아니라 부드럽게 부풀어 오른 하얀 빵이었으니까. 그에 더하여 반숙 삶은 달걀과 데친 야채들, 얇게 썬 훈제 고기를 구워 낸 요리, 호박을 재료로 쓴 듯한 살짝은 걸쭉한 수프 따위가 딸려 있었다.

사양하지 않고 전부 다 먹어 치운 안젤린은 식후의 차를 홀짝이며 메이드에게 질문했다.

"오늘도 옷 많이 갈아입어……?"

"네. 그래도 어제 방향성은 대강 결정이 났으니까요. 오늘은 더욱 좁혀 나갈 거예요~. 후후, 안젤린 님은 피부도 예쁘시고 머리카락도 예쁘세요. 단장을 하는 보람이 있답니다. 이곳에서만 드리는 이야긴데요, 귀족님들께도 절대 뒤지지 않을걸요?"

"그, 그래……?"

안젤린은 우물쭈물하며 뺨을 붉혔다. 저런 칭찬을 듣는 게 아주 싫지도 않지만, 살짝 부끄러웠다. 모험가로 받는 칭찬에는 익숙해졌지만, 이렇듯 여자아이로 칭찬해주는 말은 낯간지럽다.

어제는 메이드와 함께 신나서 기분을 냈던 덕분에 이렇게 부끄럽지는 않았는데, 새삼 마음이 차분해졌을 때 다시 들으니까 괜히 더 쑥스러운 심정이 들끓었다.

그렇게 또 어제처럼 이것저것 옷을 갈아입었다. 아무래도 밝은 색이 아니라 차분한 색조의 옷을 고르려는 듯싶다. 자기 차림새가 획획 바뀌는 것이 은근히 재미있었지만, 옷을 벗었다가 입었다가 하려니까 역시 피곤했다. 마수와 싸울 때와는 다른 종류의 피로다.

점심 약간 이전이 되어서야 간신히 드레스가 결정됐고, 안젤린을 눈부시도록 화려하게 치장한 뒤 만족한 메이드들은 꺅꺅 떠들며 점심 식사 준비를 하러 떠나갔다.

안젤린은 소파에 깊숙이 걸터앉아서 힘을 쭉 빼냈다.

"귀족은…… 매일매일 이런 고초를 치러야 하나?"

가만히 중얼거렸다.

"매일같이 난리 부리진 않아."

"끄앙?!"

갑자기 목소리가 들리는 터라 안젤린은 놀라서 옆을 돌아봤다. 소파 옆쪽에 메이드 차림의 길메냐가 히죽히죽하며 서 있었다. 안젤린은 한숨 쉬었다.

"깜작 놀랐잖아……."

"겨우 나 같은 사람을 못 알아차릴 만큼 많이도 피곤했구나, 후후후."

"응……. 체력은 탄탄할 텐데 어째서일까?"

"고상한 파워 때문이겠네. 미천한 사람은 그 파워에 휩쓸리면 피로가 자꾸 쌓인대."

“……농담이지? 아니다, 아주 부정은 못 하겠어.”

“뭐든 받아넘기는 방법을 익혀서 쓸 줄 알아야겠지, 후후후.”

길메냐는 웃음 지으며 차를 따라서 안젤린의 앞에 놓아줬다.

“뭐, 한숨 돌리렴. 그러면 금방 점심이야.”

“응……. 오후는 어떡하지? 예법 수업?”

“맞아. 다음은 주신께 바치는 축문도 외워야 하고. 식전이니까.”

“흐음, 축문…… 어?! 축문도 있는 거야?!”

“아니야, 없어. 아마 인사하는 방식이랑 걸음걸이 정도일 거야.”

“깜짝 놀랐잖아……. 걸음걸이도?”

“그야 우아한 드레스 차림인데 대공 각하의 어전에서 성큼성큼 걸어 다닐 순 없지 않겠니? 사뿐사뿐 단아하게 다녀야 하지, 후후후.”

“……그런 건 내 성격에 안 맞는데 말이야.”

“응, 알아. 뭐, 살짝 예법에 어긋나도 관대하게 눈감아줄 거야. 안제는 어디까지나 모험가니까.”

“그럼 오히려 모험가 복장이 좋은 거 아니야?”

“복장 문제는 제가 아니라 빌라르 도련님께 말씀해주셔요, 후후후.”

길메냐는 능청 부리며 허리 숙였다. 안젤린은 피식피식 웃음 지었다.

그 뒤에 곧 점심 식사 시간이 돼서 보들보들한 오믈렛, 찐 감자, 닭다리 살 구이, 민물고기 찜에 향신료를 뿌린 요리 등 또 다른 메뉴에 안젤린은 입맛을 다셨다.

안젤린은 용케 이토록 각각 다른 품목을 내놓을 수 있구나 싶어 감탄했고 한편은 신기하게 생각했다. 이런 데 돈을 쓰지 않아도 이렇게 맛이 훌륭하다면 똑같은 메뉴라도 괜찮을 것 같은데.

"맛있지만…… 뭔가 낭비를 하는 기분이야. 저택도 이렇게 막 넓지 않아도 괜찮을 텐데……."

"이런 건 말이야, 힘을 나타내기 위한 수단이야."

"힘?"

식후의 차를 마시면서 안젤린은 고개를 갸웃거렸다. 길메냐는 고개를 끄덕였다.

"이렇게 많은 물품을 갖추고 있다는 과시랄까? 이렇게 호화로운 요리를 준비할 수 있다는 과시랄까? 재력은 당연히 힘에 직결하지. 안제도 저택에 들어왔을 때 몸이 움츠러졌지? 호화로움이란 어느 종류의 위압감을 동반하는 법이니까, 후후후."

"……확실히."

더군다나 이곳은 대공의 집이다. 귀족 상대로도 위압할 수 있는 저택이어야 할 테니까 안젤린이 위압당하는 것은 당연하겠다.

"……어지간한 고위 랭크의 마수보다 까다로울 것 같아."

"적응이야, 적응. 마음의 문제."

길메냐는 쿡쿡 웃었다. 그러곤 안젤린을 위에서 아래로 구석구석 뜯어봤다.

"그나저나 꽤 괜찮은 드레스구나, 그거. 머리 모양도 예쁘고, 무척 귀여워졌어."

"그, 그래……?"

안젤린은 쑥스러워하며 치맛자락을 잡았다. 녹색이 살짝 섞인 푸른색 계통을 기조로 하는 차분한 색조의 부드러운 드레스다. 어깨가 드러나 있는지라 살짝 민망했다.

머리카락은 위쪽 절반을 부분적으로 땋아서 정리하는 한편, 긴 길이를 활용하는 머리 모양으로 다듬어 놓았다. 묶은 부분에는 가볍게 머리 장식도 붙여 놓아서 거울 앞쪽에 서면 안젤린 자신도 일순간 누구인가 몰라볼 만큼 확 달라진 모습이었다.

"뭔가 쑥스러워……. 아빠가 보면 칭찬해줄까?"

"응. 안제네 아버지도 시선을 홀딱 빼앗길 거야. 감동해서 울어버릴지도 몰라."

"그, 그럴까……? 에헤헤."

"귀족님한테 청혼받을 수도 있겠는데. 그럼 어떡할래? 후후후."

"싫어. 그건 절대로 싫어."

안젤린은 뺨을 볼록 내밀었다. 귀족의 아내가 되었다가는 숨 막혀서 못살 테니까.

어쨌든 간에 예법도 좋다지만, 잠시 기분 전환을 하고 싶었다. 안젤린은 그렇게 말한 뒤 잠시 저택 내부를 걸어 다녀보기로 했다.

길메냐가 씩 웃었다.

"무슨 일이 터졌을 때 저택 구조가 기억 안 나면 힘들겠지."

"딱히 구조를 알아 두려는 건 아닌데……. 맞다, 추가 정보는 뭐 없어?"

“대공 본인 관련은 아무것도 없어. 성미가 까다롭지만 총명한 사람이라더라. 그래도 대공가의 형제들은 꼭 조심하자. 장남은 바보가 아닌 것 같은데 방심할 순 없어. 차남은 바보니까 무슨 짓을 벌일지 몰라. 배다른 삼남은 정체를 알 수가 없고.”

“……리제는?”

“그 아가씨는 아무 위험도 없어. 뭐, 혼약자한텐 살짝 신경을 쓰는 게 좋지 않을까? 후후후.”

“그렇구나…….”

안젤린은 안도했다. 리젤로테는 천진난만한 모습이 진짜였다. 굳이 걱정은 안 했었지만, 그 순수한 태도에 달리 속셈이 있었다면 아무것도 믿을 수가 없어진다.

안젤린은 기지개를 켜고 어깨를 돌렸다.

“자…… 적진 시찰을 다녀옵시다.”

“제가 모시지요, 아가씨. 후후후.”

“……뭔가 즐겁네.”

두 사람은 쿡쿡 웃고는 방 밖으로 나갔다.

52 사박사박 지면을 밟고 걸어가는 적발 소년의 뒤를

사박사박 지면을 밟고 걸어가는 적발 소년의 뒤를 갈색 머리카락의 소년이 쫓아갔다.

"잠깐 기다려. 나 두고 가지 마."

적발 소년은 웃으면서 뒤돌아봤다.

"자꾸 한눈팔아서야. 잠이 부족한 거 아니야?"

"어쩔 수 없잖아……. 재미있는 마도서가 있었단 말야."

"계속 이러면 좀 곤란한데. 밤에 푹 잠들어야 체력이 잘 회복되잖아?"

"칫, 너는 과하게 성실해서 곤란하다고."

갈색 머리카락 소년은 입을 삐죽거렸다. 적발 소년은 쓴웃음을 지었다.

두 사람은 도구를 매입하러 나왔다. 어제 던전 탐색에서 도구를 이것저것 다 써버린지라 다시 보충하려는 목적이다.

매입은 모두 적발의 소년이 담당하고 있었다. 소년은 타고난 신중함을 발휘하여 필요한 도구를 염두에 두고 많은 상점을 돌아다니며 꼭 필요한 만큼 저렴하게 사들였다. 오늘은 특히 마도구가 필요했던 까닭에 파티 멤버 중 마법사인 갈색 머리카락의 소년도 동행했다.

두 소년은 큰길에서 뒷골목까지 갖가지 길을 다니면서 도구를 매입했다. 마도구는 갈색 머리카락의 소년이 판별했다. 마도구의 좋고 나쁜 품질을 판단할 줄 아는 식견이 있어서였다. 적발 소년은 값싼 상점이며 질 좋은 물건을 들여놓는 상점을 숙지하고 있는 듯 걸음걸이에 망설임이 없었다. 갈색 머리카락 소년은 감탄하는 표정을 짓고 말했다.

"굉장하네……. 용케 이렇게 잔뜩 상점을 알아 놨구나."

"하하, 조금이라도 값싸게 질 좋은 물건을 마련하고 싶어서 헤매고 다녔더니 어느 틈인가 머릿속에 쏙 들어와 있더라."

결국 가난뱅이 궁상이지. 적발 소년은 웃었다. 갈색 머리카락의 소년도 따라서 웃는다.

올펜의 시가지는 넓기에 설마 싶었던 곳에 간판도 안 내건 상점이 있는 경우도 적지 않았다. 명백하게 비합법적인 상점이어도 이용할 수 있다면 이용하는 것이 모험가다. 결벽을 떨며 고상하게 굴다가 목숨을 잃어버리면 본전까지 싹 날려 먹는 셈이다.

아침부터 쭉 힘을 쏟았던 도구 매입은 점심 무렵에 일단락이 지어졌다.

거리에는 사람이 잔뜩이라 가볍게 식사를 때울 포장마차도 앞다퉈 영업 중이었기에 여기저기에서 좋은 냄새가 풍겨 나왔다. 갈색 머리카락 소년은 꿀꺽 군침을 삼켰다.

"있잖아, 내가 좀 배고픈데 말이야."

"조금만 더 참아주겠어? 이건 파티의 공유 지갑이니까."

"……조금만 쓰면 괜찮지 않아?"

"안 돼. 본인 용돈으로 사 먹어."

"그게, 어제 마도서 산다고 다 써버렸거든……."

"자업자득이잖아."

"끙……. 애당초 던전 탈출용 스크롤을 괜히 사들인 탓이라고."

"만일을 위해 필요한 법이야, 최종 수단은. 구하기도 힘든 물건이니까 미리미리 사 놔야지."

뒷골목의 수상쩍은 마도구 상점에서 구입한 스크롤이 가장 값비쌌다. 펼쳐서 마력만 흘려 넣으면 발동하는 두루마리다. 종류에 따라 다양한 효과를 발휘하는데, 이번에 소년들이 구입한 것은 던전에서 즉각 탈출할 수 있는 스크롤이었다. 숫자가 얼마 안 되는 만큼 가격이 몹시 비싸다. 갈색 머리카락 소년 본인이 점검했으니까 가짜가 아님은 알고 있었지만, 그런 까닭에 무척 고가였다. 덕분에 지갑 알맹이가 대부분 비어버렸다.

"딱히 우리한테 아주 난감한 위기는 안 일어날 것 같은데 말야."

"모험가에게 절대는 없어."

"어휴, 넌 너무 신중하다니까……. 배고프다."

갈색 머리카락 소년은 아쉬움 가득 찬 표정을 짓고 적발 소년을 쳐다봤다. 적발 소년은 쓴웃음을 지었다. 파티의 지갑을 맡고 있는 입장상 괜한 낭비는 하고 싶지 않았다. 그러나 이렇게까지 너무 엄격하게 굴 필요도 없지 않겠나 생각이 든다.

게다가 어쩐지 자신도 배가 살짝 고파지는 기분이었다. 나중에 개인 지갑에서 다시 채워 넣으면 될 테지.

"……어쩔 수 없네, 어휴."

적발 소년은 지갑에서 동전 두 개를 꺼내다가 갈색 머리카락 소년에게 건넸다.

"딱 한 번이다?"

"역시! 넌 말이 통한다니까! 얼른 가서 사 올게."

갈색 머리카락 소년은 신난 모습으로 포장마차가 있는 곳을 향하여 갔다. 적발 소년은 쓴웃음 짓고 근처의 건물 벽면에 기대어 섰다.

○

"아하, 역시나 안제가 제멋대로 한 말이었네요."

"예. 아버지를 아껴주는 마음은 물론 기껍습니다만, 난처하게도 발상이 살짝 엉뚱한 방향으로 튀어 나가는지라."

"후훗, 그래도 안심했어요. 역시 벨그리프 씨는 안제의 말대로 좋은 아버지셨군요."

"아니요, 아닙니다. 전 별로 대단한 사람이 아닙니다."

"그렇지 않아! 아버님은 정말 훌륭한 분이야!"

벨그리프의 옆쪽에서 샤를로테가 말했다.

"샤르, 벌써 정을 많이도 붙였구나."

카운터 너머에서 유리가 쿡쿡 웃었다.

이튿날 아침, 잠에서 깬 벨그리프는 먼저 방을 청소했다. 쌓여 있었던 먼지를 쓸어서 내버리고, 선물을 확인한 뒤 정돈했다. 샤를로테는 직접 짜 놓았던 머플러를 곧장 벨그리프에게 선물해줬다.

그런 식으로 오전 시간을 보내고 점심이 지난 이후에 과거의 모험가 정보를 조사하고자 길드에 가서 오해를 푸는 목적도 덧붙여서 유리와 대화하는 중이었다.

애당초 유리 본인은 벨그리프에게 딱히 안 좋은 인상을 갖고 있지는 않았다. 다만 안젤린이 벨그리프의 이야기를 할 때 맹신적인 모습에서 어쩌면 나쁜 부분까지 마냥 좋다고 받아들였을 가능성도 있진 않을까 걱정했던 것 같았다.

"혼자 의심해서 죄송합니다. 그래도 벨그리프 씨의 인품을 전혀 못 겪어본 처지였거든요."

"하하하, 물론 당연하십니다. 매사에 어떤 사안이든 신중하게 처신하는 것은 모험가에게 필요한 자질이니 신경 쓰지 마십시오."

"후후, 이렇게 말씀해주시니까 마음이 편하네요. 저도 알고 지내는 분들께 오해를 푸시라고 따로 말씀드릴게요……. 어머?"

유리가 눈을 깜빡거렸다. 벨그리프도 따라서 고개 돌린다. 군모를 쓴 근육 다부진 노인이 엄청난 기세로 다가들었다. 만면에 미소가 가득하다.

"오오, 이제야 납시었는가! 적발에 의족, 자네가 맞군?!『적귀』벨그리프렷다?! 껄껄껄껄! 만나게 되어 기쁘다네!!"

손을 붙잡아서 숫제 잡아뗄 기세로 흔드는 터라 벨그리프는 당황했다. 다만 이 노인은 낯이 익었다. 자신이 보았을 때는 이렇게 노령은 아니었다만, 특징적인 용모와 차림새, 호방한 성격을 보아 틀림없겠다. 벨그리프는 미소 짓고는 대답했다.

"저야말로 영광입니다, 『격멸』 체보르그 님."

"오오, 내 이름을 알고 있었던가?! 와하핫!!"

체보르그는 기뻐하며 벨그리프의 팔을 붙잡은 채 휙휙 흔들었다. 벨그리프는 쓴웃음 짓는 한편으로 가만히 노인의 요란 법석을 받아주었다. 한때 자신이 동경했던 모험가가 이토록 가까운 곳에 있다는 것은 기뻤는데, 그나저나 힘이 굉장한지라 관절이 아프다.

유리가 전전긍긍하는 표정으로 말했다.

"체보르그 씨, 팔을 너무 흔들면……."

"엉?! 뭐라고?! 유리, 방금 뭐랬냐?!"

그저 벨그리프가 쓴웃음 지을 때 뒤쪽에서 체보르그의 어깨를 붙잡는 인물이 있었다.

"이보게, 체보르그. 자네의 무식한 완력으로 흔들어 대면 멀쩡한 사람도 팔을 다치지 않겠나."

"뭔 소리냐, 도르토스! 『적귀』잖나, 『적귀』!! 흥분하지 말란 게 오히려 어림없는 소리 아닌가?!"

"아네, 알겠네. 일단 놔주게……. 이것 참, 이 바보가 실례를 했군. 본인은 도르토스라는 사람일세. 안제에게 이래저래 신세를 졌던 답례를 어찌해야 할까 모르겠군. 벨그리프 군, 만나서 기쁜 마음일세."

도르토스는 그렇게 말한 뒤 정중하게 머리 숙였다. 거듭 등장한 살아 있는 전설 앞에서 벨그리프는 황송해하며 머리 숙였다.

"아니요, 아닙니다. 저야말로 딸아이가 항상 신세를 진다 들었던지라……. 『백금』 도르토스 님과 이렇듯 만나 뵙게 되어서 더없이 영광스럽습니다."

"무얼, 이제 와서는 평범한 늙은이일세."

도르토스는 겸양하며 말한 뒤 껄껄 웃었다. 벨그리프도 따라서 얼굴에 미소를 머금었다.

소년 시절에는 구름 위의 존재였던 두 인물이 이렇듯 자신을 친근하게 대해준다는 것이 어쩐지 기쁘기도 하고 현실감이 잘 안 와닿기도 했다.

함께 따라왔던 샤를로테가 체보르그와 도르토스의 기세에 놀라 몸을 움츠린 채 숨어 있었다. 벨그리프는 웃음 짓고는 샤를로테의 머리를 톡톡 쓰다듬었다.

"괜찮단다, 깜짝 놀랐니?"

"뭐냐, 뭐냐! 개구쟁이들과 꽤 친하지 않나!"

"개구쟁이?"

벨그리프는 의아해하는 표정을 짓고 자신의 뒤에 숨어 있는 샤를로테와 더욱 뒤쪽에 서 있는 벡을 돌아봤다. 도르토스가 피식 웃고는 수염을 쓰다듬었다.

"이 녀석들은 체보르그에 라이오넬과 한 차례 말썽을 일으켰던전적이 있다네. 이제 길드는 딱히 신경도 안 쓴다만, 아무래도 체보르그는 많이 거북한 듯싶더군."

"나는 친근하게 대해주지 않았냐! 이봐, 벨그리프! 안제는 엄청나게 착한 아이가 아닌가! 아이 키우는 비결 좀 가르쳐주게! 우리 집 못된 꼬맹이들은 나를 어찌나 푸대접하나 몰라!! 요즘은 증손주도 시끄럽다고 불평해서 내가 아주 서글프다네!!"

"아니요, 딱히 특별한 비결은 아무것도……."

도르토스가 기막혀하며 머리를 흔들었다.

"체보르그, 그거야 자네가 시끄럽기 때문 아닌가."

"엉?! 뭐라고?! 도르토스, 방금 뭐랬냐?!"

"자기 귀가 어두워졌다는 이유로 막 고함지르지 말란 소리일세!"

노병 두 사람의 호흡이 딱 맞는 응수에 벨그리프는 쿡쿡 웃었다.

이렇듯 대화를 나눠보면 둘 모두 싹싹하고 겸허한 사람이었다. 젊은 시절에 저들에게서 느꼈던 위압감이며 거대함은 미숙했던 자신이 품었던 환상이었을지도 모르겠다고 새삼 깨달았다.

문득 도르토스가 미안해하며 눈살을 찌푸렸다.

"그나저나 저 멀리서 올펜까지 와주었는데 안제를 붙잡아 두지 못하여 정말 면목이 없군. 우리의 힘이 부족했어……."

"옳다, 아무렴, 옳은 말이지! 정말 미안하네, 벨그리프! 차라리 대공이랑 쌈박질을 벌이려는 생각이었는데 말이야! 라이오넬 녀석이 결국 타협을 보더라니까!!"

"아, 아니요, 아닙니다."

벨그리프는 몹시 당황해서 눈이 흔들거렸다.

"저는 절대로 개의치 않습니다. 안제가 쌓은 공적을 인정받았다는 의미가 아니겠습니까."

도르토스와 체보르그는 잠시 멍하니 있다가 곧 얼굴을 마주 보면서 웃었다.

"와하하핫! 우리보다 되레 어른스럽군!"

"아주 동감이야! 과연 안제가 착한 아이로 자란 게 납득되는군! 껄껄껄껄!"

체보르그는 웃음을 터뜨리며 벨그리프의 어깨에 손을 얹었다.

"점점 더 마음에 드는군! 이봐, 잠시 대련이나 하세나! 『적귀』의 검법이 도무지 신경 쓰여서 못 견디겠군!"

"……예?"

"나 또한 부탁하겠네. 안제마저 제압한다는 검 솜씨를 저승길 선물로 보고 싶군."

"아뇨, 딱히, 전혀 대단한 솜씨가……."

그렇게 민망해하며 몸을 움츠리면서도 벨그리프는 마음속에 환영하는 심정이 있음을 알고 놀랐다. 그라함에게 가르침을 받은 호흡과 그것을 활용하는 검법을 시험하고 싶다는 욕구는 줄곧 있었다.

하물며 『격멸』과 『백금』이라는 최고봉의 실력자와 대련할 기회잖은가. 검사로서 이보다 더한 기쁨은 없겠다.

벨그리프는 잠시 눈을 내리감았다가 얼굴을 들어 올렸다.

"알겠습니다. 기대에 어긋나면 어쩌나 염려됩니다만……."

“껄껄껄껄!! 좋았어, 수련장으로 가세!”

체보르그의 손에 이끌려 움직이며 벨그리프는 쓴웃음을 지었다. 서둘러 따라와서 샤를로테가 걱정스럽게 옷자락을 잡아 쥐었다.

“아버님, 괜찮아?”

“하하, 괜찮단다. 아마도.”

주위에 서서 이야기를 듣다가 흥미를 갖게 되었을 모험가들도 따라오고 있다.

왠지 뜻하지 않게 일이 점점 더 커지는구나 싶어서 벨그리프는 긴장했다.

○

길메냐가 싱글벙글 웃으며 말했다.

“자, 자자, 치마를 잡아서 들고 걸어야지. 아님 또 옷자락을 밟을걸?”

“끄응……. 왜 이렇게 움직이기 불편한 거야, 드레스는…….”

방에서 나온 안젤린은 입어 버릇하지 않은 드레스 때문에 악전고투하고 있었다. 걸음을 디딜 때마다 옷자락을 밟아서 자꾸 넘어질 뻔했다.

그러니까 치마를 붙잡아 들고 다녀야 하는데, 너무 높게 들어도 안 된다기에 도통 걸음이 불편해서 못 견딜 지경이다. 그런 데다가 굽 높은 구두를 신고 있는 탓에 발목이 꺾일 것 같다.

예쁜 옷을 입을 수 있다는 것은 은근히 기뻤지만, 평소에도 이런 복장을 입고 지내려면 못살겠다고 안젤린은 혀를 내둘렀다. 움직임 편한 모험가의 복장에 너무 익숙해졌기 때문일까.

복도의 모퉁이마다 서 있는 위병들이 앞을 지나가는 안젤린을 곁눈질로 쳐다봤지만, 꼿꼿하게 선 자세에서 움직이지는 않는다. 대단해라, 안젤린은 감탄하고 말았다.

"저 사람들, 내내 서 있으면 피곤하지 않을까?"

뒤쪽에 떨어져서 따라오던 길메냐가 쿡쿡 웃었다.

"저런 사람들은 말이야, 눈에 안 보이게 다리부터 등까지 쭉 버팀목을 넣어 놓거든? 거기에 중심을 기울이니까 저렇게 꼼짝도 안 하고 버틸 수 있는 거야."

"……역시 그랬구나."

"아냐, 거짓말. 대단한 거지."

안젤린은 뺨을 부풀리며 걸음을 빨리하다가 또 넘어질 뻔했다.

그때 맞은편에서 다가오던 누군가가 안젤린을 안아서 받아줬다.

"이런……. 괜찮나?"

"죄, 죄송합니다……."

안젤린은 얼굴을 들어 올렸다.

애시 브라운의 머리카락을 깔끔하게 정돈한 키가 큰 남자였다. 나이는 20대 중반에서 후반쯤 되어 보인다. 깔끔하게 다듬은 콧수염에 갸름한 얼굴이며 오뚝한 콧날까지 용모는 단정한 반면 눈빛이 꽤 날카로워서 뭔가 마음을 놓을 수가 없게 만드는 인상이었다.

남자는 생긋 웃고는 안젤린을 똑바로 일으켜줬다.

"어디에 가는 길이셨나? 아름다운 아가씨."

"으음……. 별로 어디를 가는 게 아니라……."

무뚝뚝하게 대답할 뻔한 안젤린의 허리를 길메냐가 슬쩍 꼬집었다. 안젤린은 급히 자세를 바로잡았다. 길메냐는 공손하게 머리 숙였다.

"페르난도 전하, 평안하십니까?"

안젤린의 눈에 힘이 들어갔다. 이 친절하게 행세하는 남자가 대공가의 장남, 페르난도 에스트갈이었구나. 안젤린도 가만히 머리 숙였다.

페르난도는 웃음 지은 채 콧수염을 쓰다듬고는 안젤린을 바라봤다.

"못 보던 얼굴이군. 자네처럼 아름다운 사람이라면 내가 모를 리 없을 터인데. 괜찮다면 이름을 들려주실 수 있겠나?"

부끄러워하지도 않고 똑바로 시선을 보내오는 페르난도의 앞에서 허둥지둥하며 안젤린은 소곤소곤하는 말투로 대답했다.

"……안젤린, 입니다."

"그렇군!"

페르난도가 유쾌하다는 듯이 입가에 미소를 머금었다.

"이거 놀랍군! 이토록 아리따운 아가씨께서 소문 자자한 마왕살해자 『흑발의 여검사』라니!"

그렇게 말한 뒤 페르난도는 자연스러운 동작으로 안젤린의 손을 붙잡아 팔짱을 꼈다.

"괜찮다면 에스코트를 해드리지. 어디를 찾아갈 뜻이셨는가?"

"저기, 그게요……. 사, 산책을……."

"산책이라! 오늘은 날씨가 쾌청하더군. 저택 안보단 정원에 나가보는 게 좋겠지. 자, 가세."

그렇게 말한 뒤 페르난도는 안젤린과 여전히 팔짱을 낀 자세로 걸어 나아갔다. 차마 뿌리칠 순 없는 처지인 터라 안젤린은 서둘러서 함께 걸음을 옮겼다. 팔짱을 껴서 체중을 기댈 상대가 있는 덕분인지 혼자 걷던 때보다 훨씬 수월하게 걸음이 옮겨져서 안젤린은 살짝 놀랐다.

남자 주제에 좋은 향기가 난다. 안젤린은 쓱 페르난도를 올려다봤다.

페르난도는 아무렇지도 않은 표정을 지은 채 앞쪽을 보고 있었는데, 불현듯 곁눈질로 안젤린을 쳐다보더니 미소 지었다. 안젤린은 허둥지둥 눈을 피했다. 안젤린에게 이런 남자는 처음이었다.

복도를 몇 번인가 꺾어 돌아서 계단을 내려가다가 이윽고 바깥으로 나왔다. 공기는 쌀쌀해도 아침에 서리가 내릴 정도였던 탓인지 햇볕은 따뜻하고 춥지 않았다.

안젤린은 두 팔을 들어서 심호흡했다. 난방 마법이 가동되는 저택 안에 있었던 만큼 쌀쌀한 공기가 오히려 가슴속을 후련하게 만들어주는 기분이었다.

페르난도가 쿡쿡 웃었다.

"호쾌하구나. 그것도 제법 매력적이다만."

안젤린은 퍼뜩 놀라서 팔을 내렸다.

"……실례했습니다."

"아니, 상관없네. 모험가에게 귀족과 같은 예법을 요구할 뜻은 없으니까 안심하시게."

페르난도는 그렇게 말한 뒤 미소 지었다.

맞구나, 고작 빌라르와 견주기에는 수준이 너무 달라. 안젤린은 납득했다. 사람의 마음을 거머쥐는 수법을 잘 알고 있다. 그래서 더더욱 안젤린은 페르난도를 살짝 경계했다. 상대의 수법에 마냥 넘어가면 안 좋다. 그러나 귀족의 사정을 잘 알지 못하는 안젤린에게 상당히 불리한 상황이기는 했다.

마음을 다잡고 있는 안젤린을 보고는 페르난도가 쿡쿡 웃었다.

"괜히 무서워하진 말게나. 딱히 잡아먹겠다는 게 아니니까."

"네……."

"그나저나, 빌라르 녀석은 무얼 하는지, 원…… 중요한 손님을 에스코트도 않고 방치할 줄이야. 됨됨이 나쁜 동생 때문에 질려버리겠군."

페르난도는 정원 한쪽에 놓인 의자로 안젤린을 권했다. 깔끔하게 정리된 정원수의 옆쪽에서 둥근 탁자를 둘러싸도록 배치하여 놓아두었다. 정원수에는 붉은색 꽃이 피어 있었다. 희미하게 달콤한 향기가 감돌았다.

안젤린은 권해주는 대로 자리를 잡고 앉았다. 옆쪽에 앉은 페르난도는 흥미진진하게 안젤린을 바라봤다.

"어떤가? 귀족의 저택은. S랭크 모험가쯤 되면 초대받을 기회도 많았을 테지?"

"아뇨……. 이렇게 훌륭한 곳은, 저기, 처음입니다."

"그런가? 하하하, 제법 반가운 말이군. 다행스럽게도 대공가의 위신은 지킬 수 있겠어!"

페르난도는 유쾌하게 웃었다. 웃는 모습을 보면 리젤로테와 눈매가 살짝 닮았다고 안젤린은 생각했다.

"실례하겠습니다."

그때 아무렇지도 않은 얼굴로 길메냐가 차를 가져왔다. 힐끔 안젤린을 쳐다보면서 윙크한다. 안젤린은 살짝 웃었다.

페르난도는 찻잔을 손에 들면서 말했다.

"빌라르는 됨됨이가 변변찮은 동생이네만, 자네를 초대한 것은 영단이었군. 이토록 아름답다면 서훈의 식전도 더욱 화사해질 테지."

"네에……."

뭔가 거북할 만큼 칭찬을 자꾸 늘어놓는 것 같은데 아름답다는 둥 예쁘다는 둥 말을 들으면 딱히 별생각이 없어도 얼굴에 절로 미소가 피어난다. 안젤린은 애써 표정을 숨기고자 고개 숙였다.

그래도 이왕이면 아빠한테 칭찬을 듣고 싶다는 생각도 했다.

그래, 이렇게 드레스를 차려입은 나를 아빠는 본 적이 없어.

가슴과 엉덩이는 밋밋해도 몸의 선은 날씬해서 나쁘지 않을 것이다.

머리카락도 조금 멋을 부려서 꾸며 놓았겠다, 분명 보여주면 아빠는 기뻐할 거야.

예쁘게 자랐다고 칭찬해줄까? 다 컸다고 기뻐해주면 좋을 텐데.

안젤린은 그런 생각을 떠올리면서 헤죽헤죽 표정이 풀어졌다.

"안젤린? 안젤린, 듣고 있는가?"

페르난도가 의아해하는 표정을 짓고 있었다. 안젤린은 퍼뜩 놀라서 얼굴을 들어 올렸다.

"앗, 죄송합니다……."

"후후, 꽤 지쳤나보군? 음, 일단 차를 마시게나. 이게 말이지, 틸디스에서 들여온 찻잎이라네. 향이 좀 다른데 알 수 있겠나?"

"……좋은, 향기네요."

안젤린은 방에서 대접받았던 차와 또 다른 향기가 나는 차를 즐겼다. 어쩐지 이 집에서는 전 세계의 물품이 뭐든 다 튀어나오는 것 같았다.

문득 근처에서 인기척이 다가들었다.

"여기에 계셨군요, 형님."

목소리가 들린 방향을 보면 나이가 20대 전후쯤 되어 보이는 가냘픈 체격의 남자가 서 있었다. 페르난도 및 빌라르보다 약간 어둡게 짙은 갈색의 머리카락을 길게 내려뜨려서 머리 뒤쪽으로 묶어 놓았다. 뒤쪽에서는 갑옷을 입은 병사들이 수행하고 있었다.

페르난도는 옅은 웃음을 띠었다.

"프랑수아구나."

“강녕하셨습니까, 형님. 이런 곳에서 무엇을 하고 계시는지요?”

“무도회의 귀빈을 에스코트하고 있었단다.”

페르난도는 그렇게 말한 뒤 안젤린이 있는 방향에 시선을 줬다. 안젤린은 프랑수아라고 불린 남자에게 가볍게 인사를 했다.

“안젤린…… 입니다.”

“오호, 『흑발의 여검사』가 바로 자네인가?”

프랑수아라고 불린 남자는 턱에 손을 가져다 대며 쓱 눈에 힘을 주었다.

“나는 프랑수아다.”

“나와 빌라르의 동생이라네.”

“네……. 반갑습니다. 잘 부탁드립니다.”

이제 대공가의 삼형제를 전부 만나봤구나. 안젤린은 살짝 미소 지었다.

페르난도가 쿡쿡 웃었다.

“너무 어려워하지 말게나. 이 녀석은 혼자 나서서 저택의 경비 상태를 점검하는 중이라 살짝 사람을 의심하는 표정을 지을 뿐이라네. 프랑수아, 수상한 자가 침입하진 않았을 테지?”

“글쎄요, 장담은 못 하겠습니다. 사람이 좀 많아야지요. 하나둘쯤 이상한 인물이 섞여 들어왔어도 이상할 게 없겠습니다.”

프랑수아는 그렇게 말한 뒤 안젤린을 보고 입매만 웃음 지었다. 길메냐가 재미있다는 표정을 짓고 있었다. 페르난도는 씩 웃더니 차를 홀짝였다.

"그나저나 점심나절부터 별일이군. 이렇게 병사를 데리고 무얼 할 셈인가?"

"방금 말씀드린 게 답니다. 사람이 좀 많은 것이 아닌 만큼 수상한 자가 잠입했을지도 모릅니다. 경계해서 무엇이 나쁘겠습니까."

"하하, 말이야 옳은 말이군. 다만 손님들을 너무 놀라게 하진 말거라. 아버님께서 칭찬해주실 리 없잖느냐?"

"형님이야말로, 여인의 엉덩이나 쫓아다니지는 마십시오."

형제인데도 이 두 사람의 사이에는 뭔가 뾰족뾰족한 분위기가 있었다. 아마도 페르난도와 빌라르의 이복 남동생이라는 인물이 프랑수아이겠다. 어머니가 다르다는 이유로 이렇듯 서로 으르렁거리는 건 싫은 느낌이구나. 안젤린은 생각했다.

프랑수아는 안젤린에게 시선을 보내면서 약간 조소하는 듯 웃었다.

"자, 안젤린이라고 했던가? 초대받았다고 과하게 우쭐거리지는 마라. 뜻하지 않은 상황에서 낭패를 볼 수도 있지 않겠나?"

"네에……."

프랑수아가 자신에게 좋은 감정을 갖지 않았음은 알 수 있었다. 그러나 이런 게 통상적인 귀족의 태도다. 그렇게 생각하면, 뭐, 못 참을 발언도 아니었다.

차를 홀짝이며 얼버무리던 때에 「안제!」라고 목소리가 들리며 누군가가 달려왔다.

"이런 데 있었구나! 만나서 기뻐!"

"리제…… 리젤로테 님."

"에잇! 친구니까 괜히 서먹서먹하게 구는 거 싫어!"

막 달려왔던 리젤로테가 희색을 띠고 안젤린의 팔에 안겨 들었다. 페르난도가 쿡쿡 웃었다.

"이 녀석, 리제. 너무 촐싹대지 말거라. 품위가 없구나."

"어머나. 페르난도 오라버니, 프랑수아 오라버니. 평안하셨나요!"

리젤로테는 치맛자락을 들고 우아하게 인사를 했다. 길메냐를 제외하면 유일하게 스스럼없이 대할 수 있는 상대가 온 덕에 안젤린은 적잖이 마음속에 여유가 생겼다.

리젤로테는 안젤린의 옆에 걸터앉아서 기뻐하며 딱딱 발을 굴렀다.

"굉장하구나, 안제! 제대로 드레스를 갖춰 입으니까 정말로 예뻐!"

"응……. 고마워, 고맙습니다?"

힐끔, 찌푸린 면상의 프랑수아를 곁눈질하고 나서 말투를 고쳤다. 리젤로테는 뚱하게 뺨을 부풀렸다.

"에잇! 서먹서먹하게 굴지 말래도!"

"리제, 형식이라는 게 있는 법이란다. 자중하거라."

"시잃어! 페르난도 오라버니도 미인이면 친근하게 대해주는 게 더 좋은 주제에!"

"허허, 참. 이거 난처하군."

페르난도는 쓴웃음을 지었다. 그때 또 인영이 다가왔다. 헐레벌떡 숨을 몰아쉬며 탁자에 손을 짚는다.

"리제! 혼자서 먼저 가버리면 내가 곤란하잖아!"

"어머나, 오지. 내가 빠른 게 아니라 네가 느리지 않니?"

"이거 참 ……. 앗, 형님들. 강녕하셨습니까."

오지라고 불린 남자는 옷깃을 정돈한 뒤 인사했다. 붉은색이 감도는 금발의 남자다. 나이는 대충 열여덟쯤 되었을 테지.

프랑수아가 히죽 웃었다.

"그래, 강녕하시다. 유감인가? 오즈왈드."

"하하, 프랑수아 님은 농담이 매서우십니다……."

오즈왈드라고 불린 남자는 쓴웃음을 지으면서도 눈만큼은 꽉 힘을 주면서 프랑수아를 마주 바라봤다.

리젤로테가 변함없이 천진하게 말했다.

"오지! 이쪽이 안제야! 굉장히 실력 있는 모험가! 안제, 얘는 오지야. 오즈왈드라고 내 혼약자야!"

오즈왈드는 의아해하는 표정을 짓고 안젤린을 쳐다봤다. 안젤린은 가볍게 인사했다. 오즈왈드는 안젤린의 용모에 일순간 마음을 빼앗긴 듯한 모습이었다만, 곧 언짢아하며 코웃음을 쳤다.

"그대인가, 나의 리제에게 이것저것 하찮은 이야기를 늘어놓은 게. 리제가 귀족임은 알 테지? 쓸데없는 이야기를 주워섬겨서 마음을 어지럽히면 곤란한데."

"네에, 죄송합니다……."

"에잇! 오지도 참, 못된 소리 하면 싫어!"

페르난도가 쿡쿡 웃었다.

"그 정도로 리제의 마음이 떨어져 나가지는 않을 테지. 혼약자의 마음을 붙들어 매어 유지하는 것이 자네의 역할 아닌가? 오즈왈드. 설령 놓쳐버린들 자네가 한심한 사람이 될 뿐이야."

"으음……. 그야, 옳은 말씀입니다만."

"뭐, 오즈왈드의 말도 일리가 있군. 모험가가 주제도 모르고 우쭐거리면 어디 쓰겠나."

프랑수아가 말하자 리젤로테는 뺨을 부풀리며 탁자를 퍽퍽 두드렸다.

"있잖아! 안제는 훈장을 받을 거거든? 아버님께서 직접 인정하신 공적 덕분이잖아! 안제를 조롱하는 건 아버님을 조롱하는 셈이야! 틀려?!"

"끙."

"뭐…… 확실히."

"하하하, 역시 리제구나. 못 당하겠어."

뱃속에 능구렁이를 품은 남자들도 리젤로테의 천진난만함에는 못 이기나 보다. 안젤린은 살며시 미소 지었다.

그로부터 잠시 환담을 나눈 뒤 모였던 사람들은 각각 흩어졌다. 잔뜩 지쳤던 안젤린도 길메냐를 동반하여 방에 돌아왔다.

돌아온 뒤 소파에 걸터앉자 온몸에서 힘이 빠졌다.

"만만찮은 사람 한가득……. 무섭도다, 귀족……."

페르난도와 프랑수아는 물론이거니와 오즈왈드마저도 속내가 달리 있는 분위기였다. 서로를 견제하는 발언은 옆에서 듣기만 해도 긴장된다. 빌라르 같은 녀석은 상대도 안 되겠다. 저런 기 싸움에 아예 끼어들지도 못했다는 데서 어쩐지 동정심마저 드는 기분이다.

"고생 많았어. 섣불리 말을 꺼내지 않고 가만히 버틴 건 좋은 판단이었어. 뭐, 대충 위험한 사람들은 이제 다 얼굴을 대면했구나, 후후후."

길메나는 선반에서 와인을 꺼내다가 유리잔에 따라 안젤린의 앞에 놓았다. 안젤린은 단숨에 마셔버리곤 거하게 숨을 내쉬었다.

"……남은 건 대공 본인이랑 황태자님일까?"

"응, 맞아. 뭐, 아무런 일도 없는 게 최고이기는 한데 말이야. 무도회만 잘 버티면 뒷일은 대공가의 내부에서 복작거리든 말든 우리가 알 바는 아니란다."

"응……. 그렇겠네."

와인을 마시자 조금 차분해졌다. 걷기 어려운 옷과 구두 때문에 몸이 이상한 방식으로 피곤해졌다. 안젤린을 얼굴을 찡그리고는 드레스의 자락을 붙잡았다.

"무도회에 참석하면…… 춤춰야 되지? 이런 차림으로?"

"맞아. 지금 안제는 무척 귀엽잖니. 분명히 귀족님들한테 댄스 신청을 잔뜩 받게 될 거야, 후후후."

안젤린은 질색하며 소파에 몸을 기댔다.

"대체 웬 고행이람……. 와인 한 잔만 더 줘."

길메나는 싱글벙글 웃으며 유리잔에 와인을 따라줬다. 안젤린은 또 단숨에 들이켜고 눈을 내리감았다. 벨그리프의 얼굴이 머릿속에 떠올랐다. 한숨 쉬었다.

"……아빠랑 만나고 싶어라."

"자, 이제 정신이 좀 들지? 예법 특훈을 시작해볼까."

안젤린은 얼굴을 찌푸렸다.

"……내일부터 열심히 하면 안 될까?"

"안 돼~. 무도회가 바로 내일이잖니. 적어도 안 비틀대고 걷는 정도는 되어야지."

"끙……."

안젤린은 잠시 말없이 앉아 있다가 이윽고 포기하곤 몸을 일으켰다.

53 훈련장의 바닥은 흙이다. 그러나 많은

훈련장의 바닥은 흙이다. 그러나 많은 모험가들이 이 위에서 발을 밟아 디뎌왔던 만큼 튼튼하다. 직접 밟아보면 든든하고 강한 감촉이 느껴졌다.

벨그리프는 몇 번인가 왼쪽 발바닥으로 지면의 감촉을 확인한 뒤 허리춤의 검 자루를 잡아 쥐었다.

현역 시절에 몇 번인가 이곳 훈련장을 이용했던 기억이 난다. 희망하면 소정의 비용을 지불해서 모험 및 전투의 기초를 배울 수도 있었다.

신출내기 시절에는 모자란 돈을 변통해서 죽기 살기로 기술을 습득하고자 분주했던 기억이 떠올랐다. 이제 와서는 그것이 도움이 되었던가 여부는 알지 못하겠다. 그럼에도 그때는 정말 열심히 노력했었다.

톨네라에서 그라함의 가르침을 받았던 때도 젊은 시절과 같은 기분이었을까? 적어도 정말 열심히 노력했다고 자부는 한다.

나이를 먹고 조금은 성품이 차분해졌다고 생각했는데, 벨그리프는 쓴웃음 지은 뒤 눈을 감았다.

천천히 숨을 들이마셨다가 천천히 내뱉는다. 숨을 들이마실 때는 발바닥으로 대지의 기운을 빨아들이는 것처럼. 숨을 내뱉을 때는 머리의 정수리로 하늘의 기운을 내려받는 것처럼. 그때마다 몸속에서 마력이 소용돌이치면서 분명 무기물에 불과한 오른쪽의 의족까지 피가 통하는 듯한 감각이 치솟았다.

마주 서 있던 체보르그가 재미있다는 표정을 짓고 말했다.

"어이쿠, 눈에 띄도록 검의 기세가 거세지고 있지 않은가! 재미있군!!"

껄껄껄껄, 웃음 지으며 체보르그는 몸 앞쪽에서 주먹을 맞부딪쳤다. 파직, 마력이 터져 나가서 바람처럼 훈련장을 쓸어 만졌다. 흙먼지가 피어올라 주위에 모여 있었던 구경꾼들의 머리카락을 흔든다.

벨그리프는 등줄기가 부르르 떨리는 느낌을 받았다. 공포가 아니다. 강적과 맞설 수 있다는 환희다. 톨네라에 돌아간 뒤 완전히 농부로 바뀐 줄 생각했었던 자신도 아직껏 이런 기쁨에 휩싸일 수 있었다.

"미련을 못 버린달까, 뭐라고 할까……."

벨그리프는 쓴웃음 지으며 검을 뽑았다. 오래도록 써서 익숙하고 날카롭게 연마된 강철의 검 끝이 엷게 명멸하는 듯 보였다. 도르토스가 고개를 끄덕거리곤 창을 들어 올렸다.

"준비는 되었는가?"

"아무렴!"

"언제든지요."

도르토스가 척, 창을 내리 휘둘렀다.

동시에 체보르그가 지면을 박찬다. 폭풍이라 착각할 만큼 격렬한 기세로 거리를 좁혀 다가들었다.

"받아보게나!!"

체보르그는 대포처럼 주먹을 내질렀다. 공기를 관통하여 소리가 울려 퍼지도록.

벨그리프는 재빨리 검을 겨눠서 주먹을 맞받아쳤다.

오른쪽 발로 앞쪽을 세게 디디고, 왼쪽 다리를 지면에 단단하게 붙인다. 검과 주먹이 맞부딪쳤다. 쌍방의 마력이 격돌하여 용솟음쳤다.

벨그리프는 검 끝에서 왼쪽 발부리까지 마력의 선을 한 가닥으로 연결시켰다. 체보르그의 주먹에 실린 충격을 마력으로 전달시켜서 발바닥을 지나 지면으로 흘려보낸다.

훈련장의 바닥이 거세게 뒤흔들렸다. 관중들이 술렁거렸다.

체보르그가 유쾌하게 웃었다.

"오오?! 곧장 정면에서 받아 냈겠다? 제법이구나!!"

"아직 멀었습니다……!"

벨그리프는 팔이 저릿하여 얼굴을 찌푸렸다.

더욱 숙달되면 충격을 완전히 흘려보내는 방어도 가능할 테지. 어찌어찌 받아 내기는 성공했다만, 체보르그의 주먹은 강렬했기에 충격을 미처 다 흘리지 못해서 몸이 삐걱거렸다. 정면에서 받아 내겠다는 선택은 살짝 무모했던 듯싶다.

오른쪽 다리를 차고 의족을 축으로 회전하여 체보르그를 후방으로 넘겨 보냈다.

푹 기울어져서 쓰러질 뻔한 체보르그는 지면에 손을 짚고는 가볍게 한 바퀴 회전하여 착지했다.

"과연 안제의 아버지답구나!! 이 공격은 어떤가!!"

말을 꺼내는 동시에 체보르그가 주먹을 내질렀다. 팔에 각인된 마술식의 문신이 빛나면서 충격파가 덮쳐들었다. 벨그리프는 검에 마력을 불어넣어서 가로로 일섬, 예리하게 참격을 날렸다. 충격파는 검의 마력과 충돌하여 바스러졌고, 곧 바람이 되어 훈련장에 불어닥쳤다.

감히 여력을 남길 엄두도 내지 못할 버거운 상대였다. 족히 몇 수는 뒤지겠다. 오히려 적당히 봐주기를 바라야 할 만큼 강력한 상대이다.

벨그리프는 히죽 입꼬리를 끌어 올렸다. 피가 끓어오르는 기분이다.

어느 사이에 S랭크 모험가와 맞상대할 수 있도록 성장했단 말인가. 자기 스스로도 놀랍다.

그라함과 특훈을 쌓은 성과일까? 만약 가르침을 받지 않았다면 첫 번째 공격마저 제대로 받아 내지를 못했을지도 모르겠다.

어쨌든 간에 사고는 검의 움직임을 둔하게 만든다. 벨그리프는 검을 고쳐 쥐고는 잇따라 덮쳐드는 체보르그의 주먹을 최소한의 움직임으로 막아 내거나 받아넘겼다.

짬짬이 반격의 기회를 살펴봐도 이쪽에서 공세를 펼칠 여유는 없었다. 과연 S랭크의 모험가답다.

다만 이마저도 기분 좋게 느껴졌다. 지금은 이 전투의 고양감에 몸을 내맡기고 싶었다.

격렬하게 연속 공격을 펼치는 체보르그와 상대의 움직임에 맞춰 싸우는 벨그리프의 승부는 이루 말할 수 없도록 치열했지만, 결국에 가선 벨그리프가 무릎을 꿇었다.

긴장감과 피로 때문에 호흡이 흐트러진 다음부터가 문제였다. 애써 집중하려다가 마력에서 의식이 어긋났던 상황도 잔뜩 있었다.

아직 멀었구나. 벨그리프는 쓴웃음 지었다.

아니, 오히려 전설의 모험가를 상대하여 이토록 버티고 싸웠다는 결과를 기뻐해야 하지 않을까. 적어도 아직 현역에게도 통용될 만한 실력은 된단 증거다.

모험가로 복귀할 뜻은 없을지언정 검과 함께 살아온 인생인 만큼 드높은 경지에 있는 상대에게 참패를 모면했다는 것이 솔직하게 기뻤다.

그러나 한껏 숨을 들이마셔서 피가 올랐던 머리를 식혔다.

"……자만하지 마라. 전혀 여력도 못 남긴 주제에."

작게 중얼거렸다.

상상도 하지 못했던 영역에 진입했다고 벌써부터 들떠 올라서야 뜻밖의 수단에 낭패를 당할 우려가 있다.

체보르그와 치른 전투는 언뜻 호각으로 보일 테지만, 상대는 숨한 번 헐떡이지 않았으니까.

S랭크 모험가로서 이 노병과 어깨를 나란히 하는 안젤린은 자신의 훨씬 앞쪽에 있다. 딸아이의 등이 간신히 보일 위치까지 오지 않았나.

더욱 이 검을 몸에 숙달시켜 나가야 한다. 그렇게 하면 조금 더 먼 곳의 풍경이 보일 것이다.

"다른 장소인가."

문득 엘프 소녀의 은발을 떠올렸다.

벨그리프는 한껏 숨을 내쉬고 일어서서 검을 칼집에 납검했다. 체보르그가 희색을 띠고 걸어서 다가오더니 벨그리프의 어깨를 두드렸다.

"껄껄껄껄! 『적귀』의 검 솜씨, 마음껏 견식했다네!! 날 상대로 이렇게 잘 싸우는 녀석은 좀처럼 없단 말이지! 과연 안제의 아버지답군!!"

곧이어 도르토스도 다가왔다.

"정말 훌륭하군. 마지막에는 움직임이 살짝 흔들렸다만, 최소한의 움직임으로 이런 수준까지 대결할 수 있다는 데서 놀랐네. 그나저나 수세의 검이더군. 안제의 검법과 조금 다른 듯싶기도 한데……."

벨그리프는 흐트러진 호흡을 가다듬으며 웃음 지었다.

"제가 딸아이에게 가르친 것은 기초뿐입니다. 아마도 딸아이가 이곳에서 보낸 세월들 속에서 자신의 검을 자기 힘으로 배워 익혔던 게 아니었을까요?"

“흠……. 그렇다 해도 자네의 검에 대단히 촉발되었을 것은 분명할 테지. 허허, 참, 이런 수준의 실력자가 톨네라 같은 변경에 파묻혀 있었다니……. 검법은 자기류인가?”

“예. 다만 최근에 좋은 스승과 인연이 닿았습니다. 솔직히 제 검법은 이제 정체를 면치 못한다는 생각이었습니다만, 덕분에 조금 더 나아갈 길이 보이더군요.”

그렇게 말한 뒤 벨그리프가 그라함의 이름을 말하자 도르토스와 체보르그는 몹시 놀랐다.

“어이쿠, 이런, 『팔라딘』에게 검을 배웠단 말인가! 껄껄껄껄! 이래서야 강할 수밖에 없지 않겠나!!”

“그 걸물이 아직껏 살아 있었던가……. 우리에게도 동경의 대상이었잖나, 체보르그.”

“껄껄껄! 대련을 부탁했다가 꼼짝 못 하고 나가떨어졌던 좋은 추억이 있지!”

그라함은 이 노병들보다 십수 년은 위쪽에 있는 세대 같았다. 이들이 젊었을 때 그라함은 이미 모험가로서 확고한 지위를 구축했었을 테지. 시대를 넘어 다가드는 신비로운 인연의 힘에 벨그리프는 깊이 감격했다.

체보르그가 기분 좋게 벨그리프의 어깨에 팔을 둘렀다.

“술이나 쭉쭉 마시면서 이것저것 얘기를 좀 들려주게나! 내 거하게 사지.”

“음. 오늘은 몸에 푹 휴식을 주게. 만전의 상태에서 내일은 본인을 상대해줘야겠네."

"하하, 너그럽게 부탁드립니다……. 샤르, 벡, 이리 오렴."

벨그리프가 이름 부르자 샤를로테가 살짝 흥분해서 달려왔다.

"굉장해! 아버님, 정말 강하구나! 깜짝 놀랐어!"

"하하, 체보르그 님께 한 수 배웠을 뿐이란다."

"그렇지 않아! 에헤헤, 역시 안제 언니의 아버님이야!"

샤를로테는 기뻐하며 벨그리프의 품에 안겨 들었다. 그 뒤쪽에서 벡이 떨떠름한 표정을 지은 채 팔짱을 끼고 탄식했다.

"웬 바보 여자가 쓸데없이 허풍을 떠나 싶었더만……. 진짜였잖아."

주변에서는 구경하러 온 모험가들이 야단법석을 떨고 있었다.

○

저녁 식사를 마친 뒤 안젤린은 침대에 푹 엎드려서 누워 있었다. 어쩐지 장딴지가 자꾸 땅기는 느낌이 든다. 인사와 걸음걸이만 연습했는데도 이렇게 잔뜩 지친다면 귀족은 정말 힘들겠다는 생각이 들었다.

"……모험가라서 다행이야."

벌렁, 똑바로 몸을 굴렸다. 천장 장식이 반짝반짝 빛난다. 창문 너머는 해가 절반쯤 저물었고, 하늘에는 별이 하나둘 반짝거린다. 방 안이 밝은 만큼 유리에 자기 모습이 더욱 선명하게 비쳐 보였다.

무도회를 내일로 앞둔 까닭에 저택 내부는 준비 및 내빈 접대로 시끌시끌한데도 이 방은 이상하게 쥐 죽은 듯이 고요했다. 몸의 피로도 더해져서 뭔가 쓸쓸한 분위기였다.

리젤로테도 오늘은 다른 손님과 만나는지 찾아올 낌새가 없다. 길메냐도 다시 상황을 확인하러 나갔다. 메이드들도 일일이 붙어서 시중들지 않아도 된다고 말해 놓았던지라 방에는 안젤린만 혼자 남아 있었다.

배가 꽉 차서 은근히 졸음기가 오지만, 은근히 신경이 곤두서 있는 탓인지 아직 잠들지는 못할 듯싶다.

돌아누워서 엎드린 다음 살갗에 닿는 감촉이 좋은 이불에다가 뺨을 문질렀다. 말없이 있으면 자신의 심장 소리가 크게 들려온다. 벽 하나 건너편 복도를 사람들이 왔다가 갔다가 하는 듯싶다. 저 떠들썩한 소리가 작게 들리는 것 때문에 괜히 더 쓸쓸해지는 기분이다.

"……어차피 내일이면 끝인걸."

안젤린은 벌떡 일어나서 소파로 갔다. 탁자에 놓아둔 설탕 과자를 집어서 가득 입속에 넣는다. 올펜의 까슬까슬 알갱이 큰 과자가 아니었다. 입에 넣자마자 곧 사르르 녹아내린다. 이런 부분도 당연하다는 듯이 고급스러웠다.

소파에 걸터앉고 멍하니 허공을 바라봤다. 아무것도 할 일이 없었다. 귀족은 고생이 많은 반면에 꽤 지루하구나. 안젤린은 생각했다.

사실은 이것저것 바쁜 일거리도 있을 테지만, 안젤린은 도저히 상상이 되지 않았다. 어쨌든 간에 모험가처럼 검을 쥐고 마수와 싸우거나 던전을 탐사하는 임무, 톨네라에서 밭을 일구거나 양털로 실을 잣거나 장작 패기를 하는 분주함과는 성질이 전혀 다를 것이다.

"나는 저런 게 더 좋아……."

몸을 움직이는 일거리가 더 성미에 맞는다. 안젤린은 일어서서 쭉 기지개 켰다.

잠시 산책이나 다녀오자고 생각했다. 어차피 할 일이 없는 데다가 다들 분주하게 돌아다니고 있다. 안젤린 한 사람이 기웃기웃 돌아다녀도 타박을 듣진 않겠다.

낮에 페르난도에게 붙잡혀서 성깔이 만만찮은 형제들과 동석했을 때는 마음을 놓을 틈이 없었다. 이번에는 혼자 자유롭게 돌아다녀보자. 어차피 더는 대공가의 저택을 걸어 다닐 기회도 없을 테니까.

방을 나와서 보니 메이드 및 고용인들이 오가고 있었다. 그들을 동반하고 있는 귀족 차림의 인물도 드문드문 보였다.

무도회는 사교의 자리이기도 하다. 귀족은 인맥이 상당히 중요하다던가. 일찍 도착한 귀족들은 이미 힘 있는 지인을 만들기 위해 선물을 손에 들고 분주하게 돌아다니는 듯싶다.

안젤린은 치맛자락을 붙잡고 굽 높은 구두의 감촉을 확인했다. 곧이어 사뿐사뿐 걸음을 뗐다. 그 모습은 진짜 귀족가 영애라고 말하는 데 지장이 없었다.

단아한 걸음걸이라는 게 전혀 익숙하지가 않은 데다가 또한 구두도 좀 불편한 형태가 아니어서 괜히 시간만 쓸데없이 더 걸렸다. 그러나 본래 안젤린은 배우는 속도가 빠른 편이었다. 오후 중 잔뜩 연습한 보람도 있어 지금은 위태롭지 않게 걸어 다닐 수 있었다.

발밑에 주의를 빼앗기지 않고 둘러봤더니, 역시나, 대공의 저택은 현란했다. 막 왔을 때는 압도당해서 마음이 편치 않았지만, 지금은 장식 및 구조를 관찰할 수 있을 만큼은 익숙해졌다.

그러나 안젤린의 다리는 본인도 모르는 사이에 저택 뒤편으로 향하고 있었다.

옛날에는 요새로 사용되었을 석조 구조물을 고스란히 전용한 듯한 저택의 뒤편은 화려하고 아름답게 장식된 앞쪽과 달리 색채가 희박하고 투박한 분위기였다.

"……이런 게 차라리 편하구나."

돌바닥 복도를 밟아 나아가서 무척 소란스러운 주방 안쪽을 들여다봤다. 많은 요리사들이 이리저리 왔다가 갔다가 하고, 요리도구 및 접시가 맞닿는 달가닥달가닥 소리가 끊임없이 울려 퍼지고, 냄비의 김에 화덕의 연기가 모락모락 자욱하게 껴서 어쩐지 잘 알아볼 수가 없었다. 그래도 이런 소란스러움은 귀족의 우아함과 동떨어져 있기에 왠지 마음이 차분해지는 것 같았다.

"죄송합니다, 옆에 지나가겠습니다!"

급한 모습의 배식 담당이 큰 쟁반을 치켜들고 안젤린의 옆쪽을 지나쳐 갔다.

바빠서 방해되겠다 싶어 안젤린이 발길을 막 돌리던 차에 요리장으로 짐작되는 나이 지긋한 남자가 불안해하며 말을 걸어왔다.

"저기, 아가씨……? 이런 곳까지 굳이 찾아오시다니요. 뭔가 마음에 들지 않으시는 부분이 있으셨습니까……?"

아마도 잘 차려입은 안젤린을 진짜 귀족 영애로 착각한 듯싶었다.

안젤린은 급히 고개를 가로저었다.

"아뇨, 그냥……. 맛있는 요리, 고맙습니다."

"……예? 그, 그 말씀을 하러 오셨습니까?"

"네에, 뭐……."

안젤린이 애매하게 말을 흐리자 요리사는 감격한 표정으로 머리 숙였다. 그러곤 뒤돌아서서 주방에 대고 고함지른다.

"주목! 귀족 아가씨께서 몸소 치하의 말씀을 건네러 와주셨다! 감사 인사를 올리도록!"

일에 몰두하던 사람들이 손을 멈추고 꾸벅꾸벅 고개 숙였다. 안젤린은 당황했다.

"저기, 저기, 바쁠 테니까 신경 쓰지 마세요……. 실례할게요."

불러 세워도 못 들은 척 안젤린은 빠른 걸음으로 주방을 떠났다. 내가 귀족으로 보이는구나. 어쩐지 묘한 기분이었다.

딱히 목적지 없이 가만가만 걸어가던 중 자기도 모르는 사이에 낯익은 길을 지나왔는지 어젯밤 왔던 곳에 도착했다. 카심과 만났던 지하 감옥으로 내려가는 계단이 보인다.

"……그 사람, 아직도 있으려나."

안젤린은 주위를 살폈다. 저택 내부는 바쁜 분위기였지만, 이곳에는 아무도 용무가 없는 듯했다.

살며시 계단을 내려간다. 뾰족한 구두 굽이 돌계단을 디딜 때마다 또각또각 소리가 났다. 아래로 내려감에 따라 소리가 벽면 및 천장에 반사되면서 더욱 커다랗게 들리는 것 같았다.

이윽고 아래에 다 내려왔다. 여전히 희미하게 횃불의 빛이 흔들거리고 있었다.

선뜩한 공기 속에서 쇠창살이 번뜩번뜩 빛나고 있다. 그러나 철창 너머에 있어야 하는 남자는 온데간데없다. 녹슨 족쇄가 몇몇 개 벽면에서 뻗어 나오는 사슬과 함께 떨어져 있을 뿐이다.

"……어디에 간 걸까."

안젤린은 잠시 쇠창살 앞에 서 있다가 머지않아 어깨를 으쓱거리곤 발길을 되돌렸다.

복도까지 올라왔더니 지하 감옥이 무척 싸늘한 장소임을 더욱 잘 알 수 있었다. 여름에는 어쩌면 시원해서 좋을 수도 있겠네. 괜히 엉뚱한 생각도 해본다.

"……돌아가자."

딱히 카심과 만나고 싶어 방에서 나왔던 것은 아니다만, 결국 만나지 못하게 되자 저택에서 딱히 할 일도 없다는 생각이 다시 들었다.

"특별히 하고 싶었던 얘기가 있는 것도 아니지만……."

안젤린은 중얼거렸다. 그럼에도 카심은 묘하게 신경 쓰이는 남자였다.

"이게…… 사랑?"

그럴 리 없잖아. 안젤린은 쿡쿡 웃었다.

그때 복도 저쪽에서 철컥철컥 갑옷 소리가 났다. 퍼뜩 놀라서 봤더니 병사 집단을 이끌어서 프랑수아가 걸어오고 있었다. 프랑수아는 안젤린을 보고 눈매가 가늘어졌다.

"어허……. 쥐새끼가 한 마리. 이런 곳에서 뭘 하고 있었나?"

"……길을 헤매서요. 음, 넓잖아요."

머뭇거리며 둘러대는 안젤린의 말에 프랑수아는 큭큭 비웃음을 담아서 웃음 흘렸다.

"그렇다고 치고 넘어가주마."

"네에……."

안젤린은 고개를 꾸벅이고 떠나려고 했다만, 어느 틈인가 병사들이 복도의 양편에 진을 치고 있었다. 검은 갑옷을 입은 병사장이 예리한 눈초리로 안젤린을 노려보고 있다. 프랑수아가 입을 열었다.

"이보게나, 레이디를 그리 무례하게 노려보면 안 되지."

"넷."

병사장이 머리 숙였다.

안젤린은 재빨리 상대를 일별하며 자세 및 기세에서 실력을 가늠했다. 그러다 딱히 한꺼번에 덤벼도 이길 수 있는 상대라고 판단한 뒤 살짝 코웃음 쳤다. 무기는 가지고 오지 않았다만, 저런 녀석들이 상대라면 별일도 아니었다.

가만히 태세를 갖추고 있는 안젤린에게 시선을 보내다가 프랑수아가 웃었다.

"괜히 경계하지 마라. 너와 전투를 벌여 이긴다는 생각은 전혀 안 하니까."

"……뭔가 볼일이라도 있나요?"

"글쎄? 네가 혼자서 헤매다가 맞닥뜨렸다 뿐이지 딱히 내가 만나러 온 것은 아니잖나. 그나저나, 흠."

프랑수아는 안젤린의 어깨에 손을 얹었다.

"너도 어리석은 형에게 호출받는 바람에 많이 불편했겠다 싶어서 말이지."

친밀감이 담긴 목소리였다. 그러나 전혀 마음을 놓을 수 없는 음색이다. 안젤린을 손을 뿌리치고 싶은 충동에 휩싸였지만 간신히 참았다. 예리한 눈빛으로 마주 쳐다보면서 낮은 목소리로 받아쳤다.

"……배려 고마워요. 그래도 내일이면 끝이니까요."

"흠, 맞는 말이군……. 정말 맞을까? 어디, 대공의 저택은 마음에 들었나? 아니면 S랭크 모험가쯤 되면 이 정도는 아무렇지도 않나?"

"아뇨……."

꾹, 프랑수아의 손에 힘이 들어갔다. 안젤린은 즉각 손목을 붙잡아 어깨에서 떼어 냈다. 병사들이 칼자루에 손을 얹는다. 그러나 프랑수아가 곧 손을 들어서 제지했다.

"과연 대단하다. 역시 S랭크 모험가는 격이 다르군."

안젤린은 무뚝뚝한 표정 그대로 손을 놓아줬다. 프랑수아가 손을 팔랑팔랑 흔들었다.

"……무슨 속셈인지 모르겠는데 적당히 해."

"후후……. 너무 화내지 마라."

프랑수아는 히죽 웃었다.

"서출이라는 게 제법 괴로운 위치라네. 집안의 천덕꾸러기지……. 이해될 테지? 모험가라는 족속도 세상의 천덕꾸러기가 아닌가."

"아니야. 민폐니까 똑같이 취급하지 마."

"그런가. 그리할 테지. S랭크쯤 되면 엘리트니까. 말단 모험가 녀석들과 경우가 다른가. 이봐, 너 말이다. 발버둥 치고 발버둥 쳐도 위로 올라갈 수 없는 사람의 마음을 아는가? 후후, 마음에 안 들어."

프랑수아는 처절한 미소를 머금더니 안젤린의 얼굴을 들여다봤다. 안젤린은 눈에 번뜩 힘주며 마주 노려봤다. 프랑수아가 만족스럽게 웃었다.

"후후후훗……. 너를 위하여 여흥을 준비했다. 모쪼록 내일 무도회를 기대하게나."

프랑수아는 빙글 발길을 돌렸다. 병사들이 재빨리 자세를 바로잡아 뒤를 따른다.

이윽고 저들의 발소리가 완전히 사라졌을 때 안젤린은 거하게 한숨을 내쉬었다.

"화풀이가 지독하네."

안젤린은 넌더리가 나는 기분으로 비틀비틀 걸음을 뗐다.

여흥이란 것이 무엇일지 고민이 된다. 설마 안젤린을 위해 악단이나 곡예사를 불러들였다는 이야기는 아닐 터이다. 어차피 못되어 먹은 여흥일 텐데, 설령 자신을 습격할 작정이어도 저런 병사가 몇 명 덤벼들든 상관없다. 저쪽에서 어떻게 공격하든 얼마든지 물리칠 수 있었다. 정당방위라면 변명의 구실은 충분하다.

그건 그렇고 프랑수아의 속셈을 알 수 없었다. 페르난도도 온건한 사람인 양 행세했지만, 방심할 순 없었다. 대공가라는 곳은 도무지 성가시기 짝이 없었다.

"어휴……. 싸우려면 귀족끼리 하란 말이야."

투덜투덜 중얼거리며 걷다가 퍼뜩 놀라서 얼굴을 들어 살펴봤는데 모르는 곳이었다.

"……아차차. 진짜 길을 잃었네."

내가 이런 실수를. 안젤린은 이마에 손을 가져다 댔다. 이곳에 온 이후부터 자꾸 당황할 일이 일어나니까 곤란하다.

두리번두리번 주위를 둘러봤다. 이제 본채의 앞쪽으로 나오기는 한 듯 아름답게 장식된 천장 및 항아리 등등 장식물이 있었다.

저택 뒤편은 용도에 따라 장소의 분위기가 달라서 눈치껏 알 수 있었지만, 앞쪽은 전부 반짝반짝해서 분간이 안 된다. 한 차례 지나다녔던 곳이라면 또 모를까, 이곳은 온 적이 없는 장소 같았다. 세간도 장식도 기억 속에 없었다.

어떻게 할까. 안젤린이 팔짱을 끼고 궁리하던 때 누군가가 빠른 걸음으로 다가오는 기척이 느껴졌다.

"허허, 맙소사. 아름다운 아가씨. 이런 곳에서 무엇을 하고 계십니까?"

안젤린은 다가온 인물을 보고 웃음을 터뜨릴 뻔했다.

빌라르가 만면에 미소를 띠고 서 있었다.

"안 되지요, 이런 밤늦은 시간에 어찌. 비록 저택의 내부라 한들 당신처럼 아리따운 분께서 홀로 걸어 다니는 상황은 탐탁지가 않습니다. 외람되오나 제가 에스코트해드리지요."

"아니요, 저기……."

"훗, 괜찮습니다. 사양하지 마시길. 저는 빌라르. 빌라르 에스트갈입니다. 알고 계시겠지요? 하하핫."

"푸흡! 아핫…… 아하하하!"

안젤린은 결국 웃음이 터져 나와서 어깨를 부들거렸다. 멈추고 싶어도 웃음이 자꾸 흘러넘쳐서 어쩔 도리가 없었다.

빌라르가 입을 떡 벌렸다.

"아, 아가씨? 제 얼굴에 뭔가 묻었습니까?"

"쿡, 쿡쿡! 그게 아니라! 저기, 진짜로 못 알아봤어? 못 알아봤어요?"

"음?"

빌라르는 의문에 찬 표정을 짓고 안젤린을 쳐다보다가 갑자기 눈이 휘둥그레졌다.

"너, 너, 너, 너는! 너느은! 모험가 녀석!"

"쿡쿡……! 모험가를 꼬시려고 들다니……. 되게 심심했나, 봐요?"

"아, 아니! 아니다! 이봐, 보지 마라! 아니라니까!"

빌라르는 뒤쪽에 시립해 있던 고용인들에게 영문을 모를 소리로 고함쳤다. 얼굴을 새빨갛게 붉히고 횡설수설 뭔가 떠들어 댄다만, 무슨 소리를 늘어놓는가 도무지 알아들을 수가 없었다.

"아니다! 다른 사람인 줄 잘못 봤던 게 아니라, 잠깐 놀리려고……. 아니, 그게 아니라……. 으음, 에랏!"

빌라르는 얼굴을 새빨갛게 붉힌 채 안젤린에게 손가락질했다.

"네가 지나치게 아름다운 게 잘못이잖은가!"

묘한 막말을 남긴 뒤 빌라르는 어깨를 들썩거리며 떠나갔다. 고용인들은 엷은 웃음을 머금고 뒤를 따랐다.

안젤린은 한동안 웃음이 멈추지 않아 혼자서 배를 부여잡고 있다가 간신히 수습이 돼서 심호흡했다.

"아아…… 안 되겠네, 저 녀석은……. 쿡쿡!"

저래서는 페르난도도 프랑수아도 못 당하겠다. 저런 지경의 바보라면 오히려 친근감마저 솟아나는 기분이었다.

"뭐, 싫은 녀석이지만."

곧바로 중얼거리다가 퍼뜩 깨달았다.

"아차차……. 방 위치를 물어봐야 했는데."

54 올펜의 술은 역시나 톨네라보다 도수가

올펜의 술은 역시나 톨네라보다 도수가 높았다. 다음 날, 조금 지끈거리는 머리를 부여잡고 벨그리프는 한숨 쉬었다.

결국 어제는 노병 두 사람과 함께 상당히 과음을 하고 말았다. 호방한 두 인물이 잇따라 술잔을 비우는 터라 벨그리프도 분위기에 휩쓸렸던가 강권을 당했던가 기억이 정확하게 나진 않는다만, 상당히 마셨다는 것은 확실하겠다.

톨네라의 사과주라면 같은 양을 마셔도 웬만해서 다음 날까지 술기운이 남진 않는다. 그렇게 생각하면 그라함이 과하게 술이 약한 셈인데, 이쪽은 또 다른 문제니까. 역시 도시의 술은 품질이 높은 만큼 도수도 높은 듯싶었다.

다만 이렇듯 취했다고 술자리까지 재미없었다는 말은 결단코 아니었다. 무예 이야기로 시작하여 일찍이 동료였던 S랭크 모험가들의 이야기, 그리고 안젤린이 올펜에서 벌인 활약 등 화제는 끊이질 않았다. 오히려 이야기에 취해서 과음했다고 말할 수도 있겠다.

옆쪽에는 샤를로테가 똑바로 누워 잠들어 있었다. 뭔가 꿈을 꾸는지 묘하게 행복한 표정으로 흠냐흠냐 잠꼬대를 한다. 그 건너편에 잠들어 있어야 했을 벡은 이미 깨어나서 소파에 걸터앉아 책을 읽고 있었다. 벨그리프는 이마에 손을 가져다 대곤 머리를 흔들었다.

"후유……. 잘 잤니, 벡."

"음……."

벡은 찌푸린 표정으로 얼굴을 들어 올렸다.

"……과음하더군, 아저씨."

"하하, 미안하구나. 살짝 흥이 지나쳤던 것 같아."

벨그리프는 쓴웃음을 지으며 의족을 달고 일어선 뒤 개수대에서 얼굴을 씻었다. 얼마간 속이 상쾌해졌다.

창문 너머는 이미 해가 떠올랐다. 큰길에는 이미 사람이 잔뜩 오가고 있고, 조금 안쪽으로 들어온 위치에 있는 이 하숙집에서도 떠들썩한 소리가 슬슬 들려왔다.

"늦잠을 잤군……. 뭐, 상관없나."

딱히 대낮까지 잔 것도 아니다. 오늘은 도르토스와 대련을 치를 예정이었다만, 가벼운 숙취 때문에라도 연기하는 게 좋지 않을까. 안젤린에게 과음하지 말라고 타일렀던 주제에 자신이 이런 처지여선 낯부끄럽다 싶었기에 벨그리프는 머리를 긁적였다.

벡이 묵묵히 차를 끓여서 탁자에 놓아줬다.

"마셔."

"그래, 고맙다."

"흥……."

벨그리프는 벡의 맞은편에 앉았다. 벡은 얼굴을 찌푸린 채 읽던

책으로 시선을 내려뜨렸다.

"음, 그건 무슨 책이니?"

"……뭐든 어때서."

"재미있나?"

"별로……."

벨그리프는 가볍게 몸을 들어서 탁자 너머로 책을 들여다봤다. 어떤 소설책 같았다.

"안제가 두고 간 책이려나?"

"……쓸데없는 소리, 뭔 상관이야."

"하하, 너무 쌀쌀맞게 굴지 말거라. 게다가 자꾸 미간을 찌푸리면 주름이 안 펴진단다."

벨그리프는 손을 뻗어서 벡의 이마를 쿡 찔렀다. 벡은 불쾌해하며 손을 쳐냈다.

"이러지 마라."

"그래그래. 거참, 까칠하구나, 이 녀석."

벨그리프는 쿡쿡 웃으며 벡의 머리를 톡톡 쓰다듬었다. 벡은 뾰룩 입을 내밀었지만, 결국 가만히 손길을 받아줬다.

"어디 보자, 배고플 테지? 뭘 만들까……."

"없어, 아무것도. 시장을 아예 안 갔다 왔잖아."

아차, 깜빡했군. 벨그리프는 뒤늦게 깨달았다.

어제는 길드에 갔다 돌아오는 길에 시장도 들를 예정이었는데, 어찌어찌 갑자기 대련을 벌인 데다가 이후에는 주점에 붙잡혀 있었던 터라 장을 볼 짬이 없었다.

외식만 하면 안 좋을 텐데. 그러나 어쩔 수 없다. 식사를 먹으러 나가서 겸사겸사 시장에도 들렀다 오자.

벨그리프는 침대에 누워 있는 샤를로테를 깨웠다.

"샤르, 일어나렴. 아침이란다."

"음냐……."

샤를로테는 입을 우물우물하며 발라당 몸을 뒤척였다. 후아후아, 베개에 얼굴을 파묻는다.

"냐아……."

"어서, 벌써 해가 다 떠올랐어."

벨그리프는 쓴웃음 짓고는 샤를로테의 겨드랑이에 손을 집어넣어서 안아 들었다. 어젯밤 술자리에 같이 참석해서 밤늦게까지 깨어 있었던 샤를로테는 아직껏 졸린 기색이다. 일찍 재워주지 못해서 미안했지만, 이렇게 대낮까지 자게 놓아뒀다간 낮밤이 바뀌어 버린다.

바닥에 내려놓아주자 샤를로테는 눈을 비비며 멍한 얼굴로 벨그리프를 올려다봤다.

"……안녕히이, 주무셨어요…… 아버니임."

"응, 잘 잤니. 미안하구나, 그래도 너무 많이 자면 밤에 고생한단다."

"으응……."

샤를로테는 아장아장 걸어서 벨그리프를 꼭 끌어안았다. 아직껏 꾸벅꾸벅 졸고 있었다.

벨그리프는 샤를로테를 안아 들고는 개수대까지 데려다줬다. 샤를로테는 좌우로 살짝살짝 흔들거리며 얼굴을 씻었다.

샤를로테가 갈아입을 옷을 꺼내주면서 벨그리프는 머릿속에 오늘 예정을 정리했다.

일단 길드에 가서 도르토스와 대련 이야기를 나누자. 몸 상태가 온전하지 않다고 설명한 저녁때나 혹은 이튿날로 미루자고 말해야겠다. 그러곤 어딘가에서 아침 겸 점심 식사를 먹은 뒤 다음은 시장이다. 자취에 필요한 식자재는 두루 갖춰 놓아야 한다. 밭에 나가서 뭐든 가져올 수 있는 톨네라와 사정이 다르니까.

채비하면서 어젯밤 대화를 떠올렸다.

도르토스와 체보르그는 『패왕검』 퍼시벌을 기억하고 있었다. 다만 제도로 떠난 뒤 S랭크가 된 카심이며 그 이전에 행방을 감춘 사티의 소식은 잘 알지 못했다. 두 노인의 이야기에 따르면 퍼시벌은 붙임성이 별로 안 좋았기에 교류 자체가 거의 없었다. 무엇인가 목적이 있어 의뢰에 몰두하며 여기저기 던전 따위를 정력적으로 돌아다녔다고 한다. 항상 무표정일 뿐 웃는 모습을 보인 적이 없어서 여느 사람은 접근하기 어려워하는 분위기를 풍겼다던가.

"……쾌활하고 자주 웃는 녀석이었는데."

말없이 사라지기로 했던 제 결정은 어떤 가시가 되어 친구의 마음속 깊숙하게 박혀버렸던 것이 아닌가 싶어 새삼 후회가 벨그리프의 가슴을 쿡 찔렀다. 자기 자신만 괴롭다고 생각했지만, 사실은 동료들도 비슷하게 괴로웠던 것이 아니었을까.

벨그리프는 거하게 숨을 내쉬었다.

"결국은, 될 대로 되었겠지만……."

달리 더 좋은 방법은 없었던 걸까. 젊었기에 사려가 부족했었던 자신이 몹시도 큰 잘못을 저질렀던 것 같아 벨그리프는 가슴이 먹먹했다.

그러나 마냥 과거에 사로잡혀서 후회만 할 수도 없었다. 어느 누구든 간에 과거에서 살아가기는 불가능하잖은가. 떨쳐버리지도 못하겠다면 짊어지고 나아갈 수밖에 없다.

얼굴을 씻고 옷을 갈아입은 샤를로테가 벨그리프의 손을 잡았다.

"에헤헤, 잠 깼어. 아버님, 가자!"

"그래, 가야지. 벡, 나가자꾸나."

"언니는 지금쯤 어떻게 지내고 있을까? 분명히 예쁜 드레스를 입고 있을 것 같아. 언니는 예쁘니까 분명히 잘 어울릴 거야!"

"그러게나 말이다……. 안제의 드레스 차림이라."

그러고 보니 안젤린에게 치장하기 위한 의복 종류를 한 벌도 사준 기억이 없다. 나쁜 아버지였구나. 벨그리프는 쓴웃음을 지었다. 비록 톨네라에서는 화려한 옷을 고를 기회가 없었다지만, 남자 혼자서 여자아이를 또래 여자아이처럼 키우기란 역시 어려운 것 같았다. 모험가가 된 이유도 저런 게 간접적 영향을 주었으리란 생각이 자꾸 들었다.

"안제는 어쩌고 있으려나……."

벨그리프는 가만히 중얼거린 뒤 방문을 열었다.

○

“지쳤어. 얼른 돌아가고 싶어라…….”

안젤린은 탁자에 팔꿈치를 짚고 거하게 한숨을 내쉬었다.

드디어 맞이하게 된 무도회 당일, 아침부터 수많은 사람들이 저택을 가득 채우고 있다. 사람들은 모두 다 화려하게 차려입었고 걸음걸이도 반듯해서 자기 자신을 당당하게 뽐내는 것 같았다.

저택의 큰 홀부터 정원까지 전부 무도회 회장으로 꾸며 놓았는데 여기저기 탁자가 놓여 있었고 요리 및 술이 차려진 데다 유랑민들과 비교도 되지 않는 대규모 악단이 연주를 했다.

훈장 수여까지 방에 틀어박혀서 숨죽이며 버티려 했던 안젤린은 아침부터 몰려든 메이드들에게 떠밀려서 목욕을 마친 뒤 다시 드레스를 차려입어야 했고, 머리 모양을 다듬어야 했고, 심지어 화장까지 받아야 했다. 평소에 전혀 화장을 한 적도 없었던 안젤린은 얼굴에 뭔가 바르는 감각 자체가 차마 익숙해지지를 않아서 무의식중에 손바닥과 손등을 뻗어 만져보려다가 메이드에게 거듭거듭 제지당했다.

그게 전부라면 조금 괜찮았을 텐데, 점심을 지난 이후에 빌라르가 나타나서 안젤린을 끌고 나갔다. 어젯밤 잔뜩 툴툴댔던 녀석이 무슨 이유인지 하룻밤 지난 오늘은 기분이 꽤나 좋아졌다. 본인이 불러들이기로 제안했던 모험가가 이토록 아름답게 변모했다는 것은 충분히 자랑거리가 된다고 생각을 고쳐먹었는지 안젤린을 잡아끌면서 온갖 귀족에게 일일이 자랑을 하며 다녔다.

그런 인사를 되풀이한 탓에 무척 지쳤던 안젤린도 이제 회장의 구석 쪽 의자에서 걸터앉아서 쉬고 있었다. 여전히 메이드처럼 꾸며서 입은 길메냐가 와인을 들고 오더니 병을 기울여 유리잔에 와인을 따라줬다.

"고생 많구나, 후후후."

"길 씨……. 귀족, 귀찮아……."

"그야 그렇지, 뭐. 그나저나 인사하는 자세가 꽤 품위 있더라. 기특해, 기특해."

"그런 거 기쁘지 않아……."

안젤린은 와인잔을 받아 들고는 한 모금 마셨다.

빌라르가 소개할 때마다 안젤린은 배웠던 대로 치맛자락을 잡아 들고는 단아하게 인사를 올렸다. 남자들은 아리따운 자태에 시선을 빼앗겨서 안젤린에게 댄스 파트너를 신청했다가 거절당했고, 영애들은 꽤나 심기가 불편했는지 흥 코웃음만 쳤다. 저런 사람들을 연달아 상대하면 몹시 피곤해진다.

간신히 도망쳐서 지금은 이렇듯 살짝 떨어져서 무도회장을 지켜보고 있다.

악단의 음악은 아름답지만, 유랑민들의 연주처럼 리듬이 흥겹지는 않다. 이래서는 춤도 못 추겠다고 안젤린은 생각했다. 어린 시절에 톨네라에서 지낼 때에는 가을 수확제 같은 행사에서 유랑민들의 박자감 있고 흥겨운 음악에 맞춰 이리저리 뛰어다녔었다. 벨그리프는 의족 때문에 춤이 서툴렀는데, 억지로 끌고 나가서 춤추면 난처해하는 표정으로 웃음 지었던 기억이 떠오른다. 그럼에도 아버지와 춤추거나 팔에 축 매달리면 무척 즐거웠다.

옛날 생각에 잠겨서 힘을 쭉 빼고 있던 때 「안제!」라고 쾌활한 목소리가 들렸다.

"아…… 리제구나."

리젤로테가 희색을 띠고 달려와서 안젤린의 팔을 잡았다.

"왜 그래? 되게 피곤해 보이는데."

"응, 조금……. 이런 곳은 안 익숙하거든."

"정말? S랭크 모험가니까 이런 자리도 거뜬할 줄 알았는데."

"그렇지 않아……. S랭크든 귀족이든 인간인걸."

안젤린은 살짝 웃고는 리젤로테를 쓰다듬어줬다.

또 자박자박 작은 발소리가 들렸다. 리젤로테와 동갑이거나 살짝 연하인 듯한 여자아이가 서넛 다가왔다.

"어휴, 리제 님도 참. 혼자서 막 달려가면 싫어요!"

"어머, 미안해! 봐, 이쪽이 안젤린이야! 마왕을 해치운 엄청 실력 있는 모험가야."

리젤로테가 말하자 여자아이들은 와아 환성을 터뜨리며 안젤린을 둘러쌌다.

"굉장해라! 이렇게 미인인데 마왕을 해치웠구나!"

"어떻게 해치웠어? 검? 창?"

"음……. 무기는, 검을 써. 지금은 안 갖고 왔지만."

"와아, 게다가 피부는 매끈매끈해! 화장수를 쓴 거야?"

"아니……. 아무것도 안 쓰는데."

"정말로? 말도 안 돼!"

"모험가가 되면 피부가 예뻐지는 걸까?"

"부럽다, 나는 주근깨가 줄곧 안 없어진단 말이야."

"……괜찮아, 이대로 봐도 무척 귀여운걸."

"있잖아, 안제! 또 이야기를 들려줘! 늪지의 아룡과 싸워서 어떻게 됐어?"

안젤린은 쓴웃음 지으면서도 호기심에 눈을 반짝거리는 소녀들에게 이야기를 들려줬다. 똑같이 시달려도 이런 아이들은 마음이 지치지 않아서 좋다.

귀족이 다들 이렇게 천진난만하면 좋겠다고 잠깐 아쉬워하다가 문득 빌라르, 프랑수아, 페르난도가 소녀들처럼 눈을 반짝이는 광경이 상상되었기에 떨떠름한 표정을 지었다.

"……좀 많이 징그러운데."

세상은 정말 쉽지가 않구나, 새삼 안젤린은 절감했다.

이야기를 나누던 도중 인파의 저편에서 「리제!」 외치며 누군가가 다가왔다. 리젤로테의 혼약자라는 오즈왈드였다.

"어디에 있나 찾아다녔잖아. 이런 곳에서 뭘……."

오즈왈드는 말을 꺼내다 말고 안젤린을 보고는 놀라서 숨을 죽였다. 어제는 드레스 차림에 머리 모양만 다듬었지만, 오늘은 화장까지 한 터라 더욱더 아름답게 보인 듯싶다.

안젤린은 고개를 살짝 갸웃거렸다만, 곧 퍼뜩 놀라 일어선 다음 살며시 인사를 올렸다.

"반갑습니다……."

"그, 그래……."

시선을 못 맞추고 당황하는 오즈왈드의 팔에 뺨을 부풀린 리젤로테가 안겨 들었다.

"에잇, 오지는 나빠! 아무리 안제가 미인이어도 바람은 안 돼!"

"아, 아니야. 나는 너한테 일편단심이야, 리제……."

오즈왈드는 쓴웃음 짓고 리젤로테를 쓰다듬었다. 소녀들은 쿡쿡 웃으며 서로를 손가락으로 찔러 댔다. 아직 소녀일지라도 이런 화제는 좋아하는 법이다. 오즈왈드가 반해준다고 전혀 기쁠 리 없는 안젤린은 아연실색했다만.

리젤로테가 이야기를 더 듣고 싶어 한지라 오즈왈드도 동석했다. 안젤린은 와인을 마시면서 계속 모험담을 천천히 얘기해줬고, 소녀들은 물론 도중부터는 오즈왈드도 이야기에 홀딱 빠져 귀를 기울였다. 귀족이래도 모험을 동경하는 마음이 전혀 없지도 않은 듯싶다.

"……굉장하구나. 모험가라는 게 예상 이상으로……."

깊이 감동한 모습의 오즈왈드에게 안젤린은 야유를 담아서 웃어 보였다.

"귀족님께 굉장하다는 말을 듣는 게 영광이…… 맞죠?"

"……기분 나빠하지 마. 나 같은 말단 귀족은 하다못해 귀족의 긍지라도 내세워야 겨우 버틸 수 있거든."

오즈왈드는 눈을 내리깔고 탄식했다. 리젤로테가 쿡쿡 웃었다.

"어유, 내 서방님이 될 사람이니까 자꾸 나약한 말 하지 마!"

"그, 그래. 미안해, 리제……."

뭔가 앞날이 내다보이는 것 같다, 안젤린은 흐뭇하게 미소 지었다.

불현듯 저쪽에서 환성이 터져 나오더니 곡조가 바뀌었다. 낭랑하고 힘 있는 여성의 목소리가 들려온다. 이제껏 연주를 시큰둥하게 듣고 있었던 안젤린도 저 노랫소리에는 저절로 마음이 뒤흔들렸다.

소녀들 중 한 명이 눈을 반짝거리며 일어섰다.

"이 노랫소리는……! 칸타 로사가 왔어!"

"와아, 정말이야! 역시 대공님이셔! 리제 님, 어서 가봐요!"

소녀들이 달려갔고 리젤로테도 일어섰다.

"오지, 이번에는 나 놓치면 안 된다? 안제! 이따가 봐!"

그렇게 말한 뒤 쿡쿡 웃으며 달려가버렸다. 오즈왈드는 허둥지둥 일어나려다가 소녀들이 눈 깜짝할 사이에 인파 사이를 누비고 가는 광경을 보곤 체념했는지 다시 자리에 앉았다.

"……유명한 사람? 이에요?"

"아, 칸타 로사 말이지? 다단 출신인 희대의 여자 가수야. 나도 직접 듣기는 처음인데……. 확실히 굉장하구나. 직접 들을 기회는 무척 귀하다던데, 과연 대공 각하답네."

"음."

두 사람은 잠시 말없이 들려오는 노랫소리에 귀를 기울였다. 이런 수준이면 확실히 가까이 다가가서 듣고 싶어진다. 다만 섣불리 움직였다가 이래저래 또 시달리게 될 것 같아서 안젤린은 결국 내내 앉아 있었다.

"저기요……. 너는 리제를 좋아해서 혼약한 거지…… 거죠?"

"너, 존댓말이 뭔가 이상하잖아. 물론 사랑하고말고."

"그렇구나. 그러면 됐어……."

"정략적이라는 생각이라도 했나?"

오즈왈드는 뚱한 얼굴로 말했다. 기껏해야 안젤린과 동갑이거나 한 살쯤 연하로 짐작되는 이 남자는 저런 표정을 지으면 아직 소년다운 앳된 면모가 남아 있었다.

안젤린은 어깨를 으쓱거렸다.

"나는 귀족을 잘 모르니까……."

"그런가. 그렇겠지……. 뭐, 정략적이라는 말을 완전히 부정할 순 없겠군. 우리 가문은 영지도 없는 관료 귀족이라서 리제와 맺은 혼약에 온 집안이 들끓었던 것도 사실이야."

"……단순히 아들의 결혼을 기뻐하는 게 아니라? 아니라요?"

"하핫, 너는 순진한 사람이구나. 정말 귀족을 전혀 몰랐어."

"응. 관심도 없거든요."

"그런 소리는 존댓말 써도 의미가 없잖아……."

오즈왈드는 어이없어하며 웃음 짓고는 탁자 위 와인병을 쳐다보다가 방금 전 전부 마셔버렸음을 깨닫고 근처에 있던 시종을 불러 세웠다. 와인잔을 둘 들어서 하나는 안젤린에게 권해줬다.

"고마워…… 고맙습니다. 그나저나 넌 어쩐지 거들먹거리질 않네."

"천성이거든. 그러니까 리제와 마음이 잘 맞기도 하고."

"……나한테 넋을 잃었던 주제에?"

"그야 아름다움에 넋을 잃는 것은 인간의 본성이니까. 그래도 내가 사랑하는 사람은 리제뿐이야. 연약하고 귀여운 아이지. 그런데도 더없이 천진난만하고…… 한결같이 나를 좋아해주는걸."

오즈왈드는 황홀에 빠진 표정으로 중얼거렸다.

아하, 안젤린은 납득했다. 어제 정원에서 만났을 때는 이상하게 위세 부리고 거만하게 굴더니만, 이쪽이 진짜 본모습이었구나. 술기운이 제법 감도는 지금 상태도 본성을 드러내는 데 자극을 주는 것 같았다.

오즈왈드는 와인을 마시고 쿡쿡 웃었다.

"모험가는 마수와 피범벅이 되어 싸우지. 어떤 의미론 알기가 쉬워."

"별로 싸우는 게 전부는 아닌데. 아닌데요."

"하하, 맞는 말이야. 다만, 있잖아, 피범벅이 되는 게 모험가뿐은 아니거든? 귀족은 귀족끼리 피범벅이라고. 경우에 따라서는 가족끼리도 말이야."

"……리제의 오라버니들 얘기?"

오즈왈드는 실룩, 눈살을 움직였다.

"날카롭군……. 다만 역부족이야. 빌라르 형님은 어쨌든 간에 페르난도 형님이나 프랑수아 형님은 당할 자신이 없어. 나 역시 내가 바보가 아닐까 생각은 들지만 말야."

"……가족은 사이좋게 지내는 게 맞아."

"맞아, 맞는 말이지. 다만, 귀족이란 족속은."

더 나아가 말 잇는 오즈왈드의 뺨을 안젤린이 두 손으로 붙들었다.

"안 돼. 네가 형님들과 권력 다툼이나 벌이면 가장 슬퍼할 사람은 리제잖아. 너는 리제가 소중하다며? 소중한 사람은 소중하게 아껴줘야지……. 절대로 안 돼."

"끄응……."

오즈왈드는 살짝 뺨을 붉히며 눈만 여기저기로 움직였다. 안젤린은 손을 놓았다.

"너는 뭐가 소중해? 가문? 권력? 욕망?"

"아니……."

"거봐……. 제일 사랑하는 혼약자 곁으로 가."

"……리제."

오즈왈드는 비틀비틀 일어서더니 춤추는 인파 속으로 사라져 갔다.

안젤린은 숨을 내쉬고 의자 등받이에 몸을 기댔다.

"왜 이리 귀찮은 거야, 귀족은……."

"정말 동감이야."

"와앗!"

안젤린은 놀라서 뒤돌아봤다. 길메냐가 서 있었다. 아, 맞다. 처음에 와인을 줬을 때부터 줄곧 있었겠구나. 안젤린은 가슴을 쓸어내렸다.

"기척 좀 지우지 마……"

"방금 훈계는 꽤 괜찮았어. 어쩌면 안제가 머지않아서 대공가에 분명히 들이닥쳤을 암운을 하나 걷어 낸 게 아닐까? 후후후."

"호들갑이야……."

안젤린은 한숨 쉬고는 탁자에 팔꿈치를 짚었다.

노래는 멎었지만 악단의 음악은 아직껏 울려 퍼지고 있다. 점점 해가 기울어져서 붉은색이 짙어짐에 따라 그림자도 조금조금씩 길어지고 있었다. 서훈 식전은 아직일까.

그때 날씬하게 키가 큰 인영이 나타났다.

"안녕, 심심한가 봐?"

또 댄스 신청인가, 안젤린은 지긋지긋한 기분으로 얼굴을 들어 올렸다. 그러고는 눈이 살짝 커졌다.

20대 중반쯤 되는 남자였는데 놀랍도록 미남이다. 노란색이 강한 금발을 깔끔하게 정돈했고, 중성적인 용모의 콧날은 오뚝하며 눈매는 다정한 반면 안광은 형형하다. 순백색 옷이 이토록 잘 어울리는 남자도 드물 것이다. 아름다움에 넋을 잃는 것은 인간의 본성이라던 오즈왈드의 말이 떠올라서 괜스레 분했다.

남자는 생긋 미소 짓더니 안젤린의 손을 잡았다.

“그대처럼 아름다운 사람이 이런 곳에서 풀 죽어 있는 모습은 마음에 안 들어. 같이 춤추겠어?”

“아니요, 저기…….”

“어서, 나가자. 내가 리드해줄게.”

“자, 잠깐…….”

분명 강권인데도 남자의 태도가 너무 자연스럽기에 안젤린은 얼떨떨하게 일어서서 손을 붙잡혔고 곧이어 어깨까지 내어줬다. 그렇게 익숙하지 않은 스텝을 밟는 처지가 됐다.

뿌리치고 싶어도 타이밍을 놓친 까닭에 안젤린은 아등바등 남자의 스텝에 맞춰 다리를 움직였다. 남자는 시원스러운 미소를 머금은 채 애먹는 안젤린을 보고 있었다.

안젤린은 다리 방향만 보고 있었지만, 때때로 얼굴을 들어 올릴 때마다 남자와 눈이 마주치는지라 도무지 불편해서 견딜 수가 없었다. 그럼에도 가만히 당해주기에는 오기가 나서 어떻게든 움직임에 맞춰 따라갔고, 점점 더 제대로 된 춤의 모양이 났다. 안젤린의 서투른 솜씨를 남자가 멋지게 감싸줬다.

깨달았을 때는 무도회장의 한가운데까지 와 있었다.

수려한 남자와 아름답게 치장한 안젤린의 조합은 어쩔 수 없이 이목을 집중시키는 터라 주위의 사람들이 춤추는 두 사람은 바라보면서 탄성을 터뜨렸다.

“이리도 아름다울 수가…….”

“저 흑발 아가씨, 춤이 익숙하지 않은 듯하군…….”

"그래도 뭔가 야성적이라 신비로운 매력이 있어."

"그나저나, 저 남자분……. 어디에서 봤더라."

얼마 후 악단의 음악이 멎었다. 안젤린은 다리를 멈추고 안심해서 숨을 쉬었다. 남자는 생긋 웃고는 안젤린의 어깨를 토닥거렸다.

"멋진 시간이었어."

"네에……."

나한테는 완전 민폐였거든. 안젤린은 살짝 기분 나빠하며 입을 삐죽거렸다.

그때 페르난도가 웃음을 터뜨리면서 다가왔다.

"하하핫, 훌륭하십니다! 잠시 안 보이시더니 빈틈없이 귀빈을 딱 골라 붙잡으셨군요!"

"왔는가, 경. 그래, 멋진 여인이었어. 나를 상대로 전혀 알랑거리지 않는 게 좋더군. 추파를 던지는 여자들보다 훨씬 더 매력적이야."

금발 남자는 그렇게 말한 뒤 안젤린에게 웃음 지었다.

"마음에 드는군. 이름은 어떻게 되나?"

"……안젤린, 입니다."

안젤린은 퉁명스럽게 인사 올렸다. 페르난도가 유쾌하게 웃고, 금발 남자도 만족스럽게 미소 짓다가 다시 페르난도를 돌아봤다.

"그래, 서훈식은 언제인가?"

"곧 거행됩니다. 지금 자리를 준비하는 와중인지라."

안젤린이 고개를 갸웃거리던 때에 빌라르가 당황한 모습으로 달려왔다.

"저, 저, 저, 전하! 이 녀석이 뭔가 실례라도 저질렀습니까?!"

"아, 반갑네, 빌라르 군. 잠시 댄스의 상대를 부탁했을 뿐이야."

"하, 하하하, 그렇습니까! 도무지 예의를 차릴 줄 모르는 자입니다만, 용모는 더할 나위가 없이 아름답지요. 사실은 이 녀석을 제가 불러들였는데 말입니다."

"빌라르, 실례잖느냐, 자중하거라."

"네, 네엣. 형님……."

자랑을 늘어놓으려던 때에 페르난도에게 훈계를 듣고 빌라르는 마지못한 태도로 물러났다.

안젤린은 수상쩍어하는 표정을 짓고 빌라르에게 말을 붙였다.

"있잖아, 이 사람 누구야? 누구예요?"

"바, 바보 녀석아! 이분께서 누구인지도 몰랐던 건가! 이분은 황제 폐하의 장남, 벤자민 황태자 전하시다! 뭐, 뭐라고 드릴 말씀이 없습니다, 전하! 아무튼 신분이 천한 모험가에 불과한지라!"

"황태자……? 이 사람이?"

벤자민은 생긋 웃고는 안젤린을 바라봤다.

"잘 부탁하지, 안젤린."

"자, 여러분! 곧 식전이 거행되오니 홀에 모여주시게!"

페르난도가 소리 질렀다.

55 홀의 높은 천장에 다수의 샹들리에를

홀의 높은 천장에 다수의 샹들리에를 매달아 놓아서 황휘석의 빛을 반사하는 대리석 바닥이 반짝반짝 빛났다. 거기에 수많은 사람들이 들어와서 술렁술렁 떠들고 있다.

안쪽에는 살짝 바닥을 높게 만들어 둔 장소가 있는데, 그곳에다가 의자를 몇 개 놓아두었고 뒤쪽의 벽면에는 제국 깃발과 공국 깃발이 교차하는 모양새로 걸려 있었다.

중앙 부근에 아마 대공일 듯한 초로의 남자가 앉아 있다. 갈색 머리카락의 틈틈이 이미 하얀 가닥이 섞었고 얼굴 주름은 깊이 파인 데다가 뭔가 병을 앓는지 안색이 살짝 나빠 보였다. 그럼에도 등줄기는 반듯하게 뻗었고 안광은 형형해서 제국의 대공작다운 위엄이 풍겨 나왔다.

그 옆쪽에는 벤자민 황태자가 앉았고, 또 옆쪽에 페르난도, 다시 옆쪽에는 리젤로테가 앉아 있다. 대공을 사이에 둔 반대쪽에는 대공비로 짐작되는 여성이, 옆쪽에 빌라르와 프랑수아가 나란히 앉았다.

안젤린은 단상과 마주하는 우측 내빈석의 한 곳에 안내를 받아 앉았다. 유력 귀족 및 대공가와 인연이 닿은 인물들, 혹은 직접 초대받은 인물이 있는 자리 같았다.

옆에 오즈왈드가 자리를 잡고 앉아 있었다. 제법 술기운이 도는 듯 살짝살짝 좌우로 흔들리고 졸려서 눈을 깜빡거리고 있다. 리젤로테의 혼약자일지라도 정식 혼례식을 올린 입장이 아니기 때문에 아직 한 가족으로 나란히 앉을 순 없는 듯싶었다.

안젤린은 멍하니 대공가의 일원들을 바라봤다. 도중에 벤자민과 눈이 맞았다. 벤자민은 시원스럽게 미소 짓고는 윙크했다. 안젤린은 뚱하게 입을 삐죽거리며 눈을 피했다. 확실히 똑바로 쳐다보면 이쪽이 쑥스러워질 만큼 미남이지만, 그런 탓인지 오히려 친근감이 티끌만큼도 솟지 않는다.

"……있잖아, 황태자는 어떤 사람이야?"

안젤린이 조용히 말을 붙이자 오즈왈드는 눈살을 찌푸렸다.

"뒤에 전하라고 경칭을 꼭 붙여야지……. 보다시피 절세의 미남이셔. 그분 아니라 문무에 두루 뛰어나고 카리스마도 있지. 계승 분쟁도 안 일어날 만큼 압도적인 분이야. 페르난도 형님도 대단한 분이지만, 황태자 전하께서는 더욱 몇 단계는 뛰어나시지."

"흐음……. 완벽 초인 같구나."

"동감이야, 세상에는 참 뛰어난 사람이 많아. 그런데 말이야."

오즈왈드는 소리를 낮춰 귓속말했다. 술 냄새가 난다.

"사실 몇 년 전에는 터무니없는 바보였단 말이 돌았어. 실제로 상당히 방탕해서 저 미모로 여자를 잔뜩 거느리고 다니며 돈 씀씀이도 헤펐다더라."

"……그런데 바뀌었다고?"

"맞아. 어느 날 느닷없이 말이야. 지금은 물론 아무도 바보라고 말하는 사람이 없어."

안젤린은 새삼 벤자민을 쳐다봤다. 대공과 뭔가 대화를 나누고 있다. 행동 하나하나가 몹시도 우아하다. 귀족의 정점 비슷한 사람이구나. 안젤린은 묘하게 납득했다.

잠시 후, 장내의 떠들썩한 말소리가 차차 가라앉았을 때 페르난도가 일어섰다.

"여러분, 오늘 이 자리에 모여주셔서 고맙소. 이렇듯 많은 분들의 건승하신 모습을 볼 수 있다는 것 또한 우리의 기쁨이 아니겠소이까. 무도회는 잘들 즐기셨는가? 이토록 많은 분들이 멀리서 애써 걸음을 해주신 덕에 대공가의 위신도 아직껏 건재하다고 자신할 수 있게 되었군."

페르난도는 낭랑하게 울려 퍼지는 목소리와 거침없는 혀로 쾌활하게 인사한 뒤 대공가의 일원들, 그러고 나서 황태자 벤자민을 소개했다. 대공의 장자라는 입장에 맞게 참으로 우아한 행동거지를 보여준다. 목소리와 몸동작의 인상이 바라보는 자에게 친근감을 가져다줬다.

뻔한 비위 맞추기네. 안젤린은 의자에 기대어 앉은 채 숨을 내쉬었다. 이런 잡설을 잔뜩 들으면 졸려서 견딜 수가 없다. 대단한 식전이라는 게 결국은 이런 식인가 싶다.

눈을 반쯤 감고는 꾸벅꾸벅 졸았더니 옆쪽 사람이 팔꿈치로 쿡 찔렀다. 뚱하게 입을 삐죽거리며 돌아보자 오즈왈드가 아닌 여성이 앉아 있었다. 자주색 드레스를 입고 이국적인 매력을 발휘하고 있다.

어라? 고개를 갸웃거리던 안젤린은 곧 눈이 휘둥그레졌다.

"엥……? 길 씨……?"

"어울리니? 후후후."

진짜 귀족처럼 차림새가 싹 바뀐 길메냐는 쿡쿡 웃었다. 안젤린은 기가 막히면서 안심도 되고 아무튼 힘이 쭉 빠졌다.

"오즈왈드는?"

"새근새근 푹 잠들었길래 퇴장을 권해드렸단다, 후후후."

"역시 수완이 좋구나, 길 씨는……."

"어머나, 지금 난 클레멘타인 백작 부인이란다. 이름은 정확하게 불러주려무나."

"으음, 제가 실례를 저질렀습니다……."

안젤린은 쿡쿡 웃었다. 길메냐는 몸을 굽혔다.

"자, 슬슬 서훈식이 열릴 거야. 저기 바보 둘째 도련님이 열심히 설명을 늘어놓은 다음에나 부를 텐데, 차분한 마음으로 천천히 가면 돼."

"……뭔가 일어날 것 같아?"

"글쎄, 확증은 없네. 다만 셋째 도련님이 뭔가 수상하거든. 장남은 보는 바대로 자기 지위가 확실하니까 이제 와서 동생의 공적에 찬물을 끼얹는 짓도 안 할 거란 말이지."

"……굳이 훼방을 놓지 않아도 빌라르는 페르난도를 못 당하니까?"

"정답. 그런데 셋째 도련님은 달라. 서출이라는 걸 신경 써서 어두운 집념이 가슴속에서 불타고 있어. 어머니는 저 사람을 낳을 때 사망했거든. 아마 대공가 자체에 앙심을 품고 있는 것 같더라. 살짝 염세가 기질이 있달까?"

안젤린은 어젯밤 프랑수아와 만난 기억을 떠올리곤 얼굴을 찌푸렸다.

여흥을 준비했다는 둥 의미심장한 말을 꺼냈는데 무슨 수작을 부릴 속셈일까. 뭔가 트집을 잡아 안젤린을 웃음거리로 만들 심산일까? 그렇게 하면 서훈 의견을 낸 빌라르의 체면도 손상된다. 그 결과 집안에서 프랑수아의 발언권이 올라간다는 계산이려나.

번거로운 데다가 너무 좀스럽다. 귀찮아라. 안젤린은 한숨 쉬었다. 염세가 행세하는 데 다른 사람을 끌어들이지 말란 말이야.

길메냐는 살짝 진지한 표정을 짓고 말했다.

"안제. 네가 대공의 면전에 나간 다음은 나도 적극적으로 도와줄 수가 없어. 많이 힘들겠지만 어떤 막말이 쏟아져도 이성을 놓아버리면 안 된다? 아무것도 모르는 귀족님들보다 올펜에 있는 사람들이 너의 장점을 훨씬 잘 알고 있으니까."

"응……. 괜찮아. 고마워, 길 씨."

그렇다. 자기 자신을 잘 알지도 못하는 작자들이 이러쿵저러쿵 막말을 한들 전혀 관심을 주지 않겠다. 고개를 끄덕거리자 길메냐는 생긋 웃고는 안젤린을 쿡쿡 찔렀다.

"백작 부인이라니까?"

"아, 맞다……."

그렇게 둘이서 같이 남몰래 소리를 낮춰 웃었다.

점점 더 바깥은 해가 한쪽으로 기울어졌기에 밝은 홀 안쪽에 있는 만큼 정원이 몹시 어두워 보였다. 고용인들이 여기저기에 램프 및 황휘석 조명을 늘어놓았다.

이윽고 인사말이 대강 끝났다. 페르난도가 답례 인사를 올린 뒤 안젤린이 있는 방향을 힐끗 쳐다봤다. 안젤린은 가슴이 덜컥 뛰어서 자세를 살짝 바로잡았다. 페르난도는 생긋 미소 짓고는 전방을 바라보면서 입을 열었다.

"자, 다음으로, 오늘은 귀한 손님을 모셨다네. 많은 영웅이 있다지만, 마왕을 토벌하여 명성을 높인 인물은 많지 않은 법. 뭐, 여기부터는 동생 빌라르에게 설명을 부탁하도록 하지."

페르난도가 쓱 몸을 빼내자 빌라르가 빠른 걸음으로 앞쪽에 나와서 섰다. 페르난도와 달리 수다를 떠는 듯 조잘조잘 떠들어 댄다. 말하는 모습에 도무지 위엄도 뭣도 없을뿐더러 여유를 갖지 못하는 자기 속내까지 뻔히 드러내는지라 듣는 사람이 조마조마할 정도였다. 안젤린은 기가 막혀서 팔짱을 꼈다.

"정말 못쓰겠네, 저 녀석……."

"그런 식으로 말하면 못써. 저래 보여도 열심히 연설하는 거니까. 후후후."

길메냐와 얼굴을 가까이 대고 엷게 웃음을 짓던 때 빌라르가 이쪽을 쳐다봤다.

"그럼 당사자를 직접 모시도록 하지. 이봐, 안젤린!"

안젤린은 곁눈질로 휙 길메냐를 바라봤다. 길메냐는 살짝 웃고는 가만히 손바닥으로 안젤린의 등을 토닥였다.

"힘내."

"응."

안젤린은 쓱 일어나서 어제 연습한 대로 사뿐사뿐 걸음을 뗐다. 제법 자세가 잡힌 걸음걸이였기에 객석의 귀족들 사이에서 탄성이 새어 나왔다.

빌라르는 자랑스러워하며 가슴을 펴고 홀을 둘러봤다.

"다들 보셨는가! 이토록 아름다운 『흑발의 여검사』 안젤린의 자태를! 가련한 용모를 지녔음에도 불구하고 마왕을 처단할 만큼 뛰어난 실력! 그야말로 훈장을 수여받기에 적합한 영웅이다!"

안젤린은 묵묵히 꾸벅 머리를 숙였다. 너나없이 객석에서 박수가 쏟아졌다.

단상 한쪽에서 기쁜 표정을 지은 리젤로테가 안젤린을 향하여 살짝 손을 흔들었다. 안젤린은 살짝 웃음 지으며 대답해주고, 그다음 치맛자락을 들어 올리며 대공을 향해 정중하게 인사를 올렸다.

공국의 지배자이자 제국의 대귀족인 초로의 남성은 형형한 안광으로 안젤린을 빤히 쳐다보고 있었다. 멀리서는 굳센 사람으로도 보였지만, 막상 가까이에서 대면하자 어쩐지 신기하게도 서글픈 인상을 받았다. 너무 지나치게 고귀한 까닭이었을까, 묘한 고독감이 저 남자를 둘러싸고 있는 느낌이다.

빌라르에게 재촉받아서 안젤린은 대공에게 한 걸음 가까이 다가갔다.

"자, 아버님! 모쪼록 이 영웅에게 걸맞은 훈장을 하사하여주십시오!"

대공이 고개를 끄덕이고 일어서려던 때 다른 목소리가 울려 퍼졌다.

"잠시 기다려주십시오."

빌라르가 흠칫하는 표정을 짓고 목소리가 들린 방향을 돌아봤다. 그러고는 곧장 분노에 젖어 얼굴을 붉게 물들였다.

"프랑수아, 물러나라! 아버님…… 대공 각하의 어전이다!"

"형님, 큰 목소리로 외칠 일도 아니잖습니까."

프랑수아는 태연한 표정으로 쿡쿡 웃었다. 페르난도도 살짝 얼굴을 찌푸리며 조용히, 그러나 책망하는 어조로 말했다.

"프랑수아. 식전의 진행을 방해했구나. 까닭이 있어 저지른 행동일 테지?"

"물론입니다."

프랑수아는 뚜벅뚜벅 한가운데로 가까이 걸어왔다.

"이 여인이 마왕을 처단했다는군. 오호라, 과연 훌륭한 공적입니다. 진짜 사실이라면 말입니다만."

"뭐라고! 네놈! 이 녀석이 거짓말이라도 했단 말이냐!"

빌라르가 화내며 프랑수아를 추궁한다. 그러나 프랑수아는 천연덕스러운 얼굴로 빌라르에게 대응했다.

"그 부분을 확인하고 싶은 겁니다. 듣자 하니까 이 여인이 마왕을 토벌했다는 시기는 1년도 이전이더군요. 이야기가 왜곡되어 퍼져 나갔다 한들 무엇이 이상하겠습니까. 모험가란 매사에 과장하여 떠벌리기를 즐기는 족속들인 데야."

그렇게 말한 뒤 프랑수아는 안젤린을 바라봤다. 안젤린은 묵묵히 프랑수아를 마주 바라봤다.

확실히 모험가 가운데는 의뢰 및 명성을 획득하기 위해 자신의 공적을 과대하게 선전하는 인물도 아주 없지는 않다. 보르도의 주점에서 대뜸 시비를 붙인 「신뢰(迅雷)」를 자칭했던 양아치 모험가가 좋은 사례다.

그러나 고위 랭크의 모험가는 진짜 실력이 없으면 도달할 수 없는 지위다. 이미 S랭크인 안젤린이 그런 헛짓을 할 의미도 이유도 없다. 프랑수아 역시 모르지는 않을 테지만, 아마도 뻔히 알면서 트집을 잡으려는 속셈이겠다.

객석의 귀족 다수가 본래 모험가를 얕잡아 보는 부류였는지 프랑수아의 말에 동조하며 술렁거리는 인물도 많았다.

빌라르가 조금 당황하며 입을 열었다.

"웃기는 소리 마라! 나는 철저하게 조사를 마친 뒤 이 녀석을 불러들였다! 트집을 잡아 내 얼굴에 먹칠을 할 작정인가?!"

"형님, 진정하십시오. 딱히 전 거짓말이니까 중단하란 말을 한 것이 아닙니다. 사실인가 아닌가 확인하고 싶다고 말했을 뿐입니다."

프랑수아는 그렇게 말한 뒤 다시 객석을 바라봤다.

"모험가의 토벌담을 무작정 믿을 순 없지. 실증을 거치는 것이 사리에 맞지 않겠는가? 그래, 실제 솜씨를 보고 확인하는 게 가장 간단하고 빠른 방법일 테지. 그러나 어지간한 상대여서는 마왕을 처단했다는 인물에게 힘이 충분치 않을 겁니다. 따라서 저는 실력을 확인하는 데 적당한 인물을 데려왔습니다. 여러분도 알고 계실 테지요? 제국을 습격했던 악몽, 『허공의 주인』을 토벌한 영웅, 『천개 파괴자』의 이름을."

객석이 술렁거렸다.

철컥철컥 갑옷 맞부딪치는 소리가 났다. 리젤로테가 「앗!」 외쳤다.

안젤린이 눈을 돌렸더니 병사들에게 끌려서 카심이 비틀비틀 걸어오는 광경이 보였다. 구깃구깃한 셔츠와 바지, 거기에 중절모, 여전히 꾀죄죄한 차림새였다.

샌들로 착착 소리를 내며 다가온 카심은 안젤린을 보고 히죽 웃었다.

"여어, 또 만나는군."

빌라르가 우스워하며 코웃음 쳤다.

"이 부랑자가 『천개 파괴자』라고? 하핫, 고약하구나, 프랑수아! 굳이 망언까지 늘어놓아서 내 평판을 깎아내리고 싶단 말이냐!"

프랑수아는 빌라르의 말을 무시한 채 병사들에게 눈짓했다. 카심을 호송하던 병사들이 느닷없이 검을 뽑아 들더니 양 측면에서 공격을 가했다. 객석에서 비명이 터져 나왔고, 벌떡 일어서는 인물들도 있었다.

그러나 병사들의 검은 카심을 가격하기 전에 공중에서 멈춰 있었다. 병사들은 진땀을 흘리며 꽉꽉 힘주는 기색이었지만, 멈춘 위치에서 검은 조금도 움직이지 않았다.

카심은 귀찮다는 듯이 손가락을 휘둘렀다. 그러자 병사들이 갑자기 허공에 떠올라서 빙글빙글 몇 번이나 회전하다가 바닥에 털썩 떨어졌다. 병사들은 눈이 빙빙 돌아가는지라 일어서지 못하고 신음했다.

카심은 탄식했다.

"쓸데없는 짓 하지 말라고……."

"준비 운동이라네."

프랑수아가 히죽 웃었다. 빌라르는 얼굴을 실룩거리며 소리쳤다.

"헛수작 마라! 이딴! 이따위 촌극으로 진짜 『천개 파괴자』를 알아볼 수 있겠는가!"

"그럼요, 동감합니다. 이제부터 진짜 증거를 보여드리지요. 『허공의 주인』을 처단했다는 대마법, 『하르트 란가의 창』을 말입니다……. 시작해라."

카심은 귀찮다는 듯이 머리를 긁적이다가 곧 손을 공중에 뻗어서 손가락을 돌렸다.

『손가락 끝에서 힘은 이어지리라. 실은 엮여서 끈이 되고, 저 멀리 멍에의 턱을 부수리라』

그러자 공간이 마치 일그러진 것처럼 흔들거리더니 점점 더 소용돌이를 치기 시작했다. 마치 회오리바람처럼 중심이 카심의 손가락으로 뻗어 나가면서 점점 더 원추형으로 형태가 가다듬어졌다. 강한 바람이 커튼을 흔들었고, 객석의 귀족들은 놀라서 허둥지둥했다.

카심은 절레절레 고개를 가로저으며 프랑수아를 쳐다봤다.

"날려도 되나? 천장이 싹 날아갈 텐데?"

"잠시 기다리게. 자, 어떻습니까? 형님."

빌라르는 입을 딱 벌린 채 아무 대답도 못하는 형편이었다. 페르난도가 절레절레 고개를 흔들었다.

"알았다, 프랑수아. 『천개 파괴자』 군, 홀이 부서지면 곤란하다네. 자네가 진짜인 줄은 충분히 알았으니 창을 거둬주게나."

카심은 손을 내려뜨렸다. 그러자 마치 아무것도 없었던 것처럼 마력의 소용돌이도 마구 불어닥치던 바람도 멎어버렸다. 사람들은 꿈이라도 꾼 것처럼 어안이 벙벙한 얼굴이었다.

그때 유쾌한 웃음소리가 울려 퍼졌다. 황태자 벤자민이 웃고 있었다.

"이것 참 재미있군! 후후, 사실은 나도 말일세. 이토록 아름다운 아가씨가 진정 마왕이란 강적을 처단할 수 있는가 궁금했다네! 실력을 견식할 수 있다면 직접 관람하고 싶군!"

이때를 기다렸다는 듯이 프랑수아는 웃었다.

"이렇듯 전하께서도 동의해주시는군! 자, 『흑발의 여검사』. 그대의 실력을 보여줄 좋은 기회다. 힘껏 발버둥질해보게나."

프랑수아가 채근하자 병사장이 걸어와서 안젤린에게 검을 내밀었다.

안젤린은 아무 대답도 않고 서 있었다.

저열한 촌극이라는 생각만 든다. 이런 수작질에 도대체 무슨 의미가 있을까.

자신이 모험가로 싸워왔었던 이유는 귀족에게 즐거움을 주기 위함이 아님은 물론이거니와 제 힘을 과시하기 위함도 아니었다. 벨그리프의 말대로 힘없는 사람들을 지키고, 동료들과 웃으며 지낼 수 있도록 강해졌다. 그래서 벨그리프도 칭찬해줬다. 그것이 자신의 긍지이기도 하다. 지금 이 자리에서 구경거리 취급을 당한다는 것이 저 모든 사람들에 대한 모욕처럼 여겨졌다.

배 속 깊숙한 곳이 뜨거워졌다.

프랑수아가 의아한 표정을 짓고 물었다.

"뭔가? 겁먹었나? 마왕 살해자라는 명성도 결국 허풍이었던가?"

"받아라."

병사장이 조소를 띠고 안젤린에게 검을 떠넘겼다.

안젤린을 눈썹을 치켜올리며 검을 잡았다. 순간, 단숨에 빼어드는 듯 여겨졌지만, 안젤린은 칼집에서 검을 뽑는 대신에 바닥에 집어 던져서 내동댕이쳤다.

"필요 없어!!"

투기를 온몸으로 발산하며 안젤린은 쿵, 세차게 발을 굴렀다. 공기가 진동하며 구두 굽이 대리석 바닥에 균열을 만들었다. 병사장은 무의식중에 몸을 젖히며 뒷걸음쳤고, 카심을 제외한 모든 사람이 경악하여 눈이 휘둥그레지고 숨을 죽였다.

번뜩, 프랑수아를 노려본다. 프랑수아는 무심코 몸을 움츠렸지만, 애써 꼿꼿하게 버티고 서며 입을 한일자로 꾹 다물곤 안젤린을 마주 노려봤다. 그러나 이미 위축되어 입가가 떨리고 있다.

"네년……!"

"잘 들어라! 내 검은 여흥을 위한 검이 아니다! 힘없는 사람들을 지키고 악한 마수를 퇴치하기 위한 검이다!"

안젤린은 황태자 및 대공이 있는 방향도 일별한 뒤 다시 소리 높였다.

"모험가에게도 긍지가 있어! 검을 쥐어서 목숨을 건 자의 긍지다! 귀족의 긍지가 평민을 이끄는 데 있다면 모험가의 긍지는 평민을 돕는 데 있다! 그 힘을 구경거리로 내보이란 말인가! 이따위 권력 다툼의 촌극에 무슨 의미가 있지!"

주먹을 휘둘렀다. 공기가 베여 갈라지고 바람이 말려 올라가는 것 같았다.

"가짜라고! 겁쟁이라고 비웃고 싶거든 제멋대로 웃어젖혀라! 마왕 토벌이 진짜이든 가짜이든 나는 아무런 흥미도 없어! 이따위 구경거리가 되어 받아야 하는 훈장에 무슨 영예가 있다는 거야! 준대도 내가 사절하겠어! 귀족이면 더 높은 긍지를 좇아 행동할 줄 알란 말이야!!"

고요하게 장내가 얼어붙었다. 프랑수아는 이를 악물며 덜덜 떨었다. 빌라르도 몹시 당황하며 안젤린과 대공을 번갈아 쳐다본다. 카심만 홀로 유쾌하다는 듯이 껄껄 웃고 있었다.

또각, 지팡이를 짚고 대공이 일어섰다. 페르난도가 퍼뜩 놀라며 곁에 다가가서 어깨를 부축해줬다.

"……옳은 말이구나."

잔뜩 쉰 목소리, 다만 힘 있는 목소리였다.

"이런 증명은 무의미하다. 프랑수아, 너는 이렇듯 대결을 벌여 어떤 가치를 증명할 셈이더냐? 몸소 데려온 사내가 이 여인을 패퇴시키는 데서 유열을 느끼기 위함이었더냐?"

"아, 아버님. 저는 단지 진실을……."

프랑수아는 뭔가 변명을 꺼내려다가 결국 적당한 말을 찾아내지 못한 듯 체념하고 입을 닫았다.

초로의 대공은 그윽하게 친애가 담긴 눈빛으로 안젤린을 바라보다가 사과의 뜻을 나타내기 위하여 살짝 머리 숙였다. 귀족들이 술렁거렸다.

"안젤린, 그대는 진정 긍지를 아는구나……. 아무쪼록 아들들의 무례를 용서해주길 바라네."

안젤린은 말없이 머리 숙였다. 대공은 미소 짓고는 등을 곧추세우며 귀족들이 있는 방향에 돌아섰다.

"모험가에게 귀족의 존재 의의에 대해 가르침을 받게 되었다는 것이 본인은 실로 통쾌하군……. 다들 이 사건을 교훈으로 새겨 넣도록 하게. 현란함을 몸 가까이 두른 채, 그러나 거만하지 않고 무엇을 긍지로 삼아야 하는지를 우리 귀족들은 줄곧 의문시해야 할 것일세……. 감사의 뜻을 전하겠네, 안젤린. 또한 아무쪼록 훈장을 받아주면 좋겠군. 이것은 그대의 고결한 마음가짐에 더욱 잘 어울릴 테니…… 괜찮으시겠소이까? 전하."

벤자민은 웃음 짓고는 어깨를 으쓱거렸다.

"검 솜씨가 아닌 마음으로 진짜임을 나타낼 줄이야 감탄스럽군. 이러면 마왕 토벌의 명성도 거짓은 아닐 터이지. 나 또한 이견은 없네. 저 여인이야말로 훈장이 잘 어울리겠습니다, 경."

"……안젤린, 부디 받아주겠는가?"

안젤린은 조용히 무릎 꿇었다.

"……삼가 받들겠습니다, 각하."

리젤로테가 감탄 가득한 얼굴로 일어서서 짝짝 손뼉을 쳤다. 객석에서도 박수 소리가 쏟아졌고 곧 홀은 떠나갈 듯한 큰 박수 소리로 가득 차올랐다.

대공은 몸소 안젤린에게 가까이 다가가서 목에 금 훈장을 걸어주고 빙긋 웃었다.

"그대와 같은 젊은이가 공국에 있어준다는 것은 본인은 더없이 기쁘구나……. 먼 길을 찾아오게 만들어 미안했네."

"……황송합니다."

"하나 가르쳐주게. 그대는 모험가의 긍지를 언제 적 몸에 새겨 넣었나? 좋은 스승과 인연이 닿았을 테지?"

안젤린을 가슴을 펴고 대답했다.

"아버지에게 배웠습니다."

"……그런가. 훌륭한 부군이시군."

"네! 세상 제일의 아버지입니다!"

대공은 빙긋, 그러나 살짝 서글픈 웃음 짓고는 안젤린의 어깨를 가볍게 토닥인 뒤 다시 객석으로 돌아섰다.

"자, 식전을 마치도록 하지. 잠시 더 연회를 즐기다가 가도록 하게……. 페르난도."

대공의 어깨를 부축해주던 페르난도가 손을 흔들자 악단이 연주를 시작했다. 귀족들은 안심한 표정으로 자리에서 일어나 각각 환담을 나누거나 춤추기 시작했다. 대공은 페르난도와 대공비와 함께 퇴장했고, 프랑수아는 치욕에 얼굴을 붉히다가 빠른 걸음으로 홀에서 떠나갔다. 카심도 어느 틈인가 자취를 감춰 안 보였다.

리젤로테가 날듯이 달려와서 안젤린에게 안겨 들었다.

"안제! 안제! 정말 멋졌어! 나, 엄청 감동했어!"

"리제……. 어휴, 피곤해라. 나는……."

빌라르가 잔뜩 감동한 얼굴로 안젤린에게 달려왔다.

"잘했다, 아주 잘했어! 덕분에 내 체면이 망가지지 않고 넘길 수 있었다!"

"네에……."

"어휴, 오라버니도 참. 잘했다는 말이 왜 나와! 안제한테 도움을 받은 건 오라버니잖아!"

"아, 아니, 리제, 그러나……."

"그러나도 하지만도 안 돼! 오라버니는 바보야! 얼른 저리로 가버려!"

빌라르는 리젤로테에게 쫓겨나서 마지못해 다른 곳으로 갔다. 안젤린은 쿡쿡 웃었다.

"고마워, 리제."

"괜찮아! 오라버니는 진짜 안제한테 저렇게 꾸지람을 듣고도 깨닫는 게 없다니까!"

리젤로테는 뺨을 부풀리며 화냈다. 저 바보 같은 둘째 도련님보다 이 막내딸이 훨씬 더 총명하구나 싶어서 안젤린은 미소 지었다.

○

병사들의 막사 안 일실 같았다.

램프 아래에서 프랑수아가 주먹으로 탁자를 때렸다.

"귀족의 긍지를 운운하다니! 모험가 주제에 건방지기는!"

금발의 병사장이 말했다.

"전하, 부디 마음을 다잡으십시오. 아직은 끝난 게 아닙니다."

"닥쳐라! 제길, 감히 나에게 창피를 주었겠다……. 몸성히 넘어가기를 바라지 마라."

"그만 포기하지?"

목소리가 들린 방향을 프랑수아가 노려봤다. 카심이 땅바닥에 앉아서 벽에 기대어 있다. 유쾌하다는 듯이 얼굴에 미소가 가득했다.

"대공 상대로 아주 자기 할 말을 막 쏟아 냈잖아, 멋지더라…….
너 같은 녀석은 상대가 안 된다고."

프랑수아는 증오스럽다는 듯이 얼굴을 일그러뜨리더니 카심에게 바짝 다가갔다.

"뭘 안다고 지껄이는 거냐……! 네놈이 뭘 안단 말이냐! 오로지 서출이라는 이유 때문에 능력을 정당하게 평가받지 못하는 괴로움을 아나! 긍지? 우습군!"

"하핫, 대공가를 증오한다는 둥 말은 번지르르하더니 결국 귀족의 지위를 붙들고 늘어져서야 앞날이 뻔하구나. 서출인지 뭔지 모르겠는데 정말로 증오스럽다면 후딱 나가버리면 그만 아니냐."

"입 다물어라! 제길……. 이렇게 된 바에."

그대로 『하르트 란가의 창』을 날렸어야 했다, 프랑수아는 혼잣말했다.

프랑수아는 자기 출신에 열등감을 품고 있었다. 고작 정처의 자식이 아니라는 이유 때문에 범용한 빌라르보다 얕보이게 된다. 그러나 출생 배경만큼은 노력으로 바꿀 수 없다. 어느 틈인가 열등감은 증오로 바뀌었고, 분명히 피를 나눈 가족마저 증오의 대상으로 자리매김했다. 마음이 완전히 비뚤어진 탓이다.

염세관은 날이 갈수록 격화됐고, 프랑수아는 권력을 원하는 것이 아니라 어떻게 해야 가족들에게 절망을 줄 수 있냐는 사념에 사로잡혔다. 평민 출신의 병사들을 포섭하여 쿠데타를 일으키자면 언제든 일으킬 수 있는 상황도 만들었다.

그럼에도 아직 부족하다는 생각이 들었다. 이왕이면 가장 현란한 자리를 단박에 공포의 구렁텅이로 내동댕이치고 싶었다. 무도회는 목적에 딱 들어맞는 자리였다. 카심이라는 강대한 전력도 있다.

만약 방금 전 안젤린과 카심이 전투를 벌였다면 카심에게 대마법을 날리도록 지시하여 회장을 싹 날려버릴 작정이었다. 그에 호응하여 병사들로 저택을 점거한다. 가증스러운 대공가의 족속들도, 그들을 지지하는 귀족들도 한꺼번에 사라지면 조금은 조용해질 테지 생각했었다.

그 후에는 남은 자신이 대공의 자리에 앉는다. 권력에 딱히 흥미는 없었지만, 여느 사람들처럼 자기 재능을 활용해보고 싶은 욕망은 있었다. 평민은 자기 목만 멀쩡하면 윗사람의 목이 바뀌든 말든 신경을 쓰지 않는다.

다만 완전히 예상을 벗어나서 안젤린이 대결을 거부했던 터라 계획은 실패로 끝났다. 모험가라고 얕봤던 것이 실책이었겠지만, 그 사실이 오히려 더욱 짜증을 불러일으켰다.

감히 모험가 따위가, 프랑수아는 입술을 깨물었다.

"여기 있었군, 프랑수아 군."

갑자기 시원스러운 목소리가 들렸다.

프랑수아가 흠칫 놀라서 시선을 돌렸더니 황태자 벤자민이 서 있었다. 벤자민은 친근하게 웃음 짓고는 방 안에 들어왔다.

프랑수아는 급히 자세를 바로잡고 경례했다.

"화, 황태자 전하, 어찌 이곳에……."

"유감이었겠어, 애써 괜찮은 제안을 마련해줬는데 말야."

벤자민은 쿡쿡 웃으며 의자를 빼내 걸터앉았다. 프랑수아는 의아한 표정을 지었다.

"그리 말씀하심은?"

"나는 말이야, 보고 싶었거든. 『흑발의 여검사』와 『천개 파괴자』의 대결을."

벤자민은 그렇게 말한 뒤 어깨를 으쓱거렸다.

"허울만 좋은 말이나 늘어놓고 끝내버렸는데 말이야, 역시 진짜로 지닌 실력이란 게 중요하잖아? 자네의 말은 옳았어."

"오오……."

프랑수아는 기뻐서 활짝 웃음 지었다.

"전하께서도 같은 생각이셨습니까……!"

"물론. S랭크 모험가끼리 벌이는 살육전을 좀처럼 볼 수 없잖아."

벤자민은 웃으면서 카심을 돌아봤다.

"이봐, 자네도 붙는다면 전력으로 붙고 싶겠지?"

"아무래도 좋아."

카심은 귀찮아하며 대답했다.

"뭐, 그 아이라면 나를 죽여줄 것 같지만 말이야……."

벤자민은 만족스럽게 웃고는 다시 프랑수아를 쳐다봤다. 부자연스러울 만큼 아름다운 눈동자를 마주하며 프랑수아는 무심코 숨을 죽였다.

"어때? 자네에게 창피를 준 계집, 정리해버리면 그만 아닌가.

기껏『천개 파괴자』를 데리고 헛걸음하긴 아쉽지. 걱정 말고 원하는 대로 저지르게. 내가 뒤를 받쳐주도록 하지."

"……전하께서 바라신다면야."

"후후훗."

벤자민은 일어섰다.

"기대하지, 프랑수아 군. 나를 즐겁게 만들어주게나."

그렇게 말한 뒤 웃으면서 떠나갔다.

프랑수아는 가만히 머리 숙이고 배웅하다가 벤자민의 모습이 안 보이게 되자 얼굴을 들고 흉포한 미소를 머금었다.

"전하께서 확답을 주신 이상은……. 괜찮겠군?"

"예."

병사장이 히죽 웃었다.

막사 내부가 분주해지며 갑옷과 무기 맞닿는 소리가 울려 퍼졌다.

56 드레스를 벗고, 머리 장식을 떼고, 화장을 지우고

드레스를 벗고, 머리 장식을 떼고, 화장을 지우고, 본래의 모험가 차림으로 갈아입자 뭔가 후련한 기분이었다. 굽 높은 구두를 신고 비틀거릴 필요도 없을뿐더러 치맛자락을 밟을 우려도 없다.

메이드 차림의 길메냐가 난처해하며 웃었다.

"어휴, 조마조마했어. 어째야 되나 겁나더라."

"미안, 길 씨. 그래도 도저히 못 참겠더라……."

"응, 맞아. 참으라고 말하는 사람이야 편하지만……. 그래도 정말 애썼어, 안제. 나도 나잇값을 못 하고 눈자위가 확 뜨거워졌거든. 아니, 오히려 나이 때문일까? 후후후."

"있잖아, 톨네라에는 못 가니까……. 편지를 쓰고 싶은데. 아빠도 칭찬해줄까?"

안젤린은 목에 걸린 금 훈장을 손가락으로 만지작거렸다. 길메냐는 쿡쿡 웃었다.

"그럼, 물론이지! 분명히 자랑스러운 딸이라고 말씀해주실 거야. 너무 기뻐서 올펜까지 와주는 게 아닐까? 후후후."

"끙……."

정말 와주면 좋을 텐데, 안젤린은 팔짱을 꼈다.

"그나저나 겨울철 톨네라에 편지가 도착하려나?"

"앗."

아, 맞다. 안젤린은 뺨을 부풀렸다. 어쩔 수 없겠네, 다시 톨네라에 귀성했을 때 들려줄 이야깃거리로 남겨 두도록 하자.

길메냐는 웃음 지으며 발길을 돌렸다.

"자, 이 복장도 살짝 아쉽지만, 나는 한발 먼저 숙소에 가서 방을 준비해 놓을게. 그런데 괜찮겠어? 하룻밤 정돈 더 신세 진 다음 내일 아침에 출발해도 될 텐데?"

"싫어. 리제는 좋아하지만, 역시 난 귀족이 거북해."

안젤린은 날름 혀를 내밀었다. 길메냐가 웃음 짓고는 방에서 나갔다.

대공의 어전에서 버럭버럭 할 말을 쏟아부은 행동으로 바라지도 않은 무도회의 주역 역할을 어떤 의미로 훌륭하게 달성했던 안젤린은 식전이 끝난 뒤 댄스를 신청하는 귀족들을 뿌리치고 곧장 방에 돌아왔다. 훈장도 받았겠다, 더 이상 저택에 용무는 없다. 푹신푹신한 침대가 좋기는 해도 역시 마음 편안한 것이 먼저였다.

아직 초저녁인지라 홀과 중앙의 정원에서는 여전히 음악이 울려 퍼지고 있다. 분명히 밤중까지 계속될 것이다. 떠들썩한 분위기를 싫어하지는 않지만, 모험가끼리 술을 주고받는 떠들썩함이 더욱 좋았다.

길메냐가 떠난 뒤 혼자서 남게 된 안젤린은 숨을 돌리며 방 안을 둘러봤다. 짧은 기간이었지만 어쩐지 몹시 오래도록 지냈던 것 같다. 이래저래 많은 일들을 겪은 까닭일 테지. 싫은 일들이 잔뜩이었던 것 같지만, 막상 다 끝난 지금은 재미있었던 것 같기도 하다.

그나저나 아무리 마음에 들지 않는 수작이었다지만, 자기 스스로도 꽤 배짱 두둑한 말을 늘어놓았다는 생각이 든다. 에스트갈 대공이 도량이 넓은 인물이었기에 망정이지 만약 빌라르처럼 그릇이 작은 인간이었다면 어떻게 되었을지 모를 일이다.

조금 성급한 게 아니었나 잠시 반성하면서도 어쨌든 잘못된 행동은 하지 않았다는 자신감 또한 있었던지라 안젤린은 가슴을 쫙 펴고 두 손으로 뺨을 찰싹찰싹 때렸다.

그다지 많지 않은 짐을 확인하고자 가방을 손에 들었을 때 방 입구에서 누군가가 머리를 내밀었다.

"안제?"

리젤로테가 열려 있는 문 너머에서 이쪽을 보고 있었다. 안젤린은 미소 지었다.

"리제, 와줬구나."

"벌써 가려고?"

"응. 여러모로 고마워. 신세를 졌네."

리젤로테는 머뭇머뭇 방에 들어오더니 곧바로 달려와서 안젤린에게 안겨 들었다.

"가지 마, 싫어! 같이 더 있어줘! 아직도 듣고 싶은 이야기가 많단 말이야!"

안젤린은 쓴웃음 짓고 몸을 구부려서 리젤로테의 머리를 쓰다들어줬다.

“그러고 싶은 마음이지만 역시 난 귀족의 저택은 마음이 편하지를 않네. 식전 때 귀족들 험담을 늘어놓기도 했고.”

“그런 건 험담이 아니야! 안제는 옳은 말을 한 거야! 아버님도 칭찬해주셨으니까 괜찮아! 그러니까……. 조금만 더 같이 있어줘…….”

리젤로테는 훌쩍훌쩍 울먹이면서 안젤린의 가슴께에 얼굴을 파묻었다.

순수하고 호기심 왕성한 이 소녀가 안젤린은 못 견디게 사랑스러웠지만, 그럼에도 더 이상 이곳에 있고 싶지는 않았다. 오래 머무를수록 정이 솟아나서 떠나기가 어려워질 테지.

“아하하……. 있잖아, 아빠랑 엄마를 소중하게 아껴드리렴? 언제든 올펜에도 놀러 오고…….”

“안제…….”

“뚝, 우는 얼굴은 안 어울려……. 다시 만날 수 있는걸. 맞지?”

“응…… 맞아! 귀족의 피를 이은 사람은 막 울면 안 되니까!”

리젤로테는 코가 빨개져서 웃고는 다시 안젤린에게 안겨 들었다. 안젤린도 같이 꽉 안아줬다.

잠시 둘이서 안고 있다가 리젤로테는 뭔가 깜짝 떠올린 듯 얼굴을 들고 소파의 위에 아무렇게나 접어 놓은 드레스를 가리켰다.

“맞아! 더 드레스, 안제한테 줄게! 가지고 가!”

“엥……? 아냐, 미안하잖아. 게다가 입을 기회도 거의 없을 텐데…….”

"괜찮아! 친구의 증표야! 어때? 마음에 들지? 진짜 잘 어울렸는걸!"

"으, 으음……."

평소에 입어 버릇하지 않은 드레스라지만, 확실히 많은 사람들에게 칭찬 들었다. 자기 자신은 딱히 감흥이 없었어도 자꾸 칭찬해주면 점점 기분도 좋아진다.

벨그리프에게 보여주고 싶다는 마음도 들었다. 길메냐가 말했던 대로 울면서 기뻐해주려나?

"……응, 알았어. 그럼 고맙게 받아서 가져갈게."

"응!"

리젤로테는 기뻐하며 소파 위쪽에 놓인 드레스를 들고 와 안젤린에게 건넸다.

안젤린은 드레스를 다시 깔끔하게 접어서 가방에 고이 넣고는 리젤로테의 머리를 톡톡 쓰다듬었다.

"이제…… 갈게."

"건강해! 또 이야기를 들려줘!"

"응. 약속……."

두 사람은 새끼손가락을 걸고 마주 웃었다.

리젤로테와 헤어진 뒤 안젤린은 방을 나섰다. 현관을 향해 걸어나아간다.

현관은 홀과 반대편에 있기 때문에 조용하다. 아직 귀가하려는 인물들은 없는 듯했다. 위병이 몇 사람 지루한 기색으로 서 있었고, 바깥으로 나서자 마차가 잔뜩 있었다. 아직 이렇게 손님이 많구나.

마차 사이를 누비고 문 방향으로 향했다. 바퀴 자국을 밟아 걸어가면 점점 더 마차 숫자도 줄어들었다. 옆쪽으로 늘어서 있는 고용인 및 내빈용 건물은 비록 창문에 불빛은 밝혀 놓았지만, 인기척이 거의 없어서 조용하기만 했다. 다들 저택에서 분주하게 돌아다니고 있을 테지.

하늘에는 별이 반짝거리고, 뺨을 어루만지는 바람은 쌀쌀하다. 저 멀리서 들려오는 악단의 음악 소리가 어쩐지 쓸쓸하다.

"……조용하구나."

방금 전까지 떠들썩했던 것이 거짓말 같다. 안젤린이 후유, 숨을 내쉬자 하얗게 떠다녀서 허공에 흩날렸다.

문 방향에 가까이 갔을 때 불현듯 인기척이 잔뜩 나타났다. 안젤린은 재빨리 주위를 둘러봤다. 무장한 병사들이 안젤린을 포위하고 있었다.

"……무슨 볼일이야?"

"뻔히 알면서 묻는군? 비천한 모험가 년이."

금발의 병사장이 증오를 가득 담아서 얼굴을 비뚤어뜨린 채 검을 쥐었다. 예리한 시선으로 병사장을 노려봤다.

"관둬. 장난으로 넘어가주진 않아."

"여유롭군."

어두운 곳에서 프랑수아가 모습을 드러냈다. 처절한 미소를 머금고 적의를 숨기려고도 않은 채 안젤린을 주시한다. 안젤린은 한숨 쉬었다.

"화풀이야? 어린애도 아니고……."

"닥쳐라. 네년은 알지 못한다. 귀족에게는 이미 긍지도 자부심도 없단 말이다. 부와 권력에 대한 집착뿐이지……. 긍지 따위로 무엇을 할 수 있나? 허울 좋은 소리만 떠들어 대는 꼬락서니가 구역질난다. 위선자 같으니라고."

"위선……. 올바른 일을 하는 데 진짜든 가짜든 뭔 상관이래……. 바보야?"

"순진한 녀석이군……. 네년 또한 귀족을 전혀 좋아하지 않을 터인데? 그런데도 긍지가 어쩌고저쩌고 떠들어 대는 건 기만이 아니던가?"

"내가 좋아하는 귀족은 다들 올바른 귀족의 지위와 의무를 되새기면서 긍지를 갖고 있었어. 그러니까 고결하지만 오만하지는 않아. 리제도, 네 아버지도 마찬가지였고……. 어째서 전부 다 비뚤어진 시야만 갖고 바라보는 거야? 다른 사람은 몰라도 아버지는 너를 사랑해주잖아?"

"아버님은 나를 결단코 사랑하지 않는다!!"

프랑수아는 소리 질렀다.

"부모의 사랑이라, 우습구나! 자기 아버지가 자랑스럽다는 허울만 좋은 소리를 어떻게 늘어놓을 수 있단 말인가! 네년을 보고 있으면 구역질이 나서 못 견디겠다!"

"전하."

병사장이 검을 겨누며 앞에 나섰다.

"명령을 내려주십시오."

"그래……."

"관둬. 나를 정말로 당할 수 있을 것 같아?"

그렇게 말하던 도중 등줄기에 오싹거리며 싸늘한 감촉이 치달렸다. 안젤린은 눈에 힘주며 돌아다봤다.

카심이 서 있었다. 여전히 칠칠치 못한 분위기였지만, 전혀 빈틈이 없다.

카심은 벅벅 머리를 긁곤 거하게 한숨을 내쉬었다.

"어쩌다가 이렇게 되어버렸나……."

"……그건 내가 할 말이야. 싸울 거야?"

"달리 할 일도 없단 말이지."

싸악, 마력이 소용돌이쳤다. 식전의 회장에서 본 대마법을 떠올리고 안젤린은 전율했다. 저 공격에 당하면 도저히 무사히 버틸 자신이 없다.

이런 기분은 오랜만이네. 안젤린은 마른침을 삼켰다.

대마도사의 반열에 오른 사람이다. 즉 카심은 틀림없이 마리아와 동등한 기량을 갖고 있었다. 그에 더하여 카심은 정체를 모른다. 그 탓에 대치하자니 분위기에 집어삼켜질 것 같았다.

주위를 둘러본다. 프랑수아의 장악하에 있는 병사들이 퇴로를 차단하고자 안젤린을 에워쌌다. 잡병 정도는 방해물도 안 되지만, 그쪽에 주의를 빼앗겨서 카심에게 빈틈을 보인다면 위험하리란 생각이 든다. 어쨌든 간에 도망칠 길은 안 보였다.

안젤린은 검을 뽑아서 겨눴다.

"……나는 당신과 싸우고 싶지 않아, 카심 씨."

"그러냐? 너라면 나를 죽여줄 수 있을 것 같았는데……."

"죽고 싶어? 어째서……."

"내가 겁쟁이거든. 죽는 건 역시 무서워. 그래도 살아 있는 게 귀찮아서 말이지. 이왕이면 전력을 다하는 전투 속에서 나보다 강한 녀석한테 죽는 게 가장 좋겠다. 헤헤, 뭔가 변명만 자꾸 늘어놓는군, 나도 참."

"관두자……. 당신이 죽으면 리제가 슬퍼할 거야."

"그럼 잔말 말고 나한테 죽어 나가든가. 나의 죽음과 너의 죽음, 그 꼬맹이는 어느 쪽을 더 슬퍼하려나?"

카심은 자조하듯 말한 뒤 웃었다. 안젤린은 입술을 꽉 깨물었다.

"어째서 이딴 녀석들 말을 따르는 건데?"

"헤헤, 어째서일 것 같나? 인간이란 말이지, 절망하면 별의별 엉뚱한 짓을 저지르는 법이거든. 슬픈 처지에 있는 자신을 자기 자신이 동정한다는 느낌일까? 나름 죗값을 치르겠다는 마음일지도 모르겠어."

"……힘이 있는데도? 이렇게, 일부러 자신을 몰아넣을 필요가……."

카심은 웃음 짓고는 수염을 쓰다듬었다.

"헤, 헤헤……. 젊구나."

"……무슨 뜻이야?"
"나도 말이지, 비슷하게 생각했던 시절이 있었거든. 강하면 뭐든 이루어 낼 수 있다고."
"아니었어……?"
"아니더라고. 힘이 있어도 어쩔 도리가 없는 일이 더 많더라."
"……예를 들면?"
"글쎄다."
카심은 눈웃음을 지었다.
"예를 들자면…… 깊은 슬픔에 젖어 의욕이 꺾인 친구가 있다고 치자. 그런데 그 녀석은 너무나도 좋은 녀석이라서 다른 친구한텐 자기 속마음을 안 드러내려고 열심히 노력하는 거야. 하지만 다른 친구들은 저절로 깨달아버려. 너무 애처로워서, 대할 면목이 없어서."
그렇게 말한 뒤 카심은 빤히 안젤린을 쳐다봤다.
"그런 상황에 아무리 검 솜씨가 뛰어난들 아무리 마법을 능란하게 다룬들 도대체 무슨 의미가 있겠나? 필요한 건 힘이 아니다. 다른 종류의 무언가지."
안젤린은 말없이 고개 숙였다. 분명히 곧장 마수를 토벌해서 끝낼 수 있는 문제와는 다르다. 카심이 누구 이야기를 하는지는 알 수 없었지만, 저 말의 마디마디에 배어든 슬픔이 몹시 절절하게 들렸다.
카심은 과거를 회상하는 듯 떠듬떠듬 말을 이었다.
"아무튼 말야, 그럼에도 강해지는 것 말고 다른 생각이 안 드는

데 어쩌겠어. 젊었던 데다 바보였잖아. 더 많이 강해지면, 더 높이 올라가면, 뭔가 해답을 찾아낼 수 있지 않을까……. 결국은 다 자기 자신을 속이는 짓이었지. 단지 스스로 뭔가 하고 있다고 변명을 하고 싶었던 거야."

"그렇지는……."

안젤린은 뭔가 말하려다가 표현할 말을 찾지 못하여 입을 다물었다.

카심은 지긋지긋하다는 듯이 고개를 흔들었다. 비록 웃음을 지을지언정 정작 얼굴에는 비통함이 가득 흘러넘쳤다.

"요컨대 나는 이래저래 다 전부 아무래도 좋은 사람이 됐단 뜻이다. 이렇게 되면 말이지, 착한 행동이 아닌 나쁜 짓거리를 저지르는 게 차라리 마음이 편해."

안젤린은 입을 꾹 다물고 카심을 노려봤다.

잘못됐다고.

딱 짚어 말해주고 싶었다.

그러나 이런 마음을 말로 설명하기가 몹시 어렵게 생각됐다. 말로 납득시키기에는 카심은 너무나 깊은 체념에 젖어 있었기 때문이다.

마력의 분류는 점점 더 기세가 거세져서 카심을 중심으로 폭풍처럼 세게 불어닥쳤다. 나무와 깃발이 거칠게 소리를 내며 흔들렸고, 안젤린의 기다란 검은 머리카락도 마구마구 휘날렸다.

이제껏 대결했던 상대 중에서도 정상급의 강한 사람이구나. 안젤린은 검을 고쳐 쥐었다.

자신이 패배할지도 모른다는 이미지가 솟아나는 상대는 거의 없었다. 그러나 카심 상대로는 자신이 피투성이로 쓰러지는 이미지를 손쉽게 상상할 수 있었다. 카심은 자기 자신의 죽음을 아무렇지도 않게 생각한다. 목숨을 아끼지 않는 사람이 가장 두렵다. 그래서 안젤린도 더욱 큰 두려움에 휩싸였다.

"……괜찮아, 아빠만큼 세지는 않아."

안젤린은 한껏 숨을 들이마셨다. 번뜩, 예리한 눈빛으로 카심을 쏘아본다.

"절대 안 봐준다! 나는 여기에서 죽지 않겠어!"

"나는 죽어도 상관없어. 전력으로 덤벼라."

카심은 유유자적한 모습으로 손을 들었다. 한쪽 손으로 중절모자를 내리누른 채 다른 한쪽 손은 악단을 지휘라도 하듯 매끄럽게 허공에서 움직였다. 마력이 더욱 거칠게 소용돌이침에 따라서 찌릿찌릿 피부가 따끔거렸다.

프랑수아가 광기에 사로잡혀서 웃음을 터뜨렸다.

"하하하하하핫! 과연 대단하구나! 역시 『천개 파괴자』다!"

프랑수아는 안젤린에게 막말을 쏟아부었다.

"안심해라! 네년이 죽은 다음은 올펜에 있는 네년의 동료들도, 세상 제일의 아버지라는 작자도 같은 곳으로 보내주마!"

저 말이 역린을 건드렸다. 안젤린은 분노에 젖어 얼굴이 일그러져서 프랑수아에게 고함질렀다.

"헛소리 마! 겨우 너 따위 놈한테 아빠가 당할 것 같아?! 『천개 파괴자』가 다 뭐냐! 『적귀』 벨그리프의 앞에 나서봐라, 오히려 너희가 눈 깜짝할 사이에 전멸이야!"

그 순간, 거칠게 불어닥치던 마력이 뚝 멎었다. 찢겨 나갔던 나뭇잎이며 모래 먼지가 팔랑팔랑 흩날리며 떨어진다. 안젤린은 물론 프랑수아나 병사들도 어안이 벙벙하여 눈빛이 흔들거렸다.

안젤린은 멍한 얼굴로 카심을 돌아봤다.

카심은 손을 내리고 넋 나간 사람처럼 멍하니 서 있다. 마력은 커녕 적의마저 흔적도 없이 사라져서 도리어 섬뜩하다.

"……어? 무슨."

의문을 미처 표시하기도 전에 카심이 무시무시한 기세로 바짝 다가들어서 안젤린의 어깨를 붙들었다. 놀랄 만한 기세였으나 적의가 일절 없었던지라 안젤린도 검을 휘두르지 않았다. 카심은 안젤린의 어깨를 마구 흔들었다.

"너, 너, 너 대체, 방금 뭐라고 말했냐?! 벨?! 벨그리프라고 말했냐? 네가?!"

"뭐, 뭐야……? 내가 말했는데……."

"맞지?! 맞잖아?! 내가 잘못 들었던 게 아니지?! 벨그리프라면 적발이냐?! 혹시 오른쪽 다리가 없지는 않고?!"

카심이 안젤린의 머리를 붙잡더니 바짝 콧등이 스칠 정도로 가까이에서 얼굴을 들여다보며 떠들어 댄다. 긴 수염이 이마에 닿아 간지러웠다.

안젤린은 검을 쥔 손을 내려뜨린 뒤 끄덕끄덕 고개를 움직였다.

"맞긴, 맞는데……. 아는 사이야?"

"당연한 소리! 내가 아는 녀석들 다 꼽아도 최고의 모험가 중 한 사람이다!! 너…… 네 아빠였어?!"

"응……. 울, 아빤데."

"하하……. 하하하하! 에라!"

카심은 안젤린의 머리를 툭 때렸다.

"그렇게 중요한 말은 좀 빨리 말하라고!!"

"그…… 그쪽이야말로!"

"벨은 어떻게 지내고 있냐?! 살아 있었던 거지?! 건강한가?! 딸이라면 부인도 있단 말이군?! 누구랑 결혼한 거야?! 『적귀』는 또 무슨 소리고?!"

"자, 잠깐만……. 한꺼번에 막 물어보면 대답을 못 해주잖아……. 아무튼 아빠는 건강하게 잘 지내……. 줄곧 톨네라에서 살았어."

"톨네라……. 그런가…… 그랬구나……."

카심은 한 발짝 두 발짝 뒷걸음치곤 뚝뚝 눈물을 흘리면서 털썩 무릎 꿇었다. 울면서도 진심으로 기쁘다는 듯이 웃음 짓는다. 방금 전까지 비통함에 가득했던 표정에서 몰라보도록 확 달라졌다.

"살아 있었어……. 건강하게…… 잘 지냈구나, 벨……. 이렇게 큰 딸까지 낳고……."

안젤린은 당황하면서도 카심의 어깨에 손을 얹었다.

"……카심 씨, 아빠랑 아는 사이였어? 어떻게?"

"그럼, 알고말고! 내 친구…… 친구…… 맞겠지. 그 녀석도 친구로 생각해준다면야."

그렇게 말하고 나서 카심은 살짝 서글피 웃음 짓고는 안젤린을 쳐다봤다.

"하지만 너는 벨한테 내 이야기를 못 들었구나?"

"으, 응……. 저기, 혹시 아까 예를 들어서 한 말에 나왔던 친구가……."

"뭐, 맞다. 헤헤, 그렇구나……. 역시 아직도 벨은 용서해주지 않았던 건가……."

안젤린은 발끈해서 카심의 머리를 툭 때렸다.

"뭔 사연인지 잘은 모르겠는데 아빠는 다 지나간 과거 때문에 여태껏 쭉 원망할 만큼 속 좁은 남자가 아니야!"

"하하……. 옳은 말이다. 너를 보면 어쩐지 동감이 되는 기분이군."

카심은 웃음 짓고는 일어나서 안젤린의 머리카락을 마구 쓰다듬었다.

"누굴 죽고 죽이란 거냐! 때려쳐, 때려쳐라! 이 녀석아! 더 많이 들려줘라, 벨의 이야기를! 누구랑 결혼해서 너를 낳았던 거냐? 하하, 전혀 안 닮았잖냐."

"음, 내가 입양아라서……."

프랑수아가 안달복달하는 얼굴로 고함질렀다.

"이봐! 뭐하는 짓인가! 빨리 저 자식을 죽여라! 듣고 있는가!! 『천개 파괴자』!!"

"시끄러워! 지금 중요한 이야기를 하는 중이니까 방해하지 마라!"

카심은 노호와 함께 커다랗게 손을 휘둘렀다. 곧장 격렬한 마력의 분류가 프랑수아와 병사들을 둘러쌌다.

"으, 으아아아아아아아아앗?!"

프랑수아와 병사들이 허공에 떠올라서 마치 대포를 맞은 듯 하늘로 훽 날아가서 자취를 감췄다. 안젤린은 어안이 벙벙했다.

"엑……. 저거, 괜찮은 거야?"

"강에 넣어줬다. 추위로 죽는다면 단련이 부족한 거지, 헤헤헷……. 아, 간담이 서늘하군. 하마터면 친구의 딸을 죽일 뻔했어."

"……내가 이겼을지도 모르잖아?"

"옳은 말이군! 꽤 강한 것 같더라, 이 녀석!"

카심은 기분 좋게 웃고는 안젤린의 어깨를 감싸 안았다.

"너 말이다, 오늘 밤에 일찌감치 저택을 떠날 셈이지? 그러면 나도 같이 따라갈 테다."

"어? 괜찮아?"

"괜찮고말고. 걱정 붙들어 매고 벨 소식이나 더 가르쳐줘라. 나도 그 친구의 옛날이야기를 가르쳐줄 테니까! 어때? 안젤린!"

카심은 기뻐하며 안젤린의 머리에 자기 중절모자를 씌웠다. 안젤린은 쓴웃음 짓곤 모자의 챙을 잡았다.

"……알았어. 아빠 얘기라면 나는 아침이 올 때까지 떠들 수 있어."

"그래, 그렇게 나와야지!! 헤헤, 기쁘구나! 벨이 살아 있었어! 놓아두고 왔던 과거를 되찾으러 갑세!"

○

안젤린과 카심이 떠난 대공 저택의 부지, 내빈용 숙소의 지붕 위쪽에 인영이 있었다.

인영은 문 앞에서 벌어졌던 분쟁을 가만히 지켜보다가 싸움다운 싸움도 없이 끝나는 것을 보고는 절레절레 고개를 가로저었다. 아름다운 금발에 하얀 옷을 차려입은 모습은 바로 황태자 벤자민이었다.

벤자민은 시시하다는 듯이 어깨를 으쓱이곤 옅은 웃음을 머금었다.

“뭐야, 기운 빠지게……. 두 번이나 진지하게 분위기 잡고, 두 번 전부 직전에 판이 깨졌어. 이게 웬 애태우기 플레이야?”

“예상 밖이었군. 『천개 파괴자』 상대라면 보다 확실하게 관찰할 수 있을 거라고 기대했건만.”

벤자민의 뒤쪽에는 하얀 로브를 입은 남자가 서 있었다. 후드를 눈이 가려지도록 깊숙이 덮어썼다. 벤자민은 웃음 지었다.

“애틋함이 떨어져 나간 바알이 뜻밖에도 맥없이 당해버렸잖아. 역시 솔로몬의 설계는 빈틈이 없다니까. 쓸모없어 보이는 게 떨어져도 뭔가 잘 풀리질 않아.”

“어쩔 수 없다. 지금 기술로는 파악하지 못하는 부분도 많으니까.”

“그나저나 저게 진짜로 성공작이 맞나? 바로 곁에서 어깨를 안아 살폈는데도 전혀 알 수가 없던데."

"글쎄, 잘 모르겠군……. 성공작이라기에는 호문클루스의 기척이 일절 없잖나. 도리어 판단이 안 되는군."

벤자민은 절레절레 머리를 흔들었다.

"애고, 성공이 맞기는 맞나 판단을 못 하는 지경이면 뭘 어쩌라는 거야……. 어쨌든 이 녀석의 얼굴에 넘어오지 않은 여자는 처음이었어. 재미있더라, 저 아이."

"자아를 의지할 수 있는 꽤 견고한 대상이 있을 테지. 조사해봐도 제법 흥미로울 듯싶군. 만약에 의존 상태라면 의존의 대상을 무너뜨려서 재미있는 장면을 관람할 수 있지 않겠나."

"그 전에 「열쇠」를 찾아내야지. 성공작이 맞나 확인하기 위해서라도."

"서두를 필요는 없다. 어차피 우리를 따라잡을 수 있는 집단은 없다. 『천개 파괴자』를 보유했던 일당은 놈을 잃었다. 조만간 정죄 기관에 제거될 테지. 그 엘프만큼은 걸리적거린다만……."

벤자민은 유쾌하게 웃었다.

"솔로몬 연구의 라이벌도 점점 사라진단 말이군. 제대로 된 경쟁 상대가 없어지면 의욕이 약해지지 않나?"

"나는 경쟁에 흥미가 없다."

"나는 얼마간 방해꾼이 나타나줘야 더 자극적이고 즐거운데 말이야. 너는 여유로움이 부족하다니까."

"여유로움? 흥, 고작 황태자로 둔갑하는 게 너의 여유로움인가."

“하하, 꽤 재밌거든? 게다가 내 덕분에 활동이 제법 편해지기도 했잖아? 자자, 프랑수아 군은 어쩌고 있으려나. 황태자님께서 부추겼다는 말이라도 떠들고 다니면 난처한데 말이지.”

“나는 가겠다. 실수하지 마라.”

“너도 조심해, 슈바이츠.”

로브 남자는 아지랑이처럼 온데간데없이 사라졌다.

벤자민은 잠시 서 있다가 이윽고 역시 자취를 감췄다.

57 톡, 등을 손바닥에

톡, 등을 손바닥에 밀려서 벡은 눈을 떴다. 벨그리프가 말을 건넨다.

"이제 좀 알 수 있겠니?"

"……조금이라면."

벡은 일어섰다. 한껏 심호흡하고 손바닥을 본다. 쥐었다가 펼쳤다가 손가락의 감각을 확인하는 듯한 모습이다.

벨그리프가 올펜에 온 지 대략 보름이 지나갔다. 날이 갈수록 추위가 매서워진다. 톨네라는 이미 매일같이 눈이 내리고 있지 않을까.

만약 퍼시벌이며 다른 친구들이 아직 활약하고 있다면 뭔가 소문이나 정보가 흘러 다니리라는 기대를 갖고 벨그리프는 매일 길드에 나가서 모험가의 정보를 조사하거나 과거 의뢰의 자료를 뒤져서 친구들의 발자취를 좇았다. 거리를 걸어 다니며 주점 및 모험가용 도구점의 주인, 행상인 등등에게 말을 묻기도 했다.

다만 아직껏 반가운 정보는 얻지 못했다. 올펜을 떠난 시기가 이미 10년 이상은 지났던 만큼 별수 없다면 별수 없겠다만.

또한 짬짬이 『적귀』의 소문을 전해 들어서 찾아오는 모험가와

자기 실력에 자신이 있는 사람들에게 대련 신청을 받았다. 벨그리프 본인도 대련을 싫어하지는 않는 데다가 다양한 전법을 구사하는 상대와 검을 겨룸으로써 조금씩 자신의 움직임이 세련되어진다는 것을 기뻐했다.

본래 벨그리프의 검은 수세의 검이다. 오른쪽 다리를 잃은 이후 강제로 습득할 수밖에 없었던 검이었지만, 그것이 오히려 자신에게 잘 맞는다는 것이 얄궂다 싶었기에 벨그리프는 쓴웃음을 지었다.

그래도 결국 자기류의 검이었다. 시행착오도 겪고 결실을 맺지 못하여 정체 상태에 빠졌었지만, 그라함에게 받은 가르침의 덕택에 더욱더 상위 단계로 향할 길이 열렸다. 막상 이렇게 되고 돌아보면 지난날 자신이 구사했던 수세의 검마저도 쓸데없는 움직임이 많은 듯 여겨졌다. 뭔가 갖가지 운명이 교차하여 자신의 검이 연마되어 간다는 데서 신비로운 느낌을 받았다.

호흡법에 의한 마력 순환 수행은 물론 마법사에게도 유효했다.

마왕을 몸에 깃들이고 있고, 마력 다수를 거기에 의존하고 있다는 벡의 신상 이야기를 알게 된 이후 벨그리프는 매일 시간을 만들어서 벡에게 호흡법을 지도해줬다. 이럼으로써 마왕이 아닌 벡 본인의 마력을 보다 효율적으로 움직일 수 있다면 무리해서 마법을 제어하지 않아도 된다.

벨그리프는 벡의 머리를 톡톡 쓰다듬었다.

"마력을 다루는 데는 나보다 네가 더 능숙할 테지. 감각만 잘 포착하면 순식간에 익숙해질 거야."

"……매사에 자꾸 쓰다듬지 말란 말이다."

벡은 뚱한 얼굴로 말했지만, 딱히 손을 뻗어서 떨쳐 내지도 않았다.

이곳은 안젤린의 방이다. 보름간 생활하는 동안 완전히 익숙해져서 식품 찬장에는 갖가지 먹거리가 들어 있다. 벡이 투덜투덜 불평을 늘어놓는지라 간이 침상도 하나 구입했다. 이제 널찍한 침대에서는 벨그리프와 샤를로테가 잠들고, 벡이 작은 침상에서 잠자고 있다.

사춘기 소년은 참 어렵구나. 벨그리프는 생각했다.

동시에 이렇듯 여느 사람들처럼 감정을 갖고 벨그리프에게 반발하는 벡이 마음에 들기도 했다. 마왕이든 뭐든 결국은 벡 역시 아직껏 소년에 불과하다.

벨그리프는 망토를 걸친 뒤 샤를로테에게 받은 머플러를 둘렀다.

"자, 길드에 가자꾸나."

"……진전할 가망은 있나?"

"글쎄다……. 뭐, 아무것도 안 하는 것보단 나을 테지."

벨그리프는 웃으며 턱수염을 쓸어 만지고 방 바깥으로 나갔다.

안젤린의 방은 2층에 있다. 나오면 목제 바닥 판이 있고, 여기에서 계단을 내려가면 길이 나온다.

계단을 내려간 벨그리프는 의족 끝에 둘러놓은 천을 풀었다. 저번에 천을 두르지 않고 걸어 다녔더니 바닥을 딛는 소리가 시끄럽다며 아래층 방의 주민이 불만을 제기했기 때문에 이후론 실내에

선 천을 둘렀다.

하늘에는 구름이 걸려 있어서 눈이라도 내릴 것 같은 분위기였다. 비록 톨네라만큼은 아니라 해도 추위가 제법 매섭다. 벨그리프는 머플러에 입가를 파묻었다.

안젤린도 슬슬 돌아올 무렵이 되진 않았으려나.

공국의 수도 에스트갈까지 거리는 마차로 대략 보름이다. 벨그리프가 올펜에 왔을 무렵에는 아마도 안젤린이 에스트갈에 도착했을 즈음이라는 설명을 들었던 터라 만약에 아무 트러블이 없었다면 지금쯤 귀로에 올라 올펜에 가까이 돌아오고 있을 것이다.

어쨌든 간에 안달복달한들 시간은 똑같이 흘러간다. 벨그리프는 걸음을 빨리하여 길드 건물에 들어섰다.

로비에는 사람이 특별히 많진 않았다. 추위가 매서워지면 의뢰도 살짝 줄어드는 듯싶다. 그만큼 눈 치우기라든가 장보기 대행이라든가 잡무 종류의 일거리가 늘어난다. 이름이 있는 모험가라면 저런 의뢰를 쳐다보지도 않는다만, 신출내기라서 돈 문제로 곤란을 겪는 인물 및 아직껏 10대 초반에 불과한 아이들은 저런 일거리를 주로 수주한다. 모험가에도 다양한 부류가 있는 법이다.

접수처에 가자 유리가 미소로 반겨줬다.

"안녕하세요, 벨 씨."

"수고 많으십니다, 유리 씨. 또 폐를 끼치게 되겠습니다만……."

"에이, 아니에요. 이쯤이야 정말 별일도 아닌걸요. 별로 도움이 못 되어드려서 죄송할 정도라……."

"아닙니다, 정말로 많은 도움을 받고 있습니다. 항상 감사드립니다."

벨그리프가 거듭 말하자 유리를 뺨을 붉히며 부끄러워했다.

"아버님~."

뒤쪽에서 목소리가 들렸다. 샤를로테가 사뿐사뿐 달려와서 다리에 매달렸다. 따뜻한 겨울옷 차림에 니트 모자를 써서 두툼하게 부풀었다. 벨그리프는 소녀의 머리를 쓰다듬어줬다.

"그래, 샤르. 착하게 말 잘 들었겠지?"

"물론이야! 있잖아, 또 털실 구슬을 사 왔어! 이번에는 스웨터를 짜줄게!"

"하하, 정말이니? 기대되는구나."

"벡! 열심히 연습하고 왔어?"

"당연하지. 네가 걱정할 만큼 난 모자란 놈이 아니란 말이다."

"이 녀석아, 또 말투가 고약해졌구나."

벨그리프는 벡의 머리를 톡 찔렀다. 벡은 입을 삐죽거리며 휙 고개 돌렸다.

"앗, 벨 아저씨다."

"벨 아저씨, 이제 벡 연습시켜주시는 건 끝났어요?"

벨그리프는 얼굴을 들어 올려서 샤를로테의 뒤쪽으로 다가온 아넷사와 밀리엄을 바라봤다.

"그래, 오늘은 이제 마쳤단다. 둘 다 샤르를 데리고 다녀줘서 고맙다."

“에이, 아녜요. 겸사겸사인걸요…….”

“맞아, 맞아~. 게다가 샤르가 제법 안목이 좋더라고요~.”

둘은 샤를로테를 데리고 장 보러 다녀왔었다. 명상은 조용하고 지루하다. 여자아이들끼리 지내는 편이 샤를로테에게도 좋을 듯싶어 벨그리프가 신경을 써서 부탁했는데 정답이었나 보다. 천진난만하게 들뜬 샤를로테를 보고는 벨그리프도 미소 지었다.

신변의 위협을 받고 있는 샤를로테도 조만간에 마법을 익힐 수 있도록 도울 생각이었지만, 샤를로테와 벡의 과거 사연을 들은 다음은 이제 겨우 열 살 안팎의 소녀가 품고 왔던 중압을 생각하며 일단은 마음 편안하게 실컷 놀도록 놓아두고 싶어졌다. 분명 가까운 시일 안에 호신을 위한 수단을 익힐 필요는 있을 것이다. 다만 부조리한 처지에 놓여 부모를 잃고, 미친 사람처럼 솔로몬을 맹신하여 아이답지 않은 여행을 계속했던 소녀에게 지금 당장 마법을 훈련시키자는 결정은 내릴 수 없었다.

샤를로테는 보르도에서 아마 돌이킬 수 없는 잘못을 저질렀다. 그러나 마냥 후회에 빠져 영원히 과거의 잘못에 사로잡혀 있어서도 안 될 것이다.

“……아이를 지키는 것도 어른의 역할이니까.”

가만히 중얼거렸다. 지금은 아직 자신이 이 아이의 짐 정도야 대신 짊어질 수 있다.

그때 요란을 떨며 마르그리트가 다가왔다.

“오, 뭐야, 뭐야. 여기에 다 모여 있었네.”

마르그리트는 깔깔 웃으며 손에 든 바구니를 유리의 앞에 내려놨다. 겨울 약초 및 나무 열매 따위가 수북이 들어 있었다.

“소재 채집 다녀왔어! 검사해줘!”

“있잖아, 마리. 누누이 말했는데 이곳은 고위 랭크 전용의 카운터니까 저쪽 접수처에…….”

“에이, 괜찮잖아, 봐줘.”

“안 돼~. 여기를 쓰고 싶으면 열심히 노력해서 승격하고 오세요.”

“칫, 별수 없네.”

마르그리트는 입을 삐죽거렸다.

벨그리프는 바구니 안을 들여다보고 감탄해서 턱수염을 쓸어 만졌다.

“잘 해내고 있구나, 마리.”

“헤헤, 잘하지? 너무 쉬워서 힘이 남아돌 지경이라니까.”

“그래, 어렵진 않아. 다만 딱 알맞게 힘을 아끼는 방법이 숙달되기 전까진 일 처리를 벌써 적당히 하면 안 된다?”

“걱정 말래도. 진지하게 정성껏 해치운단 말씀!”

마르그리트는 뚱하게 뺨을 부풀렸다.

모험가로 등록한 이후 마르그리트는 곧장 이것저것 의뢰를 받아 하위 마수의 퇴치부터 소재 채집, 던전 탐색 등 임무를 수행했다. 정작 본인은 번거로운 과정을 뛰어넘어서 강한 마수며 어려운 의뢰를 맡고 싶어 했지만, 벨그리프가 허락하지 않았다. 한 걸음 한 걸음 모험의 기초를 몸소 습득하지 않으면 자만심을 불러들이기에 언젠가 분명 낭패를 면치 못한다는 것이 평소의 지론이었다.

자만심이 원인이 되어 한 차례 위기에 빠진 적 있는 마르그리트는 마지못해서 입문 수준의 의뢰를 받아 수행했는데, 요즘 들어서는 그것도 제법 즐거워하는 모습이다. 스스로 무엇인가를 발견하고자 힘쓰는 자세를 견지하는 한 어떤 과제도 제법 재미있게 임할 수 있다는 교훈을 배운 듯싶었다.

"그러면 잠깐 저쪽에 가서 검사받고 올게."

"그래, 다녀오거라."

마르그리트는 바구니를 품에 안고는 하위 랭크 모험가용 접수처로 걸어갔다. 벨그리프는 유리를 다시 마주하면서 말했다.

"어제 보았던 자료를 이어서 볼 수 있을까요?"

"네, 물론 괜찮아요. 들어오세요."

"그러면 나는 다시 조사를 할 테니까……."

"응! 아네랑 미리랑 기다릴게! 벡도 같이!"

샤를로테는 기운차게 답했다. 벡은 말없이 시큰둥한 표정을 짓고 있었다.

벨그리프는 카운터를 지나 들어가 안쪽에서 자료를 꺼내 훑어나갔다. 로비 쪽에서는 딱 사각이 되는 위치인 덕택에 괜히 주목을 모을 우려도 없다.

살펴보는 것은 옛 의뢰에 대한 자료다. 퍼시벌이며 동료들이 받았던 의뢰 등등이 실려 있을 가능성은 없지 않지만, 딱히 정연하게 정리를 마친 서류가 아닌 까닭에 벨그리프는 눈에 힘주고 거듭

훑어보다가 또 다른 자료를 손에 들었다.

바깥은 슬슬 눈이 내리는 듯싶다. 들어오는 사람들의 머리와 옷에 사락사락 눈이 달라붙었다가 떨어져서 여기저기에 녹아내리고 있다. 불어닥치는 바람에도 눈발이 섞여 들어서 여기저기에 물방울을 남겨 놓았다.

몇몇 자료의 조사를 마친 뒤 역시 진전이 없었던 터라 벨그리프는 힘껏 기지개를 켰다. 이런 작업이 거북하지는 않다만, 오래도록 하지 않았던 탓에 어쩐지 지치는 기분이다.

문득 귀를 기울였더니 뭔가 로비가 떠들썩했다.

쓱 얼굴만 내밀어서 본다. 안젤린이 지친 표정으로 서서 동료들과 뭔가 이야기를 나누고 있다. 붉은색이 감도는 갈색 머리카락의 여성과 중절모자를 쓴 야윈 남자가 곁에 서 있었다.

안젤린은 힘겹게 손을 들어서「안녕~」인사했다.

"피곤해라……. 어쨌든 무사히 복귀했어……."

"하하, 힘들었구나. 길 씨도 수고하셨어요."

"나는 별로 힘들지 않았어, 후후후."

"있지, 있잖아. 안제, 엄청나게 놀랄 소식이 있는데 말야~."

"나중에 알려줘……. 보고 마치고 돌아가서 잘 거야……."

"아니, 아니야. 진짜로 깜짝 놀란다니까!"

"맞아, 언니! 엄청 놀랄걸!"

"그래그래, 나중에……."

"뭐, 어쨌든 간에 잘 다녀왔어. 어서 와, 안제."

"고마워, 아네……. 그래도 이왕이면 아빠한테 잘 다녀왔단 인사를 듣고 싶었는데……."

안젤린은 거하게 한숨을 내쉬었다. 벨그리프는 성큼성큼 로비로 나왔다.

"그랬니? 그래, 잘 다녀왔구나. 안제."

"응, 다녀왔어요, 아빠……. 아빠?"

안젤린은 휙 얼굴을 들었다가 눈이 휘둥그레졌다. 벨그리프는 쿡쿡 웃었다.

"그래, 에스트갈은 어땠고? 훈장을 받게 되다니……."

"아빠아!!"

안젤린은 신난 토끼처럼 재빨리 벨그리프에게 몸을 달렸다. 벨그리프는 어찌어찌 발을 번갈아 밟아 버티며 안젤린을 안아서 받아줬다.

"아빠, 아빠, 아빠!"

"하하, 요 녀석, 요 녀석아. 아직도 애라니까……."

"아빠, 아빠!"

"그래, 그래."

"아빠……. 그럼 당신이 벨그리프 씨 맞아요?"

"네, 맞습니다만……. 누구십니까?"

"아빠, 아빠, 아빠!"

"길메냐라는 사람이에요. 따님을 기어이 다른 곳으로 출장 보내서 정말 죄송했습니다……."

"아하, 말씀은 들었습니다. 아뇨, 딸아이를 잘 돌봐주셔서 오히려 감사드립니다. 이래저래 폐를 끼쳐서……."

"아빠, 아빠, 아빠, 아빠!"

"……안제, 좀 진정하거라."

"아빠!"

안젤린은 갑자기 벨그리프의 가슴에 얼굴을 꽉 누르고 중얼중얼 말했다. 이렇게라도 하지 않으면 입이 제멋대로 움직인다는 것 같았다.

벨그리프는 쓴웃음 짓고는 안젤린을 쓰다듬어줬다.

"정말, 원……. 호들갑스럽구나, 안제는."

밀리엄이 쿡쿡 웃었다.

"그야 고향에 갈 계획이었는데 결국 못 갔고, 못 만나서 실망했는데 불쑥 만났으면 어쩔 수 없잖아요~."

"목줄을 놔준 강아지 같군."

벡이 옅게 웃음을 머금었다. 벨그리프는 머리를 긁적였다.

"……어쩔 수 없지."

한동안 벨그리프에게 매달려서 얼굴을 파묻고 있던 안젤린이 얼굴을 척 들어 올렸다.

"뭐야?! 왜 올펜에 있는 거야? 아빠!"

"음……. 내가 안제를 만나러 가는 것도 괜찮겠다 싶었지."

"기뻐……! 에헤헤, 아빠다, 아빠다! 모닥불이랑 밀짚……. 톨네라의 냄새가 나!"

안젤린은 비비적비비적 벨그리프의 가슴에 뺨을 문지르다가 퍼뜩 떠올렸다는 듯이 반짝이는 얼굴로 말했다.

"있잖아! 있잖아! 에스트갈에서 아빠의 옛날 친구를 만났어!"

"……음?!"

"아빠랑 만나고 싶다길래 봄이 오면 톨네라에 같이 가자는 생각에 올펜까지 같이 왔거든! 어라……."

안젤린은 두리번두리번 주위를 둘러보다가 고개를 갸웃했다. 길메냐가 싱글벙글 웃으며 손가락을 가리켰다. 그쪽에 애써 숨어 보겠다고 몸을 둥글게 말고 쪼그려 앉아서 머리를 부여잡고 있는 중절모자 남자가 보였다.

안젤린은 남자의 어깨를 붙들었다.

"뭐하는 거야……."

"그, 그게……. 올펜에 있단 소리는 못 들었잖아……. 내가, 아직 마음의 준비가……."

"에잇! 이제 와서 뭔 소리야!"

안젤린은 중절모자 남자를 억지로 일으켜서 벨그리프의 앞으로 떠밀었다.

벨그리프는 눈에 힘주며 남자의 얼굴을 빤히 쳐다봤다.

"……카심, 맞나?"

"헤, 헤헤……."

카심은 벅벅 머리를 긁었다. 눈은 축축하고 어깨는 딱딱해졌다. 입이 바들바들 떨리는데도 무슨 말부터 할까 가늠을 못 하는 모습이다. 그러다가 얼마 뒤 자그맣게 말했다.

"……수염, 길렀구나, 벨."

"하하……. 너도 말이야."

벨그리프는 맥이 빠져서 다만 미소 지었다.

○

길드의 직원 휴게실이다. 의자와 탁자가 몇몇 놓여 있었다. 지금은 아직 분주한 시간대인지 휴식을 취하고 있는 사람은 없었다.

그곳의 탁자 하나에 벨그리프와 카심이 마주 보면서 앉아 있었다. 잠시 둘이서 대화를 나누고 싶어서였다.

그러나 무슨 이야기부터 어떻게 꺼내야 할까 벨그리프는 조금 망설였다. 카심도 마찬가지인 듯 안절부절못하며 이곳저곳으로 시선이 옮겨 다녔지만, 이윽고 입을 열었다.

"뭐랄까……. 막상 만났는데도 뭔 얘기부터 할까 알 수가 없지 않아?"

"하하, 동감이군……."

"……잘 지냈어?"

"그래……. 어찌어찌. 너는?"

"난……."

카심은 눈을 내리깔았다. 벨그리프는 뺨을 긁적였다.

"모험가, 관뒀다면서. S랭크까지 올라갔는데도."

"응……. 뭔가 말이야, 다 허망하더라……."

그렇게 말하다 말고 카심은 얼굴을 들어 올리며 씁쓸하게 웃었다.

"이런 소리를 하면 너한테 실례일까?"

"아니, 실례는 무슨……. 이봐, 들려주면 안 될까? 퍼시와 사티는 어떻게 됐어? 내가 톨네라에 돌아간 이후 너희들 사이에서 무슨 일이 있었던 건가?"

카심은 잠시 말을 못 잇다가 곧 입을 열었다.

"그때 우린 말이야, 무작정 막 강해지려고 노력했어. 더 강해져서, 상위 랭크가 돼서 어려운 의뢰를 받을 수 있게 된다면……. 그럼, 네 다리를 고칠 방법을 찾을 수 있다고 기대하면서."

"음……."

"웃으면 안 된다? 우리도 젊었던 데다 바보였거든. 네가 중상을 입었는데, 그래도 죽기 살기로 웃고 지낸다는 걸 깨달았어. 그래도 뭘 어떻게 해야 하나 알 수가 없었단 거지. 어설픈 말을 건넸다가 네가 완전히 마음을 닫아버리는 게 아닐까 두려웠던 거야."

"그랬구나……. 그래서……."

"응……. 그래서 아득바득 랭크를 올렸어. 그렇게 강해져서 네 다리를 고칠 방법을 찾아내면 분명히 네가 다시 돌아와준다 믿고 말이지. 그 누구보다 퍼시가 굳게 믿었어. 그 녀석이, 그러니까……."

입을 움직이는 카심의 말을 가로막고 벨그리프가 고개를 가로저었다.

"아니야. 그 사고는 단지 이런저런 상황이 겹쳤던 거야. 누구의 잘못도 아니지.”

“……그런가.”

카심은 중절모자를 눈 쪽으로 기울였다.

“아무튼 우린 소실된 몸을 고칠 방법을 찾아다녔어.”

“……그런 방법이 있었다면 말이지.”

“그래. 맞았어, 벨. 전혀 방법이 없더라. 기껏 찾아내도 금지된 술법이야. 다리가 돌아와도 미쳐버려. 다리가 몸을 침식해서 다른 존재로 바뀌어버려. 그딴 것밖에 없었지……. 헤헤, 마법은 전혀 대단하지 않아. 남들이 대마도사라고 떠받들어주면 뭐해, 난 친구 다리도 못 고쳐주는데.”

카심은 비창함에 가득 찬 미소를 띠고 말을 이었다.

“네가 올펜에서 사라진 이후 안 그래도 웃음이 줄었던 퍼시는 결국 전혀 웃지 못했어. 사티도 어딘가 먼 곳을 바라보는 때가 많아졌지. 우리 세 사람만 모여서는, 알잖아, 다들 자아가 강한 녀석들이었지? 네가 항상 사이에 들어와준 덕에 잘 지낼 수 있었던 거야.”

“그렇지는…….”

말하던 도중 벨그리프는 입을 다물었다. 이제 와서 겸손을 떤들 무엇이 달라지나?

“너를 찾아다니는 동안에도 사소한 계기가 원인이 되어 싸우는 날이 많아지더라. 어느 날 사티가 떠나버렸어. 결정적이었지. 곧이어 나랑 퍼시도 제각각 헤어졌고. 그게 끝이야, 나도 둘의 소식을 듣지 못했어. 우습다니까. 모두가 너를 돕고 싶었어. 그런데

세 사람이 전부 서로를 싫어하게 된 거야."

"카심……."

"괜찮아, 벨. 계속 들어줘. 어쨌든 난 포기하지 않았어. 퍼시도 마찬가지야. 그 녀석은 제국으로 떠났지. 그곳에서 S랭크가 됐어. 금지된 술법을 알아내기 위해 위험한 녀석들과 한패가 된 적도 있었어. 마왕을 연구하는 패거리와 손을 잡은 적도 있었고. 감쪽같이 이용만 당한 적도 있었지. 이용당해주겠다고 허락하는 척 괴상한 우월감으로 자기 자신을 속이려 했던 시기였구나. 그래도 뭔가 저지를 때는 시름을 잊을 수 있어서 좋았던 거야. 결국에 뭔가 성공해 내면 너랑 퍼티랑 사티가 불쑥 나타나서 열심히 노력했다고 칭찬해주는 게 아닐까 멍청이 같은 상상도 하며 지냈지."

카심은 살짝 광기어린 웃음을 머금었다.

"웃긴 짓거린데 말이야, 나는 재능이 있었던 덕에 이런저런 과제가 척척 잘 풀리더라고. 마술식을 새롭게 만든 데다가 대마도사 소리도 듣게 됐잖아. 그렇지만……."

똑똑, 손가락이 탁자를 두드렸다.

"그런 소리를 듣고 싶어서 열심이었던 게 아니야. 이룬 업적을 칭찬받을 때마다 허망함만 자꾸 솟구치더라. 정신없이 뭔가에 몰두해 봤자 단지 시름을 잊으려는 도피에 불과했어. 자신이 무엇을 바라는가 도무지 알 수가 없어졌던 거야. 마음은 점점 더 사나워지기만 했지. 눈덩이가 언덕을 굴러 내려가는 것처럼 어느 틈인가 돌아가지 못할 곳까지 와버렸어. 문득 정신 차렸을 때는 나한테 거의 아무것도 없었다는 걸 깨달았지."

열을 올리며 떠들어 대던 카심은 뚝뚝 눈물을 흘렸다.

"내 시간은 멈춰버렸던 거야……. 나이만 잔뜩 먹어서는……. 알맹이는 꼬맹이 때랑 똑같은데, 헤헤."

카심은 손바닥으로 눈물을 훔치면서 서글피 미소 지었다.

"안제는 참 착한 아이더라……. 역시 벨의 딸다워. 그 아이와 이야기를 나누면서 네가 해왔던 일은 아무것도 틀리지 않았다는 걸 알았어. 역시 너는 굉장해."

벨그리프는 일어서서 탁자 너머로 카심의 어깨를 잡았다.

"……미안하다. 나 때문에 다들 정말로 많이 괴로웠겠어."

"무슨 소리야! 제일 괴로운 사람은 너였잖아! 다리를 하나 잃었는데! 맨날 험담을 듣고 비웃음거리가 되고……. 우리는 막아주지도 못했어……."

카심은 흑흑 흐느꼈다.

"넌 정말 굉장해……. 그때 네가 다리를 물어뜯기는 와중에도 스크롤을 펼쳐준 덕에 우리는 모두 살아남았어. 네가 아니었다면……."

"이봐, 카심."

벨그리프는 온화하게 웃었다.

"나는 말이야, 솔직히 너희를 질투했었어."

"어……?"

"재능이 너무 달랐잖아. 퍼시와 사티는 검술로 따라잡을 자신이 없었던 데다 너 역시 당해낼 자신이 도저히 안 들었지."

벨그리프는 눈을 내리깔고 거침없이 말했다.

"너희는 자신감이 가득 흘러넘쳤던 반면에 너무 평범한 나는 빛을 못 볼 테니까. 아무리 노력한들 절대 다다를 수 없는 영역의 존재를 절감했지. 그런 까닭에 줄곧 제자리걸음을 했어. 자기 가치를 인정할 수 없었던 거야."

"아니야! 너는!"

"그런데 말이야. 나는 다리를 잃어버림으로써 앞에 나아갈 수 있었어."

벨그리프는 똑바로 카심을 쳐다봤다.

"안제와 만났지."

"……아!"

"만약 다리를 잃지 않았다면 나는 올펜에서 모험가로 쭉 살았을 거야. 그랬다면 고향의 산에서 안제를 줍지도 못했을 테지."

"하, 하하……. 그래, 그렇군! 그 아이는 진짜로 착한 아이잖나!"

"그렇지? 자랑스러운 딸이야. 안제가 내게 이런저런 인연을 연결시켜줬지. 오늘 너와 이렇듯 만날 수 있었던 것도 딸아이의 덕분이고. 그러니까 다리를 잃었다는 걸 오히려 감사해야 할지도 몰라."

벨그리프는 가만히 허리에 찬 검에 시선을 내려뜨렸다.

"……검도 말이지, 모험가로 활동하던 시절보다 실력이 많이 좋아졌어. 이 나이를 먹고도 아직 성장할 여지가 남아 있다니까."

"헤, 헤헤, 정말이야? 굉장하구나……."

"나도 도저히 안 믿기지만……. 이봐, 카심. 나 역시 만약에 다른 길이 있지는 않았을까 후회했던 게 한두 번이 아니야. 그래도 우린 제아무리 용써도 다시 과거에서 살아갈 수 없잖나. 과거를 짊어지고 미래를 바라보면서 나아가야지."

"응……."

"너희는 과거를 너무 무겁게 짊어졌어. 나는 과거를 돌아보지 않고 살아왔지. 모두에게 청산이 필요한 때야. 그래서 나는 올펜까지 나왔어."

"……그래, 맞는 말이야. 나도, 놓아두고 온 과거를 되찾고 싶었어……."

벨그리프는 빙긋 웃고는 손을 내밀었다.

"다시 만나서 기쁘다, 카심. 많이 괴로웠겠지. 미안하다. 그리고 고마워."

"……큭! 미안…… 미안해, 벨! 고맙다!"

카심은 우는 얼굴을 숨기고자 한쪽 손으로 중절모자를 얼굴에 기울이며 다른 쪽 손은 벨그리프의 손을 굳세게 잡아 쥐었다.

두 사람은 잠시 말없이 손을 맞잡고 있다가 곧 함께 웃고는 일어섰다. 카심이 눈물을 훔치면서 기쁘게 말했다.

"역시 벨은 벨이었어!"

"하하. 나야, 뭐. 그나저나 너는 좀 용모가 많이 달라졌군? 누구인지 못 알아봤잖나."

"와하하……. 벌써 여기에 익숙해져서 말이야."

카심은 웃으면서 수염을 잡아당겼다. 벨그리프도 따라 웃었다.

"역시 그렇지? 무심코 쓰다듬거나 만지작거리는 버릇이 들면 더는 면도하기가 싫어지지 않던가?"

"맞아, 맞아!"

카심은 웃으면서 살짝 한숨을 쉬고 벨그리프의 어깨를 툭 두드렸다.

"이봐, 벨. 모쪼록 퍼시를 용서해줘라. 그 녀석은 자기 나름대로 진지하게 책임을 느꼈었거든……."

"당연한 소리. 나는 그 녀석도 만나서 이야기를 나누고 싶어. 물론 사티도 말이야. 찾는 데 도와줄 거지?"

"헤헤, 당연하지! 기쁘구나! 다시 넷이서 떠들 수 있을까!"

"그래……. 과연 어떻게 바뀌었을까? 수염이라도 길렀으려나."

"글쎄다? 의외로 머리가 싹 벗겨졌다거나……. 아, 맞다."

카심은 살짝 얼굴을 찌푸리며 벨그리프의 등을 때렸다.

"말해 두겠는데 말이야, 벨! 너는 내가 알고 있는 최고의 모험가 중 한 사람이다? 모험가의 가치는 단지 강한 검 솜씨가 아니더라. 이런저런 녀석과 파티를 짜거나 함께 싸워봤는데 관찰력이라든가 티 나지 않는 배려라든가 모험에 나서기 전 세심한 준비라든가 너만큼 하는 녀석은 전혀 없었다니까?"

"이 친구야, 공치사가 지나치잖나……."

벨그리프는 쓴웃음 짓고는 뺨을 긁적였다. 카심은 껄껄 웃고는 벨그리프의 어깨를 둘러 안아서 흔들었다.

"헤헷, 역시 우중충한 건 좋지 않아! 오늘은 술을 맛있게 마실

수 있겠어!"

방을 나서자 기다렸다는 듯이 안젤린이 곧장 날아왔다.

"끝났어? 얘기 잘 나눴어?"

"그래, 고맙구나, 안제. 네 덕분이란다."

"헤헤헷, 안제, 네 아빠는 역시 최고의 아빠다!"

"맞지! 에헤헤. 있지, 있잖아, 아빠. 나도 얘기하고 싶은 게 잔뜩 있어!"

"그래, 그렇구나. 아빠도 잔뜩 있단다."

벨그리프는 빙긋 장난스럽게 웃고는 안젤린의 어깨를 붙잡았다.

"신부 찾기란 게 도대체 뭐냐?"

"엑."

"아빠가 말이야, 여기저기에서 주의를 들었거든. 신부 찾기를 딸한테 맡기지 말라면서."

"저기, 그게…… 그러니까."

횡설수설하는 안젤린을 보고 벨그리프는 쿡쿡 웃었다.

"농담이야. 그래도 사과하며 다녔던 건 진짜. 다음에는 이러기 없기다?"

"으윽……. 잘못했어요……."

벨그리프는 톡톡 안젤린의 머리를 쓰다듬었다.

"착한 아이구나. 좋아, 재회를 축하해서 밥이나 먹으러 갈까."

붕, 한바탕 바람이 불어닥치며 함께 들어온 눈이 회오리바람을 타고 빙글빙글 흩날렸다.

특별 수록

번외편

MY DAUGHTER
GREW UP TO
“RANK S”
ADVENTURER.

EX 날마다 내리쌓임

윙윙, 소리를 내며 집 바깥에서는 바람이 세게 불어닥쳤다. 때때로 창문에 붙인 판자가 바람에 흔들렸는지 뭔가에 부딪혔는지 덜컹덜컹 큰 소리를 냈고, 그때마다 다섯 살짜리 안젤린은 놀라서 얼굴을 들어 올렸다가 곧 바스락바스락 벨그리프에게 등을 꽉 가져다 댔다.

눈앞에 있는 난로에서는 불이 새빨갛게 타오른다. 겨울을 제외하면 이렇듯 불이 이글거리도록 땔감을 때는 경우는 적었다. 겨울 추위가 매서운 톨네라에서는 장작 절약도 필요하지만, 지나치게 아끼려다가는 감기에 걸린다.

"춥니?"

벨그리프의 말에 안젤린은 고개를 가로저었다. 사실은 등이 꽤 춥기는 한데 벨그리프의 무릎 위쪽에 앉은 덕분에 따뜻하다.

겨울간이면 바깥일은 거의 안 한다. 강약의 차이는 있을지언정 줄곧 내리쏟아지는 눈을 지붕 아래로 떨어뜨리거나 길에 쌓인 눈을 치우는 일은 하지만, 밭에는 나갈 방법도 없으니까 당연했다.

안젤린은 손에 든 콩을 앞으로 뒤로 살펴보다가 곧 접시에 던져 넣었다. 예쁘고 모양이 좋은 낟알과 벌레 먹거나 모양이 안 좋은 낱알을 골라내는 작업이다. 겨울간에는 이런 일을 하면서 지내고는 했다. 그 밖에도 비슷하게 야채 씨앗을 선별하거나 양털로 실을 뽑아내거나 뽑아낸 실을 써서 뜨개질을 한다. 바깥일에 바삐 달려다니는 여타의 계절과 달리 은근하고 차분한 시간이 흘러간다.

불현듯 똑똑, 문 두드리는 소리가 났다. 안젤린을 얼굴을 들어 벨그리프를 쳐다봤다.

"누구 왔는데?"

"음?"

벨그리프는 일어나서 문 쪽으로 갔다가 어깨를 으쓱거리곤 돌아왔다.

"아무도 없구나."

"어……? 그치만 방금 똑똑 울렸는데."

"흠."

벨그리프는 상념에 잠긴 듯 허공을 바라보다가 앉고는 안젤린을 안아 들어서 다시 무릎 위에 올렸다.

"이런 겨울날에는 말이지, 인간이 아닌 존재가 문을 두드릴 때가 있단다."

안젤린은 어깨 너머로 뒤돌아봤다.

"마수?"

"아니, 마수는 아니야. 마수라면 몸을 던져서 부닥쳤겠지. 정령이거나 요정이거나……. 아니면 귀신일 테군. 아무도 없단 생각에 문을 닫으면 또 얼마 뒤 똑똑 소리가 나지. 그렇지만 문을 열어도 아무도 없는 거야."

안젤린은 장난꾸러기 요정을 떠올리며 얼굴을 찡그렸다. 숲에서 곧잘 놀림당했던 경험이 있기 때문이다. 벨그리프는 쿡쿡 웃었다.

"자, 손이 멈췄구나."

허둥지둥 안젤린은 손에 들고 있었던 콩을 접시에 던졌다. 콩은 접시의 테두리에 딱 맞아서 바닥에 굴러떨어졌다.

문 두드리는 소리.

요정이라면 좋을 텐데, 귀신이면 싫다고 안젤린은 생각했다. 왜냐하면 귀신은 검으로 벨 수 없는걸. 요정은 장난만 치고 숨으니까 상관없지만, 귀신은 막 원망 가득한 얼굴로 사람들을 노려본다니까 분명히 무서울 거야.

그때 누군가가 쿵쿵 문을 두드렸다. 방금 전처럼 약한 소리가 아니라 주먹을 꽉 쥐어 두드리는 큰 소리다. 안젤린은 놀라서 벨그리프에게 달라붙었다. 벨그리프는 의아해하는 표정을 짓고 문 방향을 쳐다봤다. 건너편에서 흐릿하게 목소리가 들렸다.

"이보게, 벨."

"흠. 케리, 자넨가?"

벨그리프는 일어서서 문 쪽으로 갔다. 안젤린은 후유, 가슴을 쓸어내렸다.

불현듯 창문 쪽에서 똑똑, 판자를 두드리는 소리가 났다.

○

돌이켜보면 아마도 바람 때문이었다는 생각이 든다. 그러나 분명 누군가가 두드린 것 같은 소리였던지라 어린 마음에 누군가가 틈 사이로 들여다보는 게 아닌가 부들부들 놀랐던 기억이 난다.

카심이 재미있어하는 표정을 짓고 컵을 탁자에 내려놓았다.

"너도 평범한 꼬맹이였던 시절이 있었구나, 헤헤헷."

안젤린은 볼을 부풀렸다.

"카심 씨도 같이 소리를 들었으면 똑같이 생각했을 거야. 맞지? 아빠."

"그렇구나. 그땐 확실히 문 두드리는 소리로 들렸지."

"흐음? 궁금한데. 내가 겨울철 북쪽 지방에는 간 적이 없거든."

"다른 때는 가보셨어요?"

아넷사가 물었다. 카심은 고개를 끄덕거린 뒤 볶은 콩을 입속에 던져 넣었다.

"여름에 엘프령은 갔지. 북부 관문 헤이릴을 지나 들어갔는데, 깊숙이 가면 갈수록 숲이 엄청나지더라고. 여름인데도 아주 시원해서 말이야, 묘한 느낌이었지."

"오호, 너 엘프령에 와봤던 거야? 어때, 따분한 곳이지?"

"너야 거기에서 자랐으니까 따분하다 말하는 거다. 나는 꽤 나쁘지 않더라고."

"엉? 그런가?"

마르그리트는 눈살을 찌푸렸다. 벨그리프가 쿡쿡 웃었다.

“엘프령은 녹음이 가득할 테지. 그나저나 카심, 너도 꽤 이곳저곳을 돌아다녔군.”

“뭐, 제법. 다리를 고칠 방법이 있나 싶어서. 그래도 엘프령은 별로 깊숙이 들어가진 못했어. 되게 헤맸거든. 엘프라면 분간이 될 텐데 난 인간이라 아주 알쏭달쏭하더라. 완전히 헤매기 전에 포기하고 되돌아왔어.”

카심이 말하기를 엘프들은 때때로 교역을 위해 헤이릴 부근에 나타나지만, 그런 경우를 제외하면 별로 모습을 드러내지 않는다. 엘프령은 숲이 깊이 우거진 데다 숲 자체가 의사를 지녔다는 말도 있는 곳이기에 표시를 만들어 달아 놓아도 헤맨다고 했다. 그러나 그곳에서 태어나 자란 엘프는 헤매지 않고 왕래할 수 있다던가.

밀리엄이 흠흠, 고개를 끄덕거리며 마르그리트를 바라봤다.

“마리도 안 헤매고 다닐 수 있어~?”

“물론이지. 대체 왜 숲에서 헤매는 건데? 내가 보기에는 올펜의 길거리가 훨씬 더 복잡하더라.”

“올펜은 어쩔 수 없단다, 인간도 자주 헤매니까.”

벨그리프의 말에 안젤린이 고개를 끄덕거렸다. 자신도 막 왔을 무렵에는 길을 헤매다가 망연자실했던 경험이 있었더랬다. 5년을 넘게 살았는데도 아직 안 가본 곳이 있다. 숲도 도시도 미로 같은 곳이다.

뜻밖에도 벨그리프와 재회를 이룬 덕택에 에스트갈까지 다녀왔던 여행의 피로도 싹 날아가서 기운을 가득 되찾은 안젤린은 곧장 단골 주점에 벨그리프와 일행들을 데리고 갔다. 벨그리프가 이미 이곳에는 안내를 받아 온 적이 있었다기에 살짝 유감스러웠지만, 그럼에도 이렇듯 사랑하는 아버지와 동료들과 탁자에 둘러앉을 수 있다는 것이 기쁘다. 연거푸 잔을 주고받는 동안에 술자리는 더욱 흥겹게 달아올랐다.

안젤린은 옆쪽에 앉은 벨그리프의 어깨에 꾹꾹 몸을 가져다 댔다.

"오랜만에 온 올펜은 어때? 아빠."

"하하, 아빠가 지냈던 때와 썩 달라지진 않았구나. 여전히 사람이 많아 떠들썩하고……. 안 그런가? 카심."

"동감이야. 그래도 기억 속 광경에 비해 허름하다는 느낌은 들어. 길드의 벽은 더 하얬던 것 같은데 말야."

"더 하얬던가……. 맞아, 더 하얬던 것 같아. 다만 기억이 아름답게 각색되었을 것 같기도 하군."

"헤헤헤, 일리가 있군. 그 시절에는 전부 다 반짝반짝 빛나 보였단 말이지."

"열중했었지. 그 시절에는 무작정 지금 현재가 전부였어."

"응. 아무도 서로의 과거를 굳이 안 캐물었지. 내일은 어떻게 할까, 다음에는 무엇을 할까. 오직 미래에 시선을 보냈잖아."

중년 아저씨 둘이 추억에 잠겨 아련한 눈빛을 짓는다. 카심은 눈자위가 살짝 젖어 들기까지 했다. 벡이 어이없다는 표정을 짓고 중얼거렸다.

"늙은이 냄새 난다."

"맞아. 왜 불쑥 우중충한 분위기를 만드는 거야."

마르그리트도 동조하며 탁자 아래로 벨그리프의 다리를 가볍게 찼다. 그러나 무릎에 앉아 있었던 샤를로테의 다리를 때린 듯 샤를로테가 「아얏!」 외쳤다.

"에잇, 뭐하는 거야, 마리!"

"어라, 샤르가 맞았나? 미안, 미안."

"무엇들 하는 거니, 아이고."

벨그리프는 고개를 내젓고 웃다가 무릎 위쪽에 올려 둔 샤를로테를 살짝 안아 들어서 위치를 고쳐줬다.

옛날에는 자신이 앉던 자리에 지금은 샤를로테가 앉아 있었다. 마치 가족이 늘어난 기분이다. 몹시 기쁘다는 생각이 들어 안젤린은 또 웃으면서 벨그리프의 팔을 꼭 끌어안았다.

"음? 안제, 취했니?"

"아냐, 괜찮아."

"벨 아저씨, 안제가 어리광 부리는 게 어제오늘 일은 아니잖아요~."

"어휴, 기운이 팍팍 솟아나는구나……."

밀리엄과 아넷사가 얼굴을 마주 보면서 웃었다.

술을 추가로 주문하면서 카심이 말했다.

"크, 술맛이 달군. 헤헤, 이런 기분으로 마실 수 있는 날이 또 올 줄은 몰랐는데."

"이 친구야, 기분 좋다고 너무 과음하진 말게."

"그래, 천천히 마셔. 나도 좀 마시자."

"아니, 마리. 그런 뜻이 아니라."

"괜찮아, 아빠. 오늘은 잔뜩 마실 거야. 아빠가 올펜에 온 기념. 카심 씨와 드디어 재회한 기념."

안젤린이 그렇게 말한 뒤 탁자를 펵펵 두드렸다. 저런 말까지 듣고 말린다면 오히려 분위기를 깨는 사람이 되겠구나. 벨그리프는 쓴웃음 짓고 수염을 비비 꼬았다.

일전에 안젤린이 셀렌을 구한 보답이라며 보르도 가문에서 벨그리프에게 준 금화도 좋은 기회다 싶어 가지고 온 참이라 안젤린에게 건네줬다. 본래 별달리 돈이 모자라지 않았던 안젤린은 마침 잘됐다면서 벌써 오늘 밤 술값부터 치를 작정이었다. 물론 금화 백 장의 돈만큼 다 마셔버릴 수는 없겠지만.

딱딱, 소리가 들려 쳐다봤더니 막 지핀 장작의 표면을 덮은 마른 이끼가 소리를 내며 타오르고 있었다. 카심이 젖은 수염을 손가락으로 닦았다.

"이쪽은 역시 에스트갈보다 꽤 쌀쌀하군. 톨네라는 더 많이 춥나?"

"꽤 추워. 지금쯤이면 주위에 온통 눈이 내리쌓이고, 처마 밑에는 고드름이 잔뜩 달리지."

안젤린의 머릿속에 어린 시절의 풍경이 떠올랐다.

이제 톨네라는 지금 쏟아진 눈이 봄까지 안 녹고 쌓이도록 춥겠구나 싶었다.

○

톨네라의 겨울 하늘은 맑게 갠 날이 오히려 적다. 회색 구름이 드리워지고, 항상 눈이 내린다.

그럼에도 때때로 구름이 흘러가서 햇살이 비치는 때가 있다. 그런 날이면 아이들이 모두 바깥에 달려 나와서 새하얗게 물든 마을을 얇은 옷차림으로 뛰어다녔다. 하얀 입김을 내뱉으면서 이마에 땀이 배어나는 녀석도 있을 정도다. 어른들은 감기라도 걸리면 어쩌나 걱정하지만, 자신들도 이런 시기가 있었음을 떠올리고는 웃으면서 지켜봐준다.

그날은 점심때 조금 전부터 구름이 흘러가더니 오랜만에 태양이 얼굴을 내밀었다. 처마 밑에 매달린 고드름이 빛을 받아서 보석처럼 빛나고 있다. 반짝반짝해서 눈이 부시다. 고드름을 꺾어 건네주자 다섯 살짜리 안젤린은 작은 손으로 받아서 깍깍 까불어 댔다.

"차가워!"

"음, 차갑지. 억지로 들고 다니면 동상에 걸릴 테니까 조심하렴."

마당에도 눈이 쌓여 있었다. 얼마 전 안젤린과 만든 눈사람은 나중에 또 내린 눈이 덮여 쌓여서 부풀부풀 커졌다. 벨그리프는 삽을 손에 들고 마당의 눈을 구석으로 치웠다. 흙이 보일 때까지 제법 시간이 걸렸다. 그렇게 모아서 산이 된 눈에 안젤린이 고드름을 찔러 넣었다.

오늘은 조금 따뜻한 날이다. 햇살이 비치는 까닭도 있고, 바람의 기세도 조금 누그러진 것 같았다. 눈을 치우고 나니 땀까지 나는 기분이었다.

장작 보관소에 눈길을 준다. 꽤 줄어들었다. 나름 절약했다지만, 역시나 날이 추웠던 만큼 잔뜩 때었기에 소모 속도도 빨랐다. 마을의 공동 장작 보관소에는 아직 비축량이 충분히 남아 있을 테지만, 그것은 몸이 연약한 노인들을 위해 남겨 놓아야겠다. 기운 넘치는 자신은 몸을 움직이는 게 좋겠지. 순찰도 겸사겸사 숲으로 잠깐 삭정이를 모으러 나가자고 마음먹었다.

"안제, 아빠는 장작을 주우러 가려는데."

"나도!"

눈덩이를 뭉쳐 지면에 늘어놓고 있던 안젤린은 확 표정을 반짝거렸다.

헛간에서 썰매를 꺼내다가 안젤린을 태워서 끌었다. 설피의 둥근 발자국 위를 썰매의 가느다란 자국이 좇아가듯 뻗어 나간다. 안젤린은 즐거워하며 썰매 안에서 이쪽을 보며 저쪽을 보며 두리번댔다.

바람이 불자 나무며 지붕 위 눈이 잘게 잘게 흩날리면서 햇살을 받아 반짝반짝 빛났다. 공기는 맑고 차가워서 이렇듯 활짝 갠 날이면 평소에는 눈발에 뿌예져서 안 보이는 서편 및 북편의 산자락이 또렷하게 내다보였다. 저 너머 산들도 눈 화장을 받아서 새하얗게 물들었고 게다가 햇살을 반사하는지라 눈이 아찔거린다.

평원을 걸어 지나가서 숲으로 들어섰다. 숲의 나무들도 눈 화장을 했다. 널찍하게 뻗은 나뭇가지들에 눈이 쌓였고 고드름이 달린 가지도 있다. 겨울에도 잎을 매달고 있는 나무들은 가지만 달린 나무보다 더 많은 눈을 받아 내는데, 그 눈이 바람 불 때마다 풀썩 떨어지는 터라 삭정이를 눈 더미에서 잡아 빼는 동안에도 머리 위쪽에는 항상 주의를 기울여야 했다.

이렇듯 잎이 우거진 가지에 쌓인 눈은 숲의 환경에도 중요한 역할을 미쳤다. 내리쌓인 눈은 이윽고 말라비틀어지거나 무게를 못 견뎌 약해지는 나뭇가지를 부러뜨려서 울창했던 숲속에 빛을 받아들여준다. 그러면 이제까지 큰 나무 그림자에 가려져서 간신히 자라나던 어린나무가 급속도로 성장을 이룰 수 있다. 햇빛이 닿는 땅에서는 음지와는 또 다른 식물들이 자라나기 시작하고, 그럼으로써 숲의 생태계는 더욱 풍성해진다.

그렇다, 눈 말고 나무가 부러져서 떨어질지도 모른다.

"안제, 아까도 말했는데 머리 위쪽은 조심하렴."

막 주의를 주던 때 풀썩풀썩 뭔가 떨어지는 소리가 나더니 뒤쪽 방향에서 「꺄앗!」 비명이 들렸다. 뒤돌아보자 나무 아래에서 안젤린이 눈투성이가 되어 웅크리고 있었다. 말라 떨어진 나뭇가지를 잡아당기려던 차에 위에서 눈 덩어리가 쏟아졌나 보다. 벨그리프는 무심코 웃음을 터뜨렸다.

"하하하, 이를 어쩌나. 위쪽을 조심하라고 말했잖니?"

"으으."

안젤린은 눈에 다리가 빠져 비틀비틀 힘겹게 다가와서 벨그리프에게 매달렸다. 벨그리프는 웃음 짓고는 머리며 어깨에 아직껏 묻어 있는 눈을 손으로 털어줬다. 그나마 눈이라서 다행이었다. 때로는 저 높이 머리 위에서 벨그리프의 팔뚝보다 굵은 가지가 부러져 떨어지는 경우도 있다. 그런 나뭇가지를 땔감으로 찾아 쓰려고 온 셈이지만, 가지에 직접 얻어맞으면 큰일이 난다.

"……해가 떨어지기 전에 또 쏟아지겠군, 보아하니."

하늘을 올려다보면 북쪽에서 두꺼운 구름이 천천히 흘러오고 있었다. 아래쪽이 뿌연 까닭은 눈을 흩날리기 때문일 테지. 산 위쪽 부분은 이미 눈에 덮였고 바람이 한층 더 쌀쌀해진 것 같았다.

벨그리프는 모아 둔 나뭇가지를 발로 부러뜨리거나 손도끼로 잘라 가면서 길이를 적당히 맞췄고, 안젤린은 손질한 나뭇가지를 썰매에 실었다. 허물어지지 않게 밧줄로 고정한 다음 마을로 곧장 돌아간다. 안젤린은 손에 딱 쥐이도록 적당한 막대를 주워 휙휙 휘둘렀다.

"이거, 내 검이야!"

"오, 괜찮은 게 있었군. 그걸로 마수를 해치우는 거냐?"

"응! 드래곤도 해치울 수 있어!"

"하하하, 이거 믿음직스럽군."

벨그리프가 쓰다듬어주자 안젤린은 헤죽헤죽 웃었다.

안젤린은 검술 훈련을 하는 벨그리프가 멋져 보였는지 이따금 불쑥 검을 잡아보려고 하는 때가 있었다. 무거워서 못 드는 까닭에 항상 토라지지만, 나뭇가지라면 딱 적당하다. 이미 아이들끼리 칼싸움 놀이는 하고 있다. 나도 어렸던 때는 나무 막대기를 휘둘렀었지, 벨그리프는 옛 생각도 나고 쑥스럽기도 하여 그리운 기분에 감싸였다.

이제 안젤린도 작은 나이프는 다룰 줄 알아서 과일 껍질을 벗겨 토막을 낸다거나 나뭇가지를 깎아 불쏘시개를 만드는 정도는 한다. 몸도 튼튼한 만큼 봄 무렵 행상인이 왔을 때 단검 정도는 슬슬 마련해줘도 괜찮겠다는 생각이 들었다. 톨네라에서는 싸울 일이야 물론 거의 없다지만, 날붙이를 두루 사용할 줄 모르면 생활을 꾸릴 수 없다.

마을에 들어서기 조금 전부터 햇볕이 들지 않게 되었고 두툼한 눈이 내리쏟아졌다. 역시 기온이 조금 높은 듯싶다. 다만 밤이 가까워짐에 따라 눈은 점점 가늘고 잘게 잘게 쏟아질 테고, 밤중에는 또 원래대로 얼어붙을 듯한 추위가 돌아오리라.

도중에 번쩍 안겨 들었던 안젤린을 업은 채 집까지 돌아왔을 무렵에는 눈 때문에 시야가 거의 차단될 지경이었다. 오전 중 흙이 보이도록 눈을 치웠던 마당이 벌써 하얗게 뒤덮였다. 등에서 안젤린이 바들바들 고개를 흔들었다. 눈이 흩날렸다.

"추워."

"그래, 집에 들어가자. 따뜻한 차나 마시자꾸나."

"응!"

집에 들어가서 난로 속 파묻어 놓은 불씨에다가 나무를 지펴 넣었다. 주워 온 삭정이는 축축해서 아직 못 쓰는지라 난로 옆쪽에 쌓아 놓았다. 이렇게 두면 빨리 마른다.

보글보글 끓어오른 물로 꽃차를 끓이고, 아침에 구워 둔 빵을 불에 구워서 다시 데운 뒤 평소에는 아껴 놓는 사과잼을 꺼내서 발랐다. 안젤린은 희색을 띠며 얼굴에 가득 미소 지었다.

"괜찮아?"

"그럼, 오늘은 안제도 열심히 일해줬잖니."

잼 발린 빵을 베어 문 안젤린은 김이 피어오르는 컵을 두 손으로 들고 후후 불어서 식혔다. 코끝과 귀가 빨갛다. 역시나 불쑥 「에취!」 재채기했다.

○

"흠냐……."

재채기를 한 안젤린이 구물구물 침대 위에서 몸을 웅크렸다. 안는 베개 신세가 된 샤를로테가 웅얼웅얼 소리를 냈다. 벨그리프는 일어서서 곁에 다가가 이불을 다시 잘 덮어줬다. 두 아이 모두 새근새근 잠들어 있다. 딱히 깨어나지는 않은 듯싶다.

카심이 컵을 탁자에 내려놓았다.

"픕, 주책바가지 같은 표정이네. 보름을 함께 여행했지만, 이런 안제는 처음으로 봤어."

"하하, 도무지 부모한테 자립을 못 하더라고."

"헤헤헷, 말을 잘하는군. 너도 꽤 흐뭇해 보이는데?"

카심은 웃음 짓고는 찻주전자를 들어서 다시 한 잔을 따랐다.

재회를 축하하는 저녁 식사는 거의 한밤중까지 이어졌고, 겨우 끝나서 안젤린의 방에 돌아왔을 무렵에는 부드러운 눈이 흩날렸다.

기쁨과 고양감이 함께 차올라서 잔뜩 술을 마셨던 안젤린은 주점을 나올 때 이미 꾸벅꾸벅 졸고 있었던 터라 결국은 벨그리프가 업어서 데려왔다. 꽉 힘줘서 안아 매달리면서 침대에 눕히려 해도 좀처럼 놓아주질 않아 고생을 좀 겪었다만, 지금은 이렇듯 샤를로테를 안는 베개로 끌어안고 잠들었다.

벨그리프는 차를 홀짝거리고 숨을 내쉬었다. 조금 술이 과했던 탓일까, 차 맛이 몹시도 달다.

"……정말 신기하구나. 설마 이런 형태로 재회할 줄은 몰랐어."

"정말 말이야. 설마 훈장을 받는 모험가가 벨의 딸이었다니. 이건 상상하지 못한 수준을 넘어 감동이었다고."

"그러게 말이다. 이 아이가 아니었다면 결국 못 만났을 테지."

그게 나는 묘하게 기쁘군. 벨그리프는 미소 지었다. 카심은 수염을 쓰다듬었다.

"헤헤헤, 팔불출이구나. 그래도 괜찮네, 이런 거."

"그나저나…… 뭔가 미안한 마음이 자꾸 들어. 나는 평온하게 살아왔잖아. 너희가 몹시 괴로움을 겪는 동안에."

"괜한 소리는 하지 마라. 그 덕분에 이렇게 다시 만났잖아. 물론 지금까지 내가 막살기는 막살았다지만, 지금은 뭔가 어깨에 힘이 빠져서 너무 편안해."

"……그런가. 말을 듣고 보니까 맞는 듯싶기도 하군."

벨그리프는 미소 짓고는 눈을 내리깔았다.

카심에게 옛 동료들의 다툼과 이별을 들은 뒤 벨그리프가 살짝 암담한 기분에 휩싸였음은 부정할 수 없다. 물론 카심과 재회를 이루었기에 기쁜 마음도 있었지만, 그럼에도 과거를 아예 지워 낼 수는 없는 노릇이다.

다만 후회하며 머리를 감싸 쥔들 도대체 무엇이 달라지겠는가. 자신들이 살아가는 시간은 지금 현재이고 또한 미래이다. 과거는 힘껏 짊어져야 할 테지만, 마냥 사로잡혀서는 안 된다. 그 때문에 자신은 올펜까지 나오지 않았나. 또한 안젤린 덕에 재회한 친구가 여기에 있다. 과거를 돌아보며 끙끙 앓기나 할 때가 아니었다.

"거 되게 복잡한 얼굴이군."

"음, 아니."

벨그리프는 쓴웃음 짓고 찻잔을 손에 들었다. 카심은 의아해하며 눈에 힘을 주다가 문득 창밖에 시선을 주며 중얼거렸다.

"제대로 쏟아지는데."

밖을 봤더니 굵은 눈발이 내리고 있었다. 조금 흐릿한 유리창에 비치는 얼굴 너머에서 방 안의 불빛을 반사하며 고요하게 내리 떨어진다.

"어쩐지 춥더라니. 커튼을 칠까?"

"아니, 괜찮아. 자기 전에나 치지."

"그런가."

올펜이 이런 상황이면 톨네라는 아주 새하얗겠다. 그라함과 미토는 잘 지내고 있을까. 벨그리프는 차를 홀짝이며 생각했다. 그러나 톨네라의 겨울나기는 물론 고생스럽지만, 잘 생각하면 그라함은 훨씬 더 추위가 매섭다는 엘프령에서 살아왔던 만큼 자신이 걱정할 필요는 딱히 없을 듯했다.

카심은 창 너머를 바라보고 있다. 옆에서 보면 옛날에는 코가 더욱더 오뚝했던 것 같다는 생각이 든다. 램프의 불빛 덕택에 눈자위 및 이마의 주름도 잘 보였다. 덥수룩이 자라난 수염을 제외하면 기억 속 장난기 많은 소년도 나이를 꽤 먹었다 싶다.

물끄러미 쳐다보는 시선을 알아차린 듯 카심이 의아해하는 표정을 짓고 수염을 비비 꼬았다.

"왜?"

"아니……. 늙었구나. 서로서로."

"아하하핫, 늙지 안 늙겠어. 20년…… 남짓인가? 나도 마흔을 넘어버렸다고."

"그런가. 그렇구나. 가장 어렸던 네가 마흔이면……. 음, 나도 나이를 꽤 먹었군."

"두 살이 많았던가?"

"맞아. 나와 퍼시는 동갑이고 사티가 한 살 어렸지."

"그래그래. 다만 넌 형 같다는 느낌이었는데 퍼시랑 사티는 별로 연상이란 느낌이 안 들었어."

"하나같이 일단 돌격하는 성격이었잖아. 그 근거도 없는 자신감은 대체 어디에서 나왔던 걸까."

"헤헤헤, 젊은이의 특권이지. 지금은 절대 예전처럼 들이받을 자신이 없네."

"젊었을 때는 전부 다 새롭게만 보였으니까."

미래에 대한 희망과 고양감이 힘차게 몸을 움직이게 해주는 강한 에너지가 되었음이 틀림없겠다. 톨네라 같은 농촌에서 땅에 뿌리를 박는 생활을 보내던 때면 옛 젊은 시절의 열병과 같은 왕성함이 사랑스럽게 느껴졌다.

간이 침상에 누워 있던 벡이 바스락바스락 몸을 뒤척였다. 벨그리프는 곁눈질로 보고는 어긋나려고 하는 이불을 다시 잘 덮어줬다.

"……그래도 쭉 여행을 하면 내면까지 나이를 먹진 않는 게 아닌가?"

"그렇지도 않아. 역시 말이야, 숨이 차오르면 나이 먹었단 실감이 들더라. 딴생각 않고 쭉쭉 달려 나가는 체력과 기력이 있는 동안에는 젊은 거야. 지금은 자주 멈춰 서서 뒤를 돌아보는 경우가 많고."

"그런 건가?"

"그래. 그 시절에는 뒤를 돌아볼 시간도 아까웠거든. 지금은 미래보다 과거에 더 눈길이 가네."

"……음, 맞는 말이군. 확실히 맞아."

그만큼 지난 시절의 반짝임이라는 것이 강렬했다는 뜻이 아닐까. 다만 이렇듯 되돌아보는 과거가 미래를 위해 나아가는 걸음의 동기가 되어주니까 참 신기하다 싶다. 벨그리프는 수염을 비비 꼬았다. 카심은 잠시 망설이다가 또 차를 끓였다.

"후유, 좀 많이 마셨나 봐. 묘하게 차 맛이 달구나."

"나도 조금 더 주겠어? 분위기에 좀 휩쓸렸던 것 같군."

"헤헤, 젊은이들 기세는 못 이기지. 어때? 톨네라는. 좋은 곳이지?"

"나한테는 고향이니까 좋고 나쁠 게 없어. 그래도 역시 마음은 편안하지."

"그런가. 음, 안제한테 이것저것 말을 들었거든. 어린 시절에 벨이랑 같이 숲과 강에 갔던 이야기라든가 등화초였던가? 강에 흘려보내는 거. 그 풀을 채집하러 간 이야기도 들었군."

"하하, 조만간에 같이 가볼 텐가? 여기보다 꽤 춥기는 한데."

"가보고 싶군. 나도 여행 생활이 길었잖아, 그렇게 느긋한 곳에서 휴식을 취하고 싶어."

"시골은 오히려 쉴 틈이 전혀 없지만 말이지. 매일 일거리가 잔뜩이야."

"오호, 겨울에도?"

"물론이지. 콩을 골라내거나 양털을 실로 잣는다고 바빠. 이것저것 할 일이 많지."

"나쁘지 않네. 꽤 재미있을 것 같아."

카심은 웃음 짓고는 거하게 하품을 했다.

바람이 불자 창문이 덜컹거렸다. 완전히 하얗게 가려져버린 창문 너머에서 한층 거센 눈발이 흩날림을 짐작할 수 있었다. 그럼에도 비와 달리 아무런 소리도 나지 않는다.

○

고요하게 눈이 내리쌓이고 쌓일수록 소리가 눈 더미에 빨려 들어가버리는 것 같았다. 밤이 깊어짐에 따라서 더욱 현저해진다. 그만큼 자신의 호흡 소리라든가 몸을 움직일 때 살짝 울리는 옷깃 스치는 소리가 공연히 더 크게 들렸다.

낮이 짧은 데다가 죽죽 눈이 쏟아지는 톨네라의 겨울은 바깥일의 횟수가 극히 줄어든다. 그만큼 집 안에서 콩을 골라내거나 가을간 모아 둔 나무 덩굴로 바구니를 짜거나 양털로 실을 잣기도 하고 그 실을 써서 뜨개질을 하는 등 조용한 종류의 일거리가 주가 된다. 낮부터 난로 앞쪽에 앉아 가족과 대화 나누며 손일을 하는 겨울철은 다른 계절 때 농사일로 바쁜 톨네라에서는 휴식의 시간이라고도 말할 수 있겠다.

옆쪽에 앉아 물레를 돌리고 있던 안젤린이 뚱하게 뺨을 부풀렸다.

"……아직도 예쁘게 안 나와."

"음? 아하."

잘 살펴보면 실의 곳곳이 두껍거나 가늘어서 균일하게 꼬여지지 않았다. 돌리는 방식, 양털을 넣는 방식이 숙달되지 않으면 이렇듯 가지런하지 않고 울퉁불퉁한 실이 나와버린다. 실잣기 방식 하나로 털실의 품질도 확 달라지는 법이다.

벨그리프는 안젤린이 뽑아낸 실을 들어서 살짝 잡아당겼다.

"응, 끊어지지는 않는구나. 마음 차분하게 다시 한 번 해보거라. 천천히, 똑같은 속도로 양털을 넣어 돌리면 된단다."

"알았어."

안젤린은 진지한 표정을 짓고 물레를 돌리기 시작했다. 표정이 살짝 재밌어서 무심코 쿡쿡 웃었더니 안젤린은 입술을 삐죽거리며 벨그리프를 쳐다봤다.

"왜?"

"음? 아니, 아니다. 열심이구나 싶어서."

"난 진지하니까 웃지 마."

"미안, 미안."

안젤린은 흥, 콧소리를 내고는 다시 실에 집중했다. 맞는 말이다. 진지하게 작업할 때 웃으면 안 되지. 벨그리프는 그럼에도 풀어지는 표정을 간신히 단속하면서 작업을 지켜봤다.

희미한 램프의 불빛과 흔들리는 난로의 불에 비추이면서 빙글빙글 물레가 돌아간다. 양털을 쥔 안젤린의 왼쪽 손이 천천히 올라갔다. 손가락 사이에서 조금씩 아래로 들어가는 양털이 물레의 회전으로 비틀려서 꼬이고 실로 바뀌어 간다.

"……어때?"

"그래, 꽤 괜찮은데."

물레를 멈추고 다 자아낸 실을 둘러 감는다. 그야 완벽한 수준에는 못 미친다지만, 어쨌든 방금 전보다는 예쁘게 나온 실이다.

"집중하면 잘 해내는구나."

"으음……."

그럼에도 안젤린은 불만이 있는 듯 벨그리프가 자은 실과 자신이 자은 실을 비교했다. 그러곤 여전히 떨떠름한 표정을 지은 채 다시 실을 뽑아내기 시작했다. 딱, 소리를 울리며 난로에서 불이 흔들거렸다.

뭐, 향상심이 있어서 좋지 않은가. 벨그리프는 쓴웃음 짓고 본인도 다시 물레를 돌렸다. 돌아가는 물레가 실로 매달아 놓은 팽이 같았다. 회전이 약해지면 넓적다리 바깥쪽과 손에 끼워서 재차 회전시킨다. 한쪽 손은 양털 뭉치를 위로 들어 올리고, 다른 한쪽 손은 실을 따라서 안정시킨다. 마치 손 사이에서 실이 생겨나는 것 같았다.

벌써 밤이다. 슬슬 잘 준비를 해야겠구나 생각하던 때 불현듯 판자를 대어 놓은 창문 너머에서 저 멀리 개의 포효가 메아리치듯 들려왔다. 벨그리프는 무슨 일인가 싶어 고개를 갸웃거렸다. 눈이 내리는 때는 이런 식으로 소리가 울려 퍼지지 않는다. 일어서서 집의 문을 살짝 열어 바깥을 봤다. 그리고 뒤돌아본다.

"안제, 잠시 산책을 다녀올까?"

"산책?"

안젤린은 방금 전까지 열중하던 모습은 온데간데없이 물레를 내팽개치고 일어섰다.

머플러와 방한복, 니트 모자를 껴입고 바깥으로 나간다. 숨을 살짝만 내쉬어도 마치 연기와 같은 기세로 하얗게 날아올랐다.

방금 막 쌓인 부드러운 눈 조금 아래에는 이미 거의 얼어붙어서 딱딱한 눈이 있다. 그것을 밟아 디딜 때마다 꾹, 꾸욱, 눈끼리 압착되는 감촉이 신발을 넘어 머리끝까지 울려 퍼졌다.

눈은 멎었다. 구름이 흘러간 자리에 투명하리만큼 맑은 밤하늘이 머리 위에 펼쳐져서 달빛이 찬란하게 주변을 밝혀주고 있었다.

"멋지다."

안젤린이 흥분한 모습으로 벨그리프의 손을 잡아끌었다.

"달님!"

"그래. 밝구나."

오랜만에 맞이한 달밤이었다. 점점 잘록해지는 도중에 있어 만월보다 살짝 홀쭉한 달이다. 그럼에도 커다란 저 달빛은 램프도 필요하지 않을 만큼 밝았다.

무작정 일찍 잠들지 않길 잘했다. 벨그리프는 아름다운 겨울의 밤을 바라보면서 생각했다. 램프의 기름을 절약하고자 빨리 잠드는 집이 많은 데다가 벨그리프도 평소에는 일찍 잠드는 편이지만, 오늘은 안젤린이 실잣기에 열중했던 까닭도 있어서 살짝 취침이 늦어졌다.

밤이 이렇듯 맑은 날은 드물다. 눈이 내리지 않는 날은 있어도 대부분 하늘에는 구름이 끼어 있었다. 그런데 오늘 밤은 구름이 없이 맑은 밤이었다. 달빛이 빛나는 와중에도 하늘을 올려다보면 별들이 또한 지지 않겠다며 반짝거리는 터라 겨울의 밤하늘은 무척 북적거렸다.

저 멀리 끝없이 눈에 뒤덮인 풍경이 달빛을 반사하여 파르께하게 떠올라 있다. 여기저기 은색의 빛이 반짝반짝 깜빡거리는 곳은 얼어붙은 눈에 달빛이 반사되는 까닭이려나. 톨네라에 오래 살았는데도 바라볼수록 한숨이 나올 만큼 아름답다.

안젤린은 눈에 다리가 빠져 비틀대면서도 기뻐하며 달려 다녔다. 안젤린의 키보다 긴 그림자가 하얀 지면에 뻗어 나간다. 뒤돌아서서 손을 흔들었다.

"아빠, 이리 와!"

"지금 가마."

천천히, 다리를 쭉 뻗어 걸어서 뒤를 따라갔다. 안젤린이 까불거리는 소리가 설원에 끝없이 울려 퍼지는 것 같았다.

○

매일 잠드는 침대의 감촉이 익숙한데도 묘하게 좁다 싶어서 안젤린은 살짝 눈을 떴다. 드리워진 커튼 너머로 엷은 햇살이 방 안에 비치고 있다.

벌떡 상체를 일으켜서 잠에 취한 눈으로 무심결에 주위를 둘러본다. 옆쪽에 샤를로테가 잠들어 있고, 또 건너편에는 벨그리프가 몸을 누여 놓았다.

맞다. 아빠가 와줬다. 안젤린은 과음 때문에 아직껏 멍한 머릿속으로 떠올렸다. 손을 뻗어서 벨그리프의 턱수염을 잡아본다. 살짝 잡아당기자 벨그리프는 중얼중얼 뭔가 말을 꺼내곤 몸을 뒤척이며 등을 보였다.

소파에는 카심이 벌렁 드러누워서 얼굴의 위에 중절모자를 얹은 채 커다랗게 코골이를 하고 있었다.

"……에헤헤."

묘하게 기뻤다.

귀성이 좌절된 데다 에스트갈까지 끌려가야 하는 처지가 되는 등 많은 일들이 있었지만, 이제 와서는 다행이라는 생각이 든다. 만약 톨네라에 갔다가 벨그리프와 엇갈리면 어쩔 뻔했나. 상상만 해도 등줄기가 부들거렸다.

아침의 으슬으슬 싸늘한 공기가 어딘가에서 스며드는 듯싶어 다시 몸을 눕히고 이불을 덮었다. 따뜻해서 몹시도 편안한 기분이 든다.

구물구물 몸을 움직여 샤를로테의 건너편 벨그리프의 몸에 손을 뻗었다. 커다랗고 따뜻해서 어릴 시절에 고이 안긴 채 잠들었던 기억이 떠올랐다. 특히 겨울밤이면 곧잘 안겨서 잤다. 작고 차가운 손발을 꽉 가져다 대면 몹시도 기분 좋았다.

바스락바스락 소리가 났다. 얼굴만 들어 돌아봤더니 벡이 일어나 있었다. 잠든 사이에 흐트러졌던 백발을 긁적이며 언짢아하며 눈에 힘주고 방을 둘러보다가 커다랗게 코골이를 하는 카심을 보곤 눈살을 찌푸렸다.

"왜 이리 시끄럽나, 이 자식은……."

"좋은 아침이야, 벡 군."

"엉? 으음……. 뭐냐, 이놈이고 저놈이고 왜 다들 늦잠질이야."

"조용. 자게 놔두자."

"……흥."

벡은 느릿느릿 일어나더니 이제는 익숙해진 손놀림으로 주전자를 들어서 물을 끓이기 시작했다. 안젤린은 살짝 웃고는 다시 이불에 몸을 누였다. 벨그리프가 있는 올펜에서 첫날이 시작된다. 정말 즐거워서 못 견디겠다.

그렇지만 우선은 한숨 더 자자.

안젤린은 샤를로테를 사이에 껴서 벨그리프에게 몸을 붙이고 살며시 눈을 감았다. 샤를로테의 달콤한 냄새 너머에서 모닥불과 밀짚 냄새가 났다.

톨네라의 꿈을 꿀 수 있겠다.

■ 작가 후기

또 후기를 쓰게 되었다.

누누이 언급했는데 후기는 굳이 없어도 괜찮지 싶다. 작가의 입장에서도 쓰는 게 귀찮다. 그러나 이렇듯 쓰기 시작하면 이것저것 말을 거듭하는지라 어찌 된 영문인지 잘은 모르겠다만, 1천 5백 글자에서 2천 글자쯤이야 눈 깜짝할 새에 채워버린다. 따라서 입은 불평을 늘어놓은 주제에 사실 후기를 쓰고 싶어서 안달이 났는지도 모르겠다. 애당초 모지 카키야의 후기는 후기가 맞기는 한가? 이런 의문은 부디 모르는 척해주기를 부탁한다.

자, 작가의 사정은 제쳐 놓기로 하고, 놀랍게도 4권의 출간을 맞이했다. 언제 출간 중단 통보가 떨어져서 벨그리프를 비롯한 등장인물들이 길바닥을 헤매게 될지 작가는 기대돼서 못 견딜 지경이다만, 좀처럼 통보가 떨어지지 않는 터라 안타깝다. 이것은 전부 이 작품을 여기까지 구입하여 읽어주시는 독자 여러분의 탓이다. 도대체 무슨 일이랍니까. 진심으로 감사드립니다.

이 이야기의 향방과 전개에 대해서는 후기를 먼저 읽는 독자를 배려하여 언급을 삼가기로 하고, 3권까지는 서장이었다고 말해도 지장이 없는 내용이었으리라 생각한다.

차마 믿기지 않는 일이다만, 이 이야기는 마흔두 살의 벨그리프 씨가 주인공이며 저자의 삶이 근간을 떠받치고 있다. 그의 과거를 좇아가는 것이 이 이야기의 메인 테마 중 하나이지만, 작가로서는 벨그리프에게 자꾸 옛 실수에 끌려다니는 것은 좋지 않다고 말해 주고 싶다.

아무튼 주인공의 과거를 좇아가는 이야기인 만큼 요컨대 재미를 따지자면 밋밋한 구석이 많다. toi8 씨의 일러스트가 아니었다면 화사함이 전혀 없었겠다. 이 책은 작가의 문장이라는 장작더미에 삽화라는 꽃들이 피어 있는 구성으로 이루어진지라 독자 여러분들께서는 저쪽을 더 기대하시는 것이 현명하리라 생각된다.

일단 표지가 좋다. 밝다. 작업복 차림의 벨그리프가 미토를 안고 있고, 마르그리트도 같이 있다. 마르그리트는 귀엽다. 미토도 귀엽다. 벨그리프는 평소와 마찬가지다.

그나저나 이 아저씨, 뭔가 권차가 쌓일 때마다 자꾸 회춘하지는 않는가? 작가는 속절없이 순조롭게 매년 나이를 먹는 처지인데 이 녀석만 혼자 젊어진다는 게 심히 거슬린다.

항상 무엇인가 새로운 일에 도전하며 사는 사람은 나이를 먹어도 젊어 보인다던가. 육체는 어쨌든 간에 정신이 물질대사를 거듭한다고도 말할 수 있겠다. 그런 점에서 벨그리프 씨는 회춘하고 있다. 정신에 육체가 영향을 받고 있다는 말인가? 대단히 마음에 들지 않는다.

어쨌든 간에 작가도 새로운 일에 꼭 도전해봐야 하겠다.

이 소설을 읽는 독자 여러분께서도 슬슬 좀 질릴 시기가 왔을 테니까 조만간에 옛것을 새것으로 바꾸자는 의미로 나이 지긋한 캐릭터를 싹 몰아내고 젊은 여자아이들만 꺄앗꺄앗 까불어 대는 소설로 재구성할 필요가 있다.

1권 무렵부터 작가는 거듭거듭 벨그리프의 배를 찌르고자 시도해왔다. 그 때문에 자객을 몇 명이나 보냈었다만, 벨그리프에게 도달하기 전에 누군가에게 저지당한 자객은 전원 반격을 맞고 횡사했다. 이렇게 된 이상 본편에서는 불가능할 테니까 후기에서 암살을 시도해본다. 이곳이라면 등장인물에게 방해받을 우려는 없다. 이야기의 본줄기는 우루시바라 큐우 씨의 훌륭한 만화에 맡기면 되지 않겠나. 코믹 어스 스타에서 연재 중입니다.

담당 편집자 M田 씨에게는 대단히 면목 없지만, 이 후기에서 벨그리프는 죽임을 맞이하고 다음 권부터는 마법 소녀 매지컬☆안젤린을 시작하고 싶다. 재미있을지 여부는 잘 모르겠다.

자, 그러면 먼저 상황부터 만들어볼까.

사람들 북적이는 곳을 걷는 벨그리프를 목표로 엄청난 실력을 지닌 자객이 접근한다. 암살의 기본은 나무를 숲에 숨기는 데서 시작된다. 명색이 검사를 자처하는 벨그리프와 일대일 승부를 벌이는 것은 현명한 방법이 아니다. 사람들 틈에 섞여서 기습을 가하는 방법이 최고다.

벨그리프의 맞은편에서 자객은 천천히 사람들 틈에 섞여서 접근한다. 벨그리프는 샤를로테를 데리고 장을 보는 중이니까 주의가 산만해졌다. 좋다, 괜찮은 기회다. 자객은 품속에 넣은 잘 연마된 나이프를 쥐고 살짝 취한 흉내를 내며 부딪치고자—.

여기까지 썼을 때 갑자기 현관 벨이 울렸다.

"뭐야, 딱 분위기가 달아올랐는데."

그렇게 작가는 일어서서 문으로 향한다. 이렇게 늦은 밤에 누가 무슨 용무인가.

누구십니까, 물으며 문을 열자 세 가닥 땋기로 내려뜨린 흑발이 바람에 흔들거렸다. 수수께끼의 위압감이 작가의 피부에 소름을 끼치게 한다. 휙, 무엇인가가 바람을 가르는 날카로운 소리가 들렸다.

"네 녀석, 안젤-."

2019년 1월 길일 모지 카키야

벨아
제가 뭘
그린 걸까요...

모험가가 되고 싶다며 도시로 떠났던 딸이 S랭크가 되었다 4

1판 1쇄 발행 2019년 11월 20일
1판 2쇄 발행 2020년 1월 15일

지은이_ MOJIKAKIYA
일러스트_ toi8
옮긴이_ 김성래

발행인_ 신현호
편집장_ 김은주
편집진행_ 김기준 · 김승신 · 원현선 · 권세라
편집디자인_ 양우연
국제업무_ 정아라 · 전은지
관리 · 영업_ 김민원 · 조은걸 · 조인희

펴낸곳_ (주)디앤씨미디어
등록_ 2002년 4월 25일 제20-260호
주소_ 서울시 구로구 디지털로 26길 111 JnK디지털타워 503호
전화_ 02-333-2513(대표)
팩시밀리_ 02-333-2514
이메일_ lnovelpiya@naver.com
L노벨 공식 카페_ http://cafe.naver.com/lnovel11

Bokenshani naritaito miyakoni deteitta musumega srankni natteta Vol.4
By MOJIKAKIYA, toi8

ISBN 979-11-278-5325-9 04830
ISBN 979-11-278-4829-3 (세트)

값 9,800원